RÉCITS

DU FOYER

PARIS. — IMPRIMERIE DE E. MARTINET, RUE MIGNON, 2

RÉCITS

DU FOYER

PAR

ALPHONSE BALLEYDIER

PARIS

LIBRAIRIE D'ÉDUCATION

GÉRANT : AMABLE RIGAUD, ÉDITEUR

33, QUAI DES AUGUSTINS, 33

—

1876

RÉCITS DU FOYER

PREMIER RÉCIT

L'ANGE DE LA MAISON

I

— Marie, tu es l'ange et la joie de notre maison...

— Tes amis Anatole et Remy en deviendraient les démons, si tu continuais à les suivre dans la voie déplorable que leur ont ouverte les plaisirs déréglés et les mauvaises passions.

— Je t'ai promis de ne plus les revoir; ai-je tenu parole?

— Oui et non... Ils ne viennent plus s'exposer aux plaintes silencieuses, aux reproches muets de mes yeux,

j'en conviens; mais le soir, à la fin de ta journée, tu vas
les rejoindre chez le marchand de vin, pour dissiper avec
eux dans de folles dépenses les bénéfices de ton travail.

À ces mots, Marie détourna la tête pour cacher une
larme prête à tomber.

— Marie... puisque tu es un ange du bon Dieu, sois
bonne et miséricordieuse comme lui; puisque tu es la joie
de ma maison, ne l'attriste point par des pleurs qui me
sont mille fois plus pénibles que tes reproches. Ne pleure
pas ainsi, ma petite Marie, tu vois bien que cela me fait
du mal.

— Ces hommes-là, vois-tu, reprit Marie, ces hommes
qui se disent tes amis seront un jour la cause de notre
ruine.

— Eh bien! je ne les verrai plus, je te le promets...

— Tu me l'as promis si souvent...

— Cette fois-ci, j'en prends l'engagement sacré... tu
verras.

— Que le bon Dieu, qui nous écoute, te donne la force
et le courage de rester fidèle à ces sages résolutions!

Ainsi disaient Rodolphe et Marie, unis depuis dix ans par
les liens d'un mariage que les rayons de la lune de miel
n'avaient cessé d'éclairer, malgré les écarts du mari.

Rodolphe, petit marchand bijoutier de la rue Saint-Denis,
possédait un excellent cœur; mais il était d'une faiblesse de
caractère vraiment désespérante, d'une légèreté d'esprit
incroyable. Du reste, bon époux, bon père et bon ouvrier,
il aimait d'un amour tendre sa femme, son fils Émile et son

travail; mais cet amour, égaré souvent dans les vignes du
Seigneur, affectionnait particulièrement la bouteille cachetée
en vert du marchand de vin dont la boutique, située en face
de la sienne, portait, sous une énorme grappe de raisin d'or,
cette séduisante enseigne : *Au vrai bonheur de la vie.*

Marie était, par les qualités d'élite qui en faisaient une
femme accomplie, bien au-dessus de sa position sociale.
Jeune, belle et vertueuse, fidèle à tous ses devoirs d'épouse,
de mère et de chrétienne, elle était non-seulement l'ange
et la joie, elle était encore la prospérité de la maison. Elle
semblait porter avec elle le bonheur, un bonheur plus vrai
que celui de la belle grappe d'or exposée vis-à-vis, sous les
yeux des joyeux viveurs.

Anatole et Remy, les prétendus amis de Rodolphe, étaient,
le premier, un musicien médiocre donnant des leçons de
flûte à 75 centimes le cachet, juste le prix du cachet vert de
la bouteille, et jouait pour 5 francs sa partie dans les bals
de société donnés chez Défieu.

Remy, ex-rapin de Patrois, délicieux peintre de genre,
se prétendait peintre d'histoire, et son talent se réduisait à
barbouiller, à tant le mètre, la toile ou le bois des enseignes
de boutique. L'ascendant de ces deux hommes sur l'esprit
de Rodolphe était irrésistible, surtout lorsque, raillant sa
faiblesse, ils lui reprochaient de vivre sous la pantoufle et
les *culottes* de sa femme.

De même que Rodolphe avait tenu la promesse qu'il avait
faite de ne plus recevoir chez lui les faux amis dont la présence attristait les regards et le cœur de sa femme, il de-

meura fidèle à celle de ne plus vivre dans leur fréquentation. Ce nouveau genre d'existence rapporta à la paix du ménage et à la prospérité du commerce de bijouterie ce qu'il fit perdre à la boutique du marchand de vin.

Rodolphe, sous la pantoufle de sa femme, qui, soit dit en passant, avait un pied de marquise, se trouvait le plus heureux des hommes.

Mais le bonheur, de même que la gloire et les roses, ne dure en ce monde que l'espace d'un matin... Marie, l'ange et la joie de la maison, se mit un jour au lit pour ne plus se relever. Une fluxion de poitrine, résistant à tous les efforts de la science, l'emporta en huit jours... L'ange, fatiguée de la terre sans doute, avait repris ses ailes pour s'envoler au ciel.

La douleur de Rodolphe fut énorme, sincère et vraie. Elle eût été sans consolations peut-être, si dans les traits charmants de son fils il n'eût retrouvé le portrait vivant de sa femme morte. Ramené, par les exemples de celle qui n'était plus, à des idées pieuses, il chercha dans la religion et dans son travail un puissant dérivatif à son désespoir. Le travail béni par la religion est la consolation des cœurs qui souffrent.

II

Il y avait deux mois que les dépouilles mortelles de Marie reposaient en paix sous les ombrages du Père-Lachaise...

Rodolphe, accompagné de son fils Émile, n'avait pas laissé passer une semaine sans aller renouveler, sur une modeste tombe du funèbre enclos, les fleurs qu'il y avait déposées la semaine précédente, et répandre avec des larmes, devant la croix, symbole de l'espérance, la prière que le regret inspirait à son âme désolée.

Un soir, Rodolphe, ayant terminé sa tâche de la journée, remettait en ordre les outils de sa profession, lorsque deux hommes se composant un visage de circonstance se présentèrent à lui sous les apparences d'une affliction profondément sentie. C'était Anatole et Remy. « Nous ne sommes pas venus plus tôt, lui dirent-ils en s'emparant chacun d'une de ses mains, parce que nous avons craint d'importuner tes regrets. Mais, comme toutes les choses de ce monde, les douleurs légitimes doivent avoir un terme. Pour les souffrances du cœur, Dieu a créé la résignation ; nous venons t'offrir les consolations de l'amitié. »

Rodolphe, les remerciant d'une démarche dont il appréciait, dit-il, l'intention, les fit asseoir, et crut rendre hommage à la mémoire de sa femme en faisant l'inventaire des vertus et des qualités morales de l'ange qu'il avait perdu.

Trois jours après, le peintre et le musicien revinrent trouver Rodolphe... « Ami, lui dirent-ils, tu ne dois pas t'abîmer ainsi dans la contemplation de ton chagrin... Tu as besoin de distraction, ta santé commence à s'altérer et tu dois la conserver pour ton enfant : viens avec nous... »

Émile, chez qui une intelligence précoce avait devancé l'âge, chercha les yeux de son père pour les diriger sur un

portrait encadré dans une bordure d'or à la place la plus
en vue de l'atelier... Rodolphe, à la vue du portrait de sa
femme, se rappela les promesses qu'il lui avait faites et repoussa énergiquement leurs avances.

— As-tu remarqué, lui dit Émile, lorsque Anatole et Remy furent partis, as-tu remarqué comme le portrait de ma
mère a paru triste devant ces hommes qui voulaient te *distraire?*

Rodolphe, nous l'avons dit, était un homme essentiellement bon, mais faible, qui se laissait facilement entraîner.
Après avoir longtemps résisté aux séductions de ses faux
amis, il finit un jour par céder à leurs prières et à les suivre
chez le marchand de vin. Semblable au joueur converti qui
retombe sous le joug de sa passion à la vue des cartes, Rodolphe, à la vue du perfide cachet vert de la bouteille à
75 centimes, retrouva bientôt le germe des instincts ba-
chiques qu'il avait crus morts, mais qui n'étaient qu'assou-
pis dans sa nature facile et impressionnable. Il reprit avec
entraînement ses habitudes d'autrefois, et, comme dans la
voie du mal, ainsi que dans celle du bien, la progression est
une des conditions inhérentes aux lois de la nature, il ne
tarda pas à rattraper, sinon à dépasser ses compagnons de
folles joies dans le steeple-chase des mauvais instincts.

Peu à peu il oublia, avec le souvenir de sa femme, le chemin qui conduisait à sa dernière demeure; ses mains ainsi
que son cœur, oubliant le culte que nous devons à nos chers
morts, laissèrent flétrir, sans les renouveler, les guirlandes
d'immortelles déposées sur la tombe de Marie, et la fau-

vette égarée sous les noirs feuillages troubla seule du bruit de ses cadences le silence du tertre tumulaire.

Pendant ce temps, le commerce autrefois si prospère du bijoutier déclinait rapidement; les clients oublièrent le chemin de sa boutique, ainsi qu'il avait oublié celui du Père-Lachaise... *L'ange et la joie de la maison* n'était plus là pour s'interposer entre la ruine et la misère, entre le malheur et le désespoir.

Émile avait dix ans quand il perdit sa mère; sous sa direction, il avait appris à lire, à écrire et à compter; il tenait le livre de boutique et avait commencé à apprendre l'état de son père. Mais celui-ci, se fourvoyant de plus en plus dans la voie fatale où, de nouveau, il se trouvait engagé, oublia la promesse qu'il avait faite à sa femme mourante de continuer l'éducation de leur enfant. Il l'abandonna entièrement à sa bonne nature et à ses généreux instincts.

Émile restait seul la plus grande partie des jours que Rodolphe consacrait aux plaisirs de la table et à la table de jeux... Mais, comme il ignorait le prix des objets du magasin, il ne pouvait répondre aux demandes des acheteurs qui allaient chercher ailleurs ce dont ils avaient besoin. Le soir, son père, en rentrant, le grondait lorsqu'il trouvait la caisse vide. Émile, qui gémissait en silence sur la conduite déréglée de son père, alléguait avec douceur son ignorance du prix des bijoux demandés. Rodolphe, rarement de sang-froid à cette heure-là, s'emportait, et, après l'avoir grondé, il frappait son fils, qui souffrait avec une patience angélique les mauvais traitements dont il était l'innocente victime.

Souvent le pauvre enfant battu allait se coucher sans
souper. Il ne murmurait point alors contre l'auteur de ses
jours, mais, agenouillé devant le portrait de sa mère, il
priait Dieu de le ramener à de meilleurs sentiments et de
l'éclairer sur les dangers de sa conduite.

Plusieurs mois s'écoulèrent ainsi ; les trois amis devenus
inséparables ne quittaient plus la boutique du marchand de
vin, Anatole avait perdu ses écoliers ; Remy s'était mis en
grève et déclarait qu'il ne reprendrait ses pinceaux que le
jour où le public, plus juste appréciateur de ses œuvres,
payerait son talent au taux de celles de Paul De laroche.
Rodolphe, pratiquant sur une large échelle les principes du
communisme, venait en aide à leur détresse et partageait
avec eux le peu d'argent qui lui restait.

Cette ressource fut bientôt épuisée. Que fit alors le malheureux bijoutier ? Insensible aux prières de son fils, ainsi
qu'à ses larmes, il mit les plus beaux bijoux de son magasin
au mont-de-piété, vendit les autres à vil prix à des juifs, et
continua à mener un train de vie qui le conduisait à une
catastrophe inévitable, car, sur le terrain du mal, la pente
est glissante et rapide.

Les fournisseurs et les créanciers de Rodolphe, instruits
de ses débordements, lui refusèrent, les premiers, les objets
nécessaires à son commerce, et le crédit, l'âme de tout
négoce ; les seconds réclamèrent le remboursement des sommes qui leur étaient dues. Abandonné des uns et poursuivi
par les autres, le bijoutier demanda du temps qui lui fut refusé. Les assignations, les jugements se succédèrent sans

interruption, le papier timbré remplaça dans la boutique déserte et vide les matières d'or et d'argent que l'inconduite de Rodolphe avait fondues dans la débauche : ses meubles furent saisis, et un marchand nommé Dumont, qui avait contre lui une prise de corps, la fit mettre à exécution. Un garde du commerce l'arrêta au moment où il sortait, avec ses amis, de chez le marchand de vin, sous l'enseigne dorée, qui au lieu du *vrai bonheur* qu'il aurait trouvé dans l'accomplissement de ses devoirs, comme père de famille et comme honnête ouvrier, ne lui donnait en ce moment que la perspective du malheur et de la prison.

Anatole et Remy, témoins de son arrestation, lui firent leurs adieux en promettant de ne pas l'abandonner dans son malheur; mais, depuis ce jour, Rodolphe ne les revit plus; l'amitié basée sur l'intérêt est une ombre qui se dissipe au premier vent de l'adversité.

III

Émile apprit l'arrestation de son père, et se rendit sur-le-champ à Sainte-Pélagie. Le gardien de la prison ne put résister à ses larmes, et le conduisit à la chambre occupée par Rodolphe. Celui-ci, que le châtiment dont il reconnaissait trop tard la justice, avait fait réfléchir, et qui n'avait plus à ses côtés deux mauvais génies pour paralyser ses bonnes intentions, courut au-devant de son fils et le tint longtemps serré contre son cœur. La vue de cet enfant blond, qui lui rappelait l'image vivante de *l'ange et de la joie de la maison*, de la maison devenue à cette heure la proie de ses créanciers, lui arracha un soupir, il sentit à l'instant tous ses torts....

— Marie ! s'écria-t-il, j'ai été non-seulement coupable envers ta mémoire, je l'ai été encore envers notre enfant... Si j'avais suivi tes conseils, si j'avais été fidèle à mes promesses, si j'avais repoussé loin de moi les faux amis qui, tu me l'as dit un jour, devaient m'entraîner à ma perte, je ne serais pas aujourd'hui dans la position misérable où je me trouve. Du haut des cieux où tu jouis de la récompense de tes vertus, Marie, protége notre enfant et pardonne-moi le mal que je lui ai fait. »

Émile, mêlant ses larmes à celles de son père, chercha à le consoler et l'accabla des plus touchantes caresses...

— Rassure-toi, mon père, lui disait-il : bientôt je ne serai plus un enfant, je me sens déjà le courage et la force d'un homme, je travaillerai pour nous deux; je travaillerai nuit et jour s'il le faut... afin que je puisse rendre la liberté à celui qui m'a donné le jour.

De retour de la prison de Sainte-Pélagie, Émile courut chez toutes les connaissances de son père, pour réclamer de leur affection quelques secours en sa faveur; mais là où le pauvre enfant, ignorant les choses de ce monde, cherchait dévouement et générosité, il ne trouva que froideur et indifférence; le malheur n'a donc plus d'amis? dit-il. Tous ceux qui, dans les jours heureux, avaient protesté de leur attachement à sa famille, se montraient durs, impitoyables à l'heure de l'adversité. Émile, tendant la main pour son père, ne recueillit pas un centime, mais en revanche il obtint énormément de récriminations.

Pour se dispenser d'une bonne œuvre, tous rappelèrent les torts du père, mais le fils leur imposa silence; puis, se retirant, il comprit qu'à l'avenir il ne devait compter que sur lui-même. Un seul jour avait suffi pour l'initier aux mystères du cœur humain.

Cependant une vieille parente de Rodolphe, instruite de son malheur, et touchée de l'état déplorable auquel son fils était réduit, alla trouver Émile et lui offrit un logement chez elle. La bonne vieille femme n'était pas fortunée; elle avait bien de la peine, comme elle le disait, *à joindre les deux bouts;* mais ce sont presque toujours les pauvres qui viennent au secours des pauvres. Les gens riches s'attendrissent difficilement sur des malheurs qu'ils n'ont pas éprouvés. Le milieu dans lequel ils vivent rétrécit le cœur et la main; la richesse rend souvent égoïste.

Le cuivre est prodigue, l'or est avare, dirait un poète.

Madame Pélagaud, la parente de Rodolphe se nommait ainsi, compléta son œuvre de dévouement en plaçant son petit protégé chez un bijoutier de sa connaissance, auquel elle le recommanda avec toute la tendresse de son cœur aimant. Émile touchait à sa douzième année; il était fort et grand pour son âge, et, comme nous l'avons dit, l'âge avait été devancé dans sa nature d'élite par une intelligence précoce et une grande force de volonté. Il ne tarda pas à mériter la bienveillance de son patron par sa piété filiale autant que par son zèle, son courage et son incessante activité.

La somme pour laquelle Rodolphe était détenu ne se montait pas à un chiffre considérable. La vente de ses meubles et de ses marchandises, faite par autorité de justice, avait suffi pour payer ses autres créanciers; mais celui qui avait fait exécuter la prise de corps n'était entré pour rien dans la répartition de ces fonds; il voulait être payé, et avait déclaré positivement à Émile, qui plusieurs fois était allé le solliciter en faveur du prisonnier, que son père ne serait rendu à la liberté qu'après qu'il se serait entièrement acquitté envers lui.

Rodolphe avait été arrêté le 15 mars; sa dette se montait à 870 francs. Ne possédant aucune ressource, il chercha dans le travail les moyens de subvenir à ses premiers besoins; il parvint à se procurer de l'ouvrage, mais l'habitude du travail ne lui revint que lentement, et, au lieu de mettre en réserve le gain de chaque jour, afin d'en former à la longue une somme qui pût satisfaire son créancier, il se donna toutes les douceurs qui allégeaient sa situation présente, sans influer sur sa position à venir. Faut-il le dire? Il ne lui vint pas même à l'idée d'offrir à son fils une partie de ses bénéfices. Or, comme son fils ne lui demandait jamais rien, il crut que le travail d'Émile était suffisant à ses besoins; d'ailleurs, pensait-il, quels besoins un enfant de douze ans pouvait-il avoir?

Pendant ce temps-là, que faisait ce digne enfant? Utilisant tous ses moments, il travaillait chez son patron, qui, enchanté de sa conduite, de son assiduité, de son habileté

même, avait augmenté son petit salaire. Le soir, après la
fermeture de la boutique, il enseignait à lire et à écrire à
des enfants du voisinage, ou bien il rédigeait des suppliques
pour quelques personnes qui demandaient des places et des
pensions. Le dimanche, après avoir passé quelques heures
dans la prison avec son père, il rentrait dans sa mansarde
et mettait la dernière main à de petits ouvrages d'invention
qu'il vendait à des marchands de joujoux. Cinq heures de
repos lui suffisaient. Il empruntait à son sommeil des heures qui, toujours bien employées, augmentaient d'autant la
rondeur de sa bourse. Se contentant de la nourriture la plus
simple, il mangeait avec délices son morceau de pain, et
n'enviait nullement l'ordinaire d'un roi, lorsque, dans les
grandes occasions, il s'accordait les douceurs de la pomme
de terre frite achetée chez le rôtisseur du coin. — Jamais
une plainte ne sortait de sa bouche. Réglé par le sentiment
d'une conscience honnête et pure, son cœur était toujours
content.

Le seul plaisir que se permettait Émile aux heures du
repos, était de compter ses petites épargnes; l'usage qu'il
se proposait d'en faire doublait leur prix à ses yeux.
Chaque pièce de monnaie qu'il ajoutait à son trésor semblait enlever un jour à la détention de son père. Aussi
figurez-vous avec quel bonheur, faisant l'inventaire de ses
bénéfices, il se vit, au bout de son premier mois de travail, possesseur d'une somme de 38 francs 75 centimes!

En moins de trois mois, Émile avait thésaurisé une
somme de 127 francs... Il courut aussitôt chez le créan-

cier de son père et le pria de la recevoir en à-compte, en lui conservant le secret. Dumont, surpris de voir une pareille somme entre les mains d'un enfant, craignit qu'elle ne provînt d'une source illicite.

— Comment as-tu pu te procurer cet argent? lui demanda-t-il d'un ton sévère.

— En travaillant pendant trois mois, de quinze à dix-sept heures par jour, répondit Émile.

— Quelle est la nature de ton travail?

Alors Émile lui raconta ce que vous savez, chers lecteurs.

Dumont, qui au fond n'était pas un homme aussi dur, aussi égoïste qu'il en avait la réputation dans le quartier, attira l'enfant sur sa poitrine, et, l'embrassant, lui dit :

— Si j'avais été sûr d'avoir un fils comme toi, je me serais marié dix fois plutôt qu'une, et je ne serais pas condamné à mourir bêtement comme un vieux garçon.

Après avoir félicité Émile de ses bons sentiments, il l'engagea à persévérer et il lui donna un reçu de la somme qu'il venait de toucher en à-compte sur sa créance.

IV

Le premier jour de chaque mois, Émile, fidèle à ses devoirs de fils, d'ouvrier et de chrétien, car il avait mis en action tous les conseils, tous les bons exemples que lui avait donnés avant de partir pour un monde meilleur sa bonne

mère, l'ange et la joie de la maison ; le premier de chaque
mois, avons-nous dit, Émile apportait à M. Dumont le fruit
de ses économies du mois écoulé. Au premier décembre, il
était parvenu à éteindre la moitié de la dette de son père.
M. Dumont l'engagea à apporter ses économies de décembre à la fin du mois, et le pria à déjeuner pour le premier de l'an.

Émile, ce jour-là, fut bien heureux; la Providence, qui
même en ce monde reconnaît souvent la vertu, lui accorda
la récompense de sa bonne conduite. Son patron, outre une
gratification de vingt francs, une belle pièce d'or toute
neuve, ruisselante à la sortie de l'hôtel de la monnaie,
comme un poisson aux écailles d'argent retiré des filets d'un
pêcheur, lui dit :

— Émile, tu as un noble cœur, et, malgré ton âge, je te
considère comme le modèle et l'exemple des bons ouvriers.
A partir de ce moment, je double le prix de tes journées;
courage, mon ami, marche d'un pas ferme dans le bon
chemin où tu as eu le bonheur d'entrer, et, je te le promets,
tu arriveras au but que tout honnête travailleur doit se
proposer au départ.

D'un autre côté, ses petits écoliers s'étaient réunis pour
lui offrir une belle montre d'argent. — Et sa bonne parente, qu'il appelait sa protectrice et qu'il aimait comme
une seconde mère, lui fit présent d'un vêtement complet
pour remplacer celui qui commençait à le quitter.

Exact au rendez-vous que M. Dumont lui avait donné, il
se présenta chez lui à dix heures. M. Dumont l'embrassa

avec une vive émotion, puis, le prenant par le bras, il le conduisit à la salle à manger où par ses soins un somptueux déjeuner avait été préparé. Émile, qui ne s'était jamais trouvé à pareille fête, fit grand honneur au repas qui lui fut servi. A onze heures, il se disposa à prendre congé de son hôte.

— Où allez-vous, mon enfant? lui demanda Dumont.

— Je vais à Sainte-Pélagie, répondit Émile.

— Pour y voir votre père?

— Oui, monsieur, car de moi seul aujourd'hui il attend des vœux de bonne année.

— Peut-être, mon enfant... car Dieu souvent récompense, dans la personne de leurs parents, les vertus des bons fils... J'ai une visite à faire dans le quartier où vous allez, je vous accompagnerai jusqu'à la rue de la Clef : partons, nous monterons dans le premier fiacre que nous trouverons sur notre chemin.

Vingt-cinq minutes plus tard, le fiacre s'arrêta devant la porte de Sainte-Pélagie. M. Dumont en descendit le premier et dit à Émile :

— Puisque je suis ici, je veux voir votre père.

— Pourquoi? demanda l'enfant, avec un accent qui trahissait une vive anxiété.

— Pour lui dire combien il doit s'estimer heureux d'avoir un fils tel que vous, répliqua Dumont

— Ah ! ne lui dites pas surtout, répliqua l'enfant, le complot que j'ai formé pour sa liberté.

— Soyez tranquille, mon enfant.

Pendant ce temps, le concierge de la prison avait ouvert la porte aux deux visiteurs, il les conduisit dans la chambre des détenus. Du plus loin qu'il l'aperçut, Émile courut se jeter dans les bras de son père, qui commençait à s'inquiéter de ne point le voir arriver. Le père et le fils restèrent unis quelques instants dans les bras l'un de l'autre. Ce ne fut qu'au bout de quelques minutes que Rodolphe jeta les yeux sur M. Dumont, qui, placé discrètement à l'entrée de la porte, contemplait avec une délicieuse admiration cette scène attendrissante.

Rodolphe ne savait que penser d'une pareille visite. A la vue de son créancier impitoyable, un nuage de colère passa sur son front.

— Que venez-vous faire ici? lui demanda-t-il avec vivacité.

— Mon devoir, répondit froidement Dumont.

— Vous venez ajouter aux angoisses de ma détention l'amertume de vos reproches sans doute?

— Non, monsieur.

— Dans ce cas, encore une fois, que venez-vous faire ici?

— Mon devoir, vous dis-je.

— Expliquez-vous, monsieur.

— Je viens lever votre écrou.

— Mon Dieu! mon Dieu! serait-ce possible? fit Rodolphe en joignant les mains.

— Rien n'est plus certain, puisque vous ne me devez plus rien.

2

— Mais cette lettre de change que je n'ai pu payer?

— La voici acquittée... Prenez, monsieur, je vous la rends...

Émile, témoin de ce colloque, était pâle et tremblait de bonheur... il voulut parler; mais d'un geste Dumont lui imposa silence.

— Une seule personne, reprit Rodolphe, pouvait venir à moi dans mon malheur; mais aujourd'hui, *l'ange et la joie de la maison* est trop haut pour descendre jusqu'ici... qui donc, à sa place, a payé cette lettre de change?

— Un grand et noble cœur d'enfant, un cœur comme il s'en trouve peu dans une poitrine d'homme, répondit Dumont...

— Cet enfant, quel est-il, où est-il? s'écria Rodolphe en précipitant ses paroles.

— Cet enfant est votre fils, et le voici.

À ces mots, M. Dumont jeta le fils dans les bras du père...

— Mon fils! répétait Rodolphe... mon fils... quelle leçon! grand Dieu! quel exemple! combien j'ai été coupable envers lui! Le reste de ma vie suffira-t-il à réparer mes torts?

C'est en vain qu'Émile cherchait à lui fermer la bouche avec ses baisers. Le remords et le repentir jaillissaient de son cœur...

— Comment, ajouta-t-il en s'adressant à son fils, comment et par quels moyens as-tu pu, faible et pauvre enfant, réunir une somme aussi forte?

— Je vais vous le dire, répondit Dumont. Depuis que vous êtes en ces lieux, Émile s'est livré au travail avec un

courage que soutenait l'espoir de vous rendre à la liberté.
Dès le premier mois il m'apporta la plus grosse part de ses
épargnes en me recommandant le secret. Tout en rendant
justice à sa piété filiale, j'ai pu craindre un instant que cette
résolution n'eût pas la persistance que je lui désirais, et j'ai
dû, quoique à regret, m'assurer que le temps ne pouvait
affaiblir cet élan d'un cœur si généreux.

» Ce matin, Émile est venu m'apporter ses économies du
mois de décembre, augmentées des étrennes monnayées qu'il
a reçues.

» Depuis vos malheurs, il m'a versé 440 francs, un peu
plus de la moitié de la somme que vous me devez. Il ne sera
pas dit que le vieux Dumont se soit laissé vaincre en générosité par un enfant... Monsieur, vous ne me devez plus rien...
vous êtes libre. »

On ne peut se faire une idée de la joie d'Émile en en-
tendant ces paroles; il s'élança dans les bras de M. Dumont,
qui lui rendit ses caresses avec une effusion de cœur difficile à exprimer. Rodolphe, profondément ému, s'empara de
la main de son fils, la posa sur son cœur et l'arrosa de ses
larmes.

— Nous avons trop bien commencé cette journée pour ne
pas la finir ensemble, reprit M. Dumont. Vous m'appartenez
tous deux jusqu'à ce soir.

Les formalités nécessaires pour la levée d'un écrou ayant
été remplies, les portes de Sainte-Pélagie s'ouvrirent devant
Rodolphe, qui, dans la personne d'un créancier impitoyable,
venait de trouver un généreux ami... plus encore une

seconde providence, comme vous allez voir, chers lecteurs.

Sans avoir une de ces fortunes scandaleuses que *la Bourse* procure aujourd'hui à quelques intrigants *élus* parmi beaucoup *d'appelés* dupés, M. Dumont, intelligent et rude travailleur, avait cependant acquis, à la sueur de son front, une richesse supérieure à ses besoins modestes et réglés comme les colonnes de son grand-livre.

Il pouvait avoir à cette époque vingt mille francs de rente, soit au soleil, soit en bonnes marchandises, soit encore en bons écus sonnants. C'était beaucoup plus qu'il n'en fallait à un vieux garçon qui, pour unique héritier de son nom et de sa fortune, n'avait qu'un petit cousin fort éloigné de distance et de parenté. Contrairement aux oncles créés par la nature pour servir de caissier à leurs neveux, ce cousin habitait l'Amérique.

Quoi qu'il en soit, l'intérêt que lui avait inspiré Émile, rejaillissant tout à coup sur son ex-débiteur, il leur proposa de faire au fils les premiers fonds d'une boutique de bijouterie, que celui-ci tiendrait avec son père. Cette proposition ayant été acceptée avec une vive reconnaissance, il fut convenu que chaque semaine les comptes du magasin seraient présentés à M. Dumont, qui les vérifierait et se rembourserait peu à peu de ses avances. C'était de l'argent placé sur une bonne action ; or ces placements bénis par Dieu rapportent presque toujours de gros bénéfices ; le commerce d'Émile devait infailliblement prospérer. En effet il conduisit si bien ses affaires, que dans l'espace de cinq années il avait remboursé son bienfaiteur de toutes ses avances. Cinq ans plus tard, il se trouvait à la tête d'une des meilleures maisons de bijouterie de la capitale.

Aujourd'hui le petit bijoutier est devenu l'un des négociants les plus honorables et les plus estimés de Paris... Sa modestie seule l'a empêché d'accepter le titre de juge au tribunal de commerce, honneur qui lui a été plusieurs fois offert. Il a épousé une femme d'après son cœur, et il est père de trois amours d'enfants.

Rodolphe, rentré dans la bonne voie et parvenu à un âge fort avancé, jouit en bon père du bonheur de son fils. Il n'a plus revu ses amis restés fidèles, pour leur malheur, *au vrai bonheur de la Grappe d'or.*

Anatole gagne péniblement son pain et ses canons de chaque jour, en jouant de la flûte dans les cours des maisons particulières. Remy, déguisé en paillasse, fait des tours de gobelet sur les places publiques.

DEUXIÈME RÉCIT

LE PORTEFEUILLE

I

Madeleine avait vingt ans; mais on lui en aurait donné dix-sept au plus, tant son visage rose et blanc était suave de fraîcheur et de pureté. Elle avait perdu son père à quinze ans, et sa mère, morte en lui donnant le jour, elle ne l'avait connue que par les regrets persévérants de son père inconsolé, par un portrait en miniature dont, mignonne elle-même, elle était la copie vivante, et surtout par l'hommage que l'auteur de ses jours rendait à sa mémoire, en recommandant à son jeune cœur, modelé sur le sien, l'exemple de ses qualités et de ses vertus.

Madeleine était jolie; mais elle était encore plus sage que belle, car, à ses yeux, la beauté de l'âme étant cent fois préférable à celle du visage, elle évitait avec un soin

extrême tout ce qui pouvait ternir l'innocence et porter
ombrage aux grâces natives de sa candeur de jeune fille.
Une mansarde éclairée par un jour parfait, un ameuble-
ment bleu comme le papier de sa mansarde, un lit de
noyer, abrité comme un nid d'oiseau dans les plis d'épais
rideaux blancs comme son frais visage, un canari dans une
cage verte, mêlant du matin au soir les cadences de sa voix
aux cadences de ses chansons; un petit jardin encaissé
sur les bords de sa fenêtre; un métier à broder qu'elle ne
quittait que le dimanche pour se consacrer uniquement au
jour du Seigneur; un beau crucifix d'ivoire placé à la tête
de son lit, composait toute sa fortune.

Madeleine, heureuse dans la position infime que la Providence lui avait faite, payait exactement son terme de
50 francs, chaque trimestre, et trouvait dans son métier de
brodeuse, non-seulement les moyens de subvenir aux exigences matérielles de son existence de chaque jour, mais
encore les facilités de procurer à sa toilette modeste une
fraîcheur, une simplicité élégante, une distinction qui lui
donnaient, quand elle sortait pour aller à l'église, les airs
d'une petite marquise. *La petite marquise*, c'est ainsi qu'on
l'appelait dans la maison qu'elle habitait rue Croix-des-
Petits-Champs, n° 11.

Madeleine, réveillée avec le jour par les triples croches
de son canari, réveille-matin du voisinage, se levait à cinq
heures, accordait son âme à Dieu, arrosait ses fleurs, faisait
son petit ménage, et se mettait à son métier jusqu'à dix
heures. Alors, jetant un fichu sur ses épaules modelées à

la Canova, elle descendait son sixième étage pour faire son
marché : du lait, des fruits, des légumes de la saison, rarement une nourriture plus substantielle, composaient tout
son ordinaire. Elle attribuait à cette vie frugale la richesse
de sa santé ; le fait est qu'elle se portait comme un charme.
Le soir, quand elle quittait son métier à broder, elle allait
rendre sa visite à Notre-Dame des Victoires, place des
Petits-Pères, ou bien elle se promenait... des yeux, dans
son petit jardin. Au-dessous d'un tapis de basilic odorant et
parsemé de marguerites doubles, des liserons et de noueux
chèvrefeuilles montaient en tournant autour du treillage
dont elle avait barricadé sa fenêtre, soit pour intercepter
les rayons trop ardents du soleil, soit pour empêcher des
regards trop indiscrets d'arriver jusqu'à elle.

C'était une pieuse et modeste jeune fille que Madeleine...
et ses yeux, miroir de sa belle âme, voulaient rester purs
comme son cœur. Ainsi qu'elle l'avait commencée, Madeleine terminait sa journée par une prière. — La prière
était la seule sauvegarde de son cœur. A vingt et un ans,
la *petite marquise* se trouvait possesseur d'une fortune de
cinq cents francs, prélevés sur ses économies et déposés à
la caisse d'épargne. Elle se croyait riche, la pauvre enfant,
et pour toujours à l'abri de la misère ; à cet âge l'ambition
d'une jeune fille n'embrasse pas de grands horizons, quand
elle a avec son pain de chaque jour l'espérance en Dieu et
une bonne santé. Madeleine possédait ces trois conditions
indispensables aux bonheurs de ce monde. Mais le bonheur
n'a de véritable durée qu'au ciel.

Un matin, les forces de Madeleine trahissant son courage, elle se vit obligée de garder le lit. Un violent mal de tête, compliqué de suffocations et d'une fièvre ardente, lui révélait les germes d'une grave maladie. Le médecin qu'elle fit appeler reconnut de suite les symptômes d'une fluxion de poitrine; il chercha à la combattre par des moyens énergiques, mais le mal devait suivre son cours; la vie de Madeleine ne tarda pas à se trouver dans le plus grand danger.

Le médecin, qui avait reconnu dans sa pauvre cliente une nature d'élite, lui prodiguait ses soins avec un admirable dévouement.

— Docteur, lui dit-elle un matin qu'elle avait deviné dans ses yeux les périls de sa position, je veux savoir la vérité tout entière... suis-je en danger de mort?

— Votre état est grave, répondit le docteur, mais il n'est cependant pas sans espoir.

— Je comprends, répliqua Madeleine, je sais maintenant ce qui me reste à faire; merci, docteur.

Quand le docteur fut parti, elle pria la garde-malade qui la soignait d'aller à Notre-Dame des Victoires et de lui ramener un prêtre, dont elle lui indiqua le nom. C'était son directeur...

Le bon prêtre se rendit aussitôt à son appel. Madeleine, complétement résignée à la volonté de Dieu, se confessa, et reçut avec amour et foi les sacrements de l'Église.

— Il me semble que je vais mieux, dit-elle au docteur quand celui-ci revint dans la soirée pour la voir. Le méde-

cin lui prit le pouls... il était moins agité... il regarda la
face de la malade ; il y avait moins de feu dans ses yeux; la
peau était moins sèche, évidemment un mieux sensible
s'était déclaré dans l'état de la pauvre fille. Un éclair d'espérance et de joie illumina le regard du médecin, qui s'é-
cria :

— Mon enfant, nous vous sauverons.

Quinze jours après, Madeleine entrait en pleine convalescence, mais sa maladie avait duré trois mois, et de la caisse
d'épargne, la plus grande partie de sa fortune avait passé
dans celle du pharmacien, et les honoraires du médecin
n'étaient point payés, et de quelques semaines encore elle
ne pourrait songer à reprendre le métier à broder, qui chô-
mait depuis si longtemps dans un coin de la mansarde, et
l'époque de son terme allait échoir... et... et... pour la première fois de sa vie, la pauvre Madeleine allait comprendre
les angoisses de la misère.

Sa confiance en Dieu relevant son courage, elle envisagea
sans crainte les tristesses de sa position, et se prépara bravement à la lutte. Lorsqu'elle eut payé son terme et les honoraires de son médecin, qui ne put la décider à accepter un
crédit illimité, sa fortune de 500 francs se réduisit à 7 francs
50 centimes. Cette faible ressource fut épuisée le jour où,
consultant son énergie au détriment des conseils de son
docteur, elle reprit son travail accoutumé... travail qui demandait au moins une semaine avant de produire le salaire
dont elle avait besoin pour vivre.

Elle n'hésita pas un instant : cachant dans une des poches

de sa robe le couvert d'argent qu'un jour son père lui avait
donné pour étrennes, elle descendit dans la rue pour le porter au mont-de-piété; mais comme c'était la première fois
qu'elle se trouvait dans le cas de cette nécessité ruineuse
pour le peuple, elle ignorait le chemin qu'elle devait prendre pour arriver à une succursale du grand bureau. Rougissant, dans sa fierté, à l'idée seule de la demander à un passant, elle marcha plusieurs heures devant elle, regardant à
droite et à gauche les murs des maisons, et ne voyant autre chose que des enseignes de boutiques ou des réclames de
commerce.

Affaiblie par sa longue maladie, les pieds brûlants, acca-
blée de fatigue, le cœur brisé par la pensée de son pauvre
canari, manquant de biscuit et réduit à son dernier grain
de millet, elle commençait à désespérer de réussir dans ses
démarches, lorsqu'au détour d'une rue, une jeune femme,
déguisée en princesse, portant le nez au vent, une riche cassette sous le bras, et le verbe haut, s'approcha d'un commissionnaire et lui demanda, avec un ton d'assurance aussi dé-
gagé que si elle l'eût questionné sur la voie d'une bonne
action, l'adresse d'un bureau de mont-de-piété qui devait se
trouver dans le voisinage. Le commissionnaire, sans ôter de
sa bouche une vieille pipe culottée, compagne fidèle de ses
doux loisirs, lui indiqua le numéro 34 de la rue de Richelieu, passage Hulot, en face de la fontaine Molière.

Madeleine, pivotant sur elle-même à travers les rues de
ce quartier, était revenue tout près de son point de départ.
La jeune femme à la riche cassette et aux allures de prin-

cesse avait repris sa course dans la direction de la rue de
Richelieu. Madeleine la suivait de loin, timidement, comme
si elle marchait vers l'accomplissement d'une mauvaise action.

Elle savait instinctivement que le mont-de-piété, usu-
rier de la misère honnête, devient souvent le banquier du
vice, réduit aux expédients pour satisfaire ses appétits rui-
neux.

Il était deux heures. Madeleine, après avoir reçu contre
son couvert d'argent une pièce de sept francs cinquante centimes, qui lui assuraient provisoirement du pain, du chènevis et de l'eau pour elle, pour son canari et pour ses fleurs,
avait repris le chemin de son domicile... Elle venait d'entrer
dans la galerie obscure qui, de la rue de Richelieu, conduit,
par le Théâtre-Français, dans les cours du Palais-Royal,
quand tout à coup elle sentit rouler sous son pied un objet
d'une petite dimension; elle le ramassa... c'était un portefeuille de maroquin vert, fermé par une agrafe d'argent; elle
l'ouvrit, il contenait en billets de Banque une somme de
53 000 francs, plus des cartes de visite au nom de M. Chapuis, et une lettre portant cette inscription : A Monsieur
Duret, rue Neuve-des-Mathurins, n° 18.

Celui qui a perdu ces valeurs, pensa-t-elle, doit être bien
malheureux à cette heure, surtout si ces valeurs ne lui appartiennent pas... Sa première pensée fut de porter le portefeuille de maroquin vert au bureau des objets trouvés déposés à la préfecture de police... Mais, pensa-t-elle encore
M. Chapuis devait avoir un pressant besoin de cette somme

pour la porter ainsi sur lui, et un long temps s'écoulera peut-
être avant que la voie ordinaire le remette en la possession
de la somme qu'il vient de perdre. Que faire? où le trouver?
Son domicile n'est pas indiqué sur ses billets de visite, et
Paris est bien trop grand pour espérer y trouver un inconnu.
Elle réfléchit quelques instants en roulant dans ses mains le
portefeuille, qui contenait une fortune. Son parti fut bientôt pris... Le stimulant énergique d'une bonne pensée lui
rendant les forces qu'elle avait perdues à la recherche d'un
bureau du mont-de-piété, elle se dirigea rapidement vers la
rue Neuve-des-Mathurins, et demanda au concierge du
n° 18 si un M. Duret ne demeurait pas dans sa maison.

— Il rentre à l'instant, lui répondit le concierge.
Écoutez... le voici qui referme sa porte.

— A quel étage demeure t-il?

— Au second, au-dessus de l'entresol, la porte en face
de l'escalier.

Madeleine gravit rapidement les trois étages et fut aussitôt introduite dans le cabinet d'un personnage âgé portant à sa boutonnière le ruban rouge de la Légion d'honneur.

— M. Duret? fit Madeleine.

— C'est moi, mademoiselle, répondit le personnage
décoré, que puis-je faire pour vous servir?

— M'indiquer la demeure d'une de vos connaissances;
mais, auparavant, vous remettre cette lettre, si elle vous
est adressée.

M. Duret, prenant des mains de la gentille brodeuse la

lettre qu'elle lui présentait, s'écria : C'est une lettre de ma femme! Mais comment se trouve-t-elle en votre possession, mademoiselle? Venez-vous de Rouen?

— Non, monsieur, j'habite Paris.

— Alors, comment vous êtes-vous procuré cette lettre?

— Je l'ai trouvée avec un portefeuille qui la contenait, et que je désire remettre moi-même à son propriétaire... Connaîtriez-vous un monsieur Chapuis?

— C'est un de mes meilleurs amis; il habite Rouen, le pays de ma femme.

— Vient-il souvent à Paris?

— Rarement; mais il doit y être depuis ce matin, car il a un versement important à faire... Je suis même surpris de ne point encore l'avoir vu; mais il viendra sans doute demain matin...

— Il faut que je le voie avant, si c'est possible, fit Madeleine... Où descend-il à Paris?

— Ordinairement à l'hôtel Montmorency, boulevard des Italiens.

— Merci, monsieur. Et, prenant congé de M. Durel, qui s'apprêtait à lui faire des questions oiseuses, Madeleine courut à l'hôtel où M. Chapuis avait l'habitude de descendre. Il était trois heures. M. Chapuis venait de sortir en voiture.

Tristement désappointée, l'honnête brodeuse demanda s'il avait pris une remise ou une simple voiture de place.

— C'est une citadine que je suis allé lui chercher sur le boulevard, lui répondit un des garçons de l'hôtel.

— Vous rappelez-vous le numéro de cette citadine?

— Non, mademoiselle, et pour une bonne raison... je n'ai pas songé à le regarder.

— Pensez-vous que M. Chapuis rentre bientôt?

— Il ne doit pas revenir, car une affaire pressante, a-t-il dit, le rappelle à Rouen; et, d'une maison où il dînera à cinq heures, il se rendra directement ce soir, à neuf heures, au bureau des Messageries royales.

— Quel malheur! s'écria Madeleine, vivement contrariée, et combien il est fâcheux que vous n'ayez pas songé à regarder le numéro de la citadine!

— Pourquoi, mademoiselle?

— Parce qu'il importe que je rejoigne M. Chapuis le plus tôt possible; le cocher de la citadine que vous avez prise pourrait me mettre sur ses traces...

— Oui, si vous aviez la chance de le retrouver sur le pavé de la rue.

— C'est juste... Que faire, mon Dieu? que faire? répétait Madeleine souffrant des angoisses que devait éprouver à cette heure le malheureux propriétaire du portefeuille de maroquin vert...

— Vous tenez donc beaucoup à voir ce monsieur? demanda le garçon d'hôtel.

— Il faut que je le rejoigne le plus tôt possible, il le faut, vous dis-je, pour empêcher un grand malheur.

— Dans ce cas, mademoiselle, je vais vous indiquer le moyen de le prévenir, en vous aidant à trouver le monsieur que vous cherchez. Je me rappelle le nom de la rue et le

numéro de la maison où M. Chapuis a dit au cocher de le
conduire...

— Oh! dites, dites vite, monsieur, et vous ferez, sans
vous en douter, une bonne action... quelle rue?

— Rue de Seine-Saint-Germain.

— Quel numéro?

— Numéro 33.

— Il suffit... et, prélevant sur la somme qu'elle venait de
toucher au mont-de-piété une pièce de vingt sous, Madeleine
l'offrit généreusement au garçon d'hôtel, qui lui dit galam-
ment... Vous êtes aussi bonne que vous êtes jolie.

Cinq heures sonnaient au palais de l'Institut, quand la
jeune fille, mourant de faim, harassée, quitta le quai Mala-
quais pour entrer dans la rue de Seine. Arrivée devant le
numéro 33, elle demanda au concierge si, dans l'après-midi,
il n'avait pas vu un monsieur descendre d'une citadine et
monter à un étage quelconque de sa maison.

— Vous feriez tout aussi bien, mademoiselle, lui répondit
le concierge, fort occupé en ce moment d'accommoder un
civet problématique, de me demander si j'ai trouvé une
épingle sur une meule de foin... des citadines et des cita-
dins, je ne vois que ça tous les jours du matin au soir.

— Je vous en prie, mon bon monsieur le concierge, répliqua Madeleine de sa voix la plus douce, cherchez bien
dans vos souvenirs! Un monsieur descendant d'une voiture
de place a dû vous demander, dans le courant de cette
après-midi, l'adresse d'un de vos locataires... si vous saviez
le service que vous me rendriez, si, vous la rappelant,

vous étiez assez bon pour m'indiquer l'adresse demandée.

Disant ainsi, Madeleine joignit les mains et sembla chercher avec son plus doux regard sur les lèvres du concierge une réponse à laquelle on eût dit que sa vie était attachée.

Il y avait, d'un autre côté, tant d'onction dans la prière de sa voix, que le concierge, cherchant à se remémorer, lui dit :

— Il me souvient, en effet, qu'un gros monsieur, visiblement préoccupé d'un *bouillon* sans doute qu'il a bu à la Bourse, est monté il y a tout au plus une heure chez la veuve Bélizard...

— C'est probablement lui, s'écria Madeleine.

— Je le désire pour vous.

— A quel étage demeure madame veuve Bélizard?

— Au premier, la porte à gauche, mademoiselle...

— Merci, monsieur le concierge.....

Le gros monsieur préoccupé était en effet M. Chapuis, mais il ne se trouvait plus chez madame Bélizard, il l'avait quittée à quatre heures et demie pour aller dîner chez un de ses amis, M. Ribert, rue du Luxembourg, n° 57.

Madeleine courut aussitôt rue du Luxembourg : l'espérance de rejoindre enfin le propriétaire du portefeuille de maroquin vert lui prêtait des ailes.

II

Pendant ce temps, une nombreuse réunion d'amis, joyeusement attablés au numéro 57 de la rue du Luxembourg, fêtait le quatre-vingt-troisième anniversaire de la naissance de la maîtresse de la maison, madame Ribert, bonne et excellente femme, qui avait largement payé sa dette à la patrie et à son époux, en leur donnant à chacun six vigoureux jeunes gens, excellents et bons comme elle.

Tous les convives convoqués à cette fête de famille payaient aussi largement leur écot d'entrain et de gaieté à leurs aimables amphitryons; le plaisir brillait dans tous les yeux, le champagne écumait dans tous les verres, l'esprit gaulois pétillait sur toutes les lèvres : seul un invité, un ami intime de la maison, semblait faire bande à part par le sérieux de son attitude et la tristesse de son maintien. La fourchette, dont ordinairement il se servait avec un art de séduction à réveiller l'appétit d'un Anglais en travail de digestion, restait inactive sur son assiette. Le verre que, suivant le précepte d'Épicure et le refrain de la chanson, il ne laissait jamais ni vide ni plein, posait devant ses yeux comme une pompe hors de service : en un mot, il ne mangeait et ne buvait que du bout des lèvres.

— Ah çà! mon cher Chapuis, lui disait-on de tous les côtés, sur quel pied vous êtes-vous donc levé ce matin? Vous nous faites l'effet d'un saule pleureur... Vous avez joué et sans doute perdu à la Bourse.. Vous avez l'air de vous amuser parmi nous comme une puce dans une tabatière...

— On dirait que vous rédigez le prospectus d'une société en commandite à créer dans la lune... ou bien le programme de vos funérailles... Allons, père Chapuis, reprenons donc notre gaieté de fleur de champagne et de petits pois... A la

santé du père Chapuis!... Vive le père Chapuis!... Allons, encore un verre, mon vieux, pour te décrasser les dents, comme dans la vieille garde... Une... deux... trois... rubis sur
l'ongle, et allez donc!

A ce feu roulant de saillies lancées à brûle-pourpoint à
son adresse, le père Chapuis répondait par un sourire qui
ressemblait plutôt à la grimace d'un homme qui souffre d'un
cor au pied qu'à l'expression d'un plaisir de bon aloi. Tous
les efforts tentés pour dérider son cœur et son front semblè-
rent les assombrir davantage.

Au dessert, au moment où M. Ribert, fidèle aux usages
de nos pères, s'apprêtait à chanter des couplets de circonstance, composés sur l'air *J'ai du bon tabac*, un vigoureux
coup de sonnette se fit entendre à la porte, et, un instant
après, un domestique s'approchant de M. Chapuis, lui dit à
l'oreille, mais sur un diapason assez élevé pour que chacun
l'entendît :

Une personne demande à vous parler pour une affaire
très-pressée...

— Dans ce cas-là, fais-la prier d'attendre, lui dit l'amphitryon.

— Il paraît que cette personne pressée ne sait pas qu'il ne
faut jamais déranger l'honnête homme qui dîne, fit un second convive.

— C'est, sans doute, le directeur des pompes funèbres
qui vient chercher le programme de notre ami, ajouta un
troisième, en sablant son dixième verre de champagne.

— Faut lui dire de repasser après-demain, s'écrièrent

tous les convives à la fois; nous ne sommes pas pressés de faire une promenade au Père-Lachaise...

Chapuis se leva de table, sombre toujours comme un personnage de mélodrame, et sortit sans prêter la moindre attention aux plaisanteries qui, sur un ton lugubre, roulèrent à son sujet pendant sa courte absence.

Cinq minutes ne s'étaient pas écoulées que M. Chapuis, tenant par la main une jeune fille ravissante de grâces et d. beauté, reparut dans la salle à manger. Un changement complet s'était opéré en lui, son front rayonnait de joie.

— Ah çà! mon cher, lui dit M. Ribert, pourquoi nous avoir caché jusqu'à ce jour ton bonheur de père? Je donnerais volontiers le treizième et quatorzième fils que j'aurais pu avoir pour posséder une si charmante fille...

— Ce n'est pas ma fille, répondit Chapuis.

— Qu'est-elle donc alors?

— C'est un ange du bon Dieu... Écoutez, messieurs. Et, réclamant le silence pour quelques instants, M. Chapuis leur dit d'un ton grave et solennel :

— Vous m'avez demandé tout à l'heure la cause d'une tristesse que, malgré tous mes efforts, je n'ai pu maîtriser et cacher à vos regards. Je puis vous la dire à présent, sans crainte de troubler la fête de famille à laquelle j'ai cru devoir me rendre, malgré de poignantes préoccupations et de mortelles angoisses. Arrivé de Rouen ce matin à huit heures, j'ai eu le malheur de perdre dans la journée un portefeuille qui contenait en billets de banque une somme de 53 000 francs applicables à un versement que je dois effec-

tuer demain chez un notaire, pour le compte d'un tiers...
Comprenez-vous maintenant pourquoi, il y a quelques instants à peine, je vous produisais l'effet d'un saule pleureur
sur une tombe?... Écoutez, messieurs... Ce portefeuille, renfermant des valeurs qui ne m'appartiennent pas, et que, par
une fatalité dont je ne me rends pas compte, j'ai perdu dans
le couloir du Théâtre-Français, pouvait tomber entre les
mains d'une personne indélicate qui aurait pu s'en appro-
prier le contenu... La Providence ne l'a pas voulu... Entre
mon malheur et le désespoir qui devait en être la conséquence, elle a déployé les ailes d'un de ses plus doux anges.
Je le répète, mon portefeuille a été trouvé ce matin là où
je l'ai perdu, par un pauvre enfant du peuple, par une ouvrière qui venait de mettre au mont-de-piété ses dernières
ressources, par une simple fille, qui, relevant à peine d'une
grave maladie, s'est mise bravement à ma recherche.

Depuis deux heures, cet enfant du peuple, cette ouvrière, poursuit pas à pas mes traces avec une persévérance,
avec une intelligence que j'appellerais le dévouement et le
génie de la vertu... Le portefeuille de maroquin vert que j'ai
perdu, le voilà, messieurs... L'enfant du peuple, l'ouvrière,
l'ange du bon Dieu, qui l'a retrouvé et me l'a rendu intact,
inviolé, la voici...

Ces paroles, prononcées d'une voix profondément émue,
furent accueillies par un long cri d'admiration. Madame Ribert, se levant de table, courut à la jeune fille, et la pressa
sur son cœur en disant :

— Je remercie Dieu, qui, le jour du quatre-vingt-troi-

sième anniversaire de ma naissance, m'envoie par un de
ses anges, pour mon bouquet de fête, un si bel exemple de
vertu...

Toutes les dames, se levant également de table, voulurent
embrasser chacune à leur tour l'héroïne du portefeuille de
maroquin vert. Les hommes, pénétrés d'admiration pour
une action que Madeleine, repoussant avec une non moins
admirable modestie les éloges dont elle était l'objet, considérait comme une chose toute naturelle; les hommes, disons-nous, joignaient leurs félicitations à celles des dames,
et rendaient un juste hommage à la vertu modeste qui
s'ignorait elle-même.

Aussi noble que désintéressée et généreuse, Madeleine,
confuse, humiliée, pour ainsi dire, de l'ovation qu'elle était
forcée de subir, ne voulait rien accepter... La pauvre enfant,
cependant, mourait de soif et de faim... Mais madame Ribert insista avec tant de grâce pour qu'elle s'assît à ses côtés,
qu'elle dut occuper à la table de famille la place d'honneur,
qui en toute justice lui revenait de droit.

Quoiqu'elle fût le point de mire des regards attentifs
d'une réunion nombreuse, uniquement occupée d'elle, Madeleine conserva une attitude digne et réservée... sa timi-
dité, exempte de gaucherie, n'excluait pas cette aisance de
manières qui caractérise la bonne éducation. Elle possédait
au suprême degré, en dehors de l'esprit d'analyse, par une
de ces affinités mystérieuses qui se comprennent mais ne
s'expliquent point, l'intuition du bon, du beau et du bien.
Aussi dans quelque rang de la société que le ciel l'eût fait

naître, dans les salons du grand monde aussi bien que dans
les ateliers des enfants du peuple, on l'eût remarquée par
sa distinction autant que par les richesses de sa nature heureuse et privilégiée.

Lorsqu'elle prit congé de madame Ribert, cette excellente femme la pressant sur son cœur, lui dit :

— Je n'ai jamais eu de fille, vous me rendriez heureuse,
ma chère enfant, si vous vouliez remplacer auprès de moi
celle que la Providence m'a refusée... en me venant voir
souvent... A votre âge, ajouta-t-elle, la solitude absolue a
ses inconvénients, ses tristesses et ses dangers. Promettez-
nous de venir passer tous vos dimanches près de nous, en
famille... je vous tiendrai lieu, quoique je sois bien vieille,
de la bonne mère que vous n'avez plus.

Pour toute réponse, Madeleine, reconnaissante des sympathies dont elle était entourée, versa une larme... dans
cette larme il y avait une promesse à laquelle, tant que
vécut madame Ribert, elle n'a jamais manqué.

III

Il était fort tard lorsque Madeleine, absente depuis deux
heures, rentra chez elle, reposée de ses fatigues de la journée
par les émotions de la soirée et la satisfaction d'avoir fait
du bien à un cœur désespéré. Elle monta rapidement les
escaliers de son sixième étage, tenant à la main une provi-
sion de chènevis qu'elle a faite pour son oiseau favori. Fifi-
Mignon, c'est ainsi qu'elle l'appelait, battit de l'aile en la

voyant, tourna sur lui-même, jeta un petit cri de reproche ou d'adieu et expira d'inanition.

La mort de Fifi-Mignon causa un grand chagrin à la petite brodeuse. Fifi était pour elle plus qu'une société, c'était un ami vrai; elle l'avait vu naître et l'avait élevé de ses mains; avec lui elle avait partagé sa misère, ses joies et ses tristesses, et puis il était si charmant, Fifi-Mignon, lorsque le matin il saluait le réveil de sa maîtresse par les cadences rapides de sa voix! Elle lui creusa une petite fosse sous le pied d'un rosier en fleur, et, après avoir donné une larme à son souvenir, elle le rendit à la terre, d'où tout vient et où tout retombe.

Le lendemain matin, Madeleine sortit à neuf heures pour aller chercher de l'ouvrage dans les maisons qui avaient l'habitude de lui en donner; mais sa longue maladie avait porté préjudice à ses intérêts; outre que l'ouvrage était devenu plus rare, plusieurs de ses maisons avaient confié à d'autres mains les commandes que de préférence elles lui donnaient autrefois. Madeleine rentra le cœur désespéré à la pensée d'un avenir qui lui offrait en perspective les angoisses de la lutte... La vue de la cage de Fifi-Mignon redoubla ses tristesses... pour la première fois elle se sentait défaillir dans son courage.

Les faibles ressources qu'elle s'était procurées au mont-de-piété furent bientôt épuisées, car l'ouvrage ne revenait point; elle dut les renouveler en engageant la petite montre qui, depuis son enfance, avait marqué toutes les heures de sa vie, par une pensée d'innocence ou par une vertu féconde aux yeux de Dieu. Elle commença la lutte par le sacrifice...

Deux mois s'écoulèrent ainsi pour la pauvre enfant, entre les regrets du passé, les privations du présent, les espérances et les appréhensions de l'avenir. Vainement pendant plusieurs jours elle s'était présentée dans toutes les maisons de broderie de Paris, chacun de ses pas avait été marqué par une déception; la fatalité semblait présider à ses démarches...

Sur ces entrefaites, elle voyait approcher avec un indicible effroi l'époque d'un terme qu'elle ne pourrait payer : elle était bien à plaindre la pauvre Madeleine ! d'autant plus à plaindre que sa noble fierté, aux prises avec l'adversité, avait refusé d'ouvrir son cœur aux avances que madame Ribert lui avait faites et continuait à lui faire; car, ainsi qu'elle l'avait promis, la petite ouvrière allait voir tous les dimanches la bonne femme qui avait gagné sa confiance par les marques d'une tendresse toute maternelle.

La veille du jour où elle devait payer son terme était un dimanche; Madeleine, après avoir entendu le service divin à Notre-Dame des Victoires, se rendit, comme de coutume, rue de Vaugirard. Madame Ribert comprit, à première vue, qu'un profond chagrin assombrissait l'âme sereine de sa jeune amie. — Vous souffrez, mon enfant, lui dit-elle; Madeleine répondit par un sourire sublime de résignation. Vainement madame Ribert s'efforça d'arriver à la connaissance du mal secret qui répandait des teintes sombres sur le front de sa protégée; interrogations, caresses, prières, tout fut inutile : Madeleine repoussa avec une fière, trop fière indépendance peut-être, la planche de sauvetage que lui tendait une main amie.

Prétextant dans la soirée un violent mal de tête, elle se retira de meilleure heure que d'habitude. Elle avait besoin de se trouver seule, pour s'abandonner sans témoins à toute sa douleur.

A peine fut-elle partie, que M. Ribert, guidé par une pensée généreuse, par une inspiration providentielle peut-être, prit une voiture et se rendit chez le concierge de la maison que Madeleine habitait rue Croix-des-Petits-Champs... il lui raconta comment il avait connu sa locataire, lui fit part de l'intérêt qu'il lui portait, et l'interrogea sur la tristesse profonde que depuis quelque temps sa femme et lui avaient remarquée dans la vie de leur protégée. Le concierge, après avoir fait un juste et pompeux éloge de sa locataire, répondit que cette tristesse ne pouvait provenir que de l'état de gêne où le manque de travail avait mis la vertueuse ouvrière...

— Je suis certain, dit-il, que la pauvre enfant n'est pas en mesure de nous payer son terme demain.

— Serait-ce possible? s'écria M. Ribert.

— Oh! rassurez-vous, monsieur, reprit le concierge, nous ne lui donnerons pas congé pour cela. Dans sa petite mansarde, ainsi que les hirondelles sous les toits, Madeleine porte bonheur à la maison... Si, comme je le crois, elle ne peut nous payer son terme demain, elle le payera quand elle pourra, voilà tout.

— Comment vous appelez-vous, monsieur le concierge?

— Levasseur, pour vous servir, monsieur; Levasseur, ex-grenadier à la trente-deuxième brigade de la vieille... Disant ainsi, l'ancien soldat se mit au port d'armes et fit le salut militaire...

— Eh bien, monsieur Levasseur, vous êtes un brave homme... touchez là, et M. Ribert tendit à l'ex-grenadier de la vieille une main que celui-ci serra sans façon dans la sienne.

— Je vous ai dit, ajouta M. Ribert, que je portais un grand intérêt à Madeleine...

— Oh! elle le mérite bien; allez, monsieur, on couronne tous les ans des rosières qui sont moins vertueuses qu'elle.

— Or, comme l'intérêt qu'on porte aux gens doit se traduire par des preuves, je me charge du loyer de Madeleine; voici 100 francs : 50 pour le terme échu, 50 pour celui à venir.

— A votre tour, comment vous appelez-vous, monsieur? demanda le concierge.

— Ribert, ancien commissionnaire en marchandises.

— Eh bien, monsieur Ribert, vous êtes un brave homme, je ne vous dis que ça, touchez là.

Et les deux mains de ces deux braves gens se retrouvèrent de nouveau unies dans une douce et cordiale étreinte.

— Nous nous reverrons, reprit M. Ribert; en attendant, promettez-moi de garder vis-à-vis de Madeleine un secret absolu sur ce qui vient de se passer entre nous.

— Je vous le promets, monsieur.

— Adieu, mon brave Levasseur.

— A revoir, mon brave monsieur Ribert; Ribert, voilà un nom que je n'oublierai jamais.

Le lendemain le brave concierge se présenta de bonne heure chez sa locataire, qui n'avait pas fermé les yeux de la nuit. Sa belle figure était pâle et l'on voyait à ses yeux qu'elle avait beaucoup pleuré. La physionomie franche et ouverte du concierge faisait un contraste frappant avec la sienne.

— Bonjour, mademoiselle Madeleine, lui dit ce brave homme; je vous apporte deux quittances...

— Je n'en dois qu'une, répondit la brodeuse en pâlissant.

— Vous n'en devez aucune, reprit Levasseur; voyez plutôt, et il lui remit acquittées la quittance du terme échu et celle du terme à courir.

— Mon Dieu! mon Dieu! serait-ce possible? s'écria Madeleine, ne pouvant en croire ses yeux.

— Rien n'est plus vrai, mademoiselle; ces deux quittances sont parfaitement en règle.

— Mais qui a donc pu?...

— Un de vos bons anges, sans doute, car vous êtes si gentille, si bonne, si vertueuse, que vous devez en avoir plusieurs qui veillent sur vous.

— Mon Dieu, répéta Madeleine, qu'ai-je donc fait pour que vous soyez si miséricordieux envers moi?

— Ce que vous avez fait, mademoiselle? vous avez fait une belle et bonne action, et le bien porte avec soi toujours sa récompense... Le concierge redescendit triomphant.

IV

Il y avait six semaines de cela... Madeleine continuait à lutter péniblement contre les exigences de la vie. La santé lui était revenue, mais non l'ouvrage... Pleine de confiance en Dieu, qui l'avait secourue à l'heure de l'affliction, elle espérait toujours, mais ainsi que l'a dit un poëte :

On désespère alors qu'on espère toujours;

cependant elle touchait au terme de ses souffrances et des épreuves.

Un matin, c'était un mercredi, elle venait de finir le dernier point de la broderie qui lui restait à faire... ses yeux se promenaient tristement sur les fleurs de son petit jardin...

— Oh! mes belles petites amies, leur disait-elle... combien j'envie votre sort!... Une brise, une goutte d'eau, un rayon de soleil suffisent à votre existence de chaque jour... Vous ne connaissez pas les déchirements de la faim et les angoisses de la misère; vous naissez sans souffrance, vous mourez sans efforts; les parfums que vous répandez autour de vous ne vous coûtent que la peine de fleurir sous le souffle du bon Dieu... Vous n'êtes jamais seules, vous vivez en famille, vous avez des sœurs, des compagnes... Quand une de vous tombe, un bouton reste, et votre tige renaît toujours... Chaque jour qui tombe de ma vie emporte un pétale de ma couronne de jeune fille : la moindre brise ternit en passant mon front... oh! oui, vous êtes bien heureu-

ses, mes belles amies! Pourquoi, comme vous, ne suis-je pas
née fleur un beau jour du mois de mai? Comme vous, je me
nourrirais d'air et de soleil, et je n'aurais pas à m'inquiéter
du pain terrestre, qui parfois est bien cher pour les pauvres
filles du peuple.

Dans ce moment, un coup frappé timidement à sa porte
la fit tressaillir; elle se leva et courut ouvrir :

— Bonjour, mon enfant, lui dit en entrant M. Ribert...
je vous apporte une bonne nouvelle : un de mes amis qui
se trouvait à notre dîner de famille, lorsque pour la première fois j'ai eu le plaisir de vous voir, le jour du portefeuille de maroquin vert, vous savez, m'a chargé de vous
faire une proposition, pour la forme, puisque madame Ribert l'a acceptée pour vous.

— De quoi s'agit-il, monsieur?

— D'une magnifique place à remplir dans son magasin
de lingerie, l'un des plus importants de Paris. Dix-huit cents
francs d'appointements fixes, la table, le logement, une gratification à la fin de l'année, et trois pour cent sur les ventes,
cela vous convient-il?

— Mais c'est toute une fortune que vous m'offrez là,
monsieur.

— Si ce n'est pas une fortune, c'en est du moins le commencement, je l'espère. Ainsi, mon enfant, vous ratifiez l'acceptation qu'en a faite madame Ribert en votre nom?

— Et je suis prête à la signer aujourd'hui même si votre
ami, ce dont je ne doute pas, est honorable de nom, de cœur
et de réputation.

— Vous serez dans une maison du bon Dieu,

. . . .

Le lendemain même, Madeleine fut installée comme première demoiselle de vente dans l'importante maison de lingerie de l'ami de M. Ribert, au grand regret de Levasseur, qui crut voir s'envoler le bonheur de sa maison avec sa jeune et vertueuse locataire.

— Ma foi, mon cher, dit un jour le négociant en lingerie à son ami Ribert, j'ai fait une affaire d'or en prenant Madelaine pour première demoiselle de vente. Depuis deux ans qu'elle est chez moi, mon commerce a doublé d'importance... décidément cette jeune fille est née sous une heureuse étoile. Elle est adorée de tous mes clients; tous veulent se faire servir par elle; aussi depuis quelques jours je caresse un projet qui lui sourira peut-être.

— Lequel, mon ami?

— Mon contrat avec mon associé expire le mois prochain; or, mon associé m'a déclaré son intention de se retirer pour aller planter des choux aux environs de Paris.

— Dans cette conjoncture, que penses-tu faire?

— Suivre son exemple.

— Mais tu n'aimes pas les choux, farceur.

— En revanche, j'aime les fleurs; au lieu de choux je planterai des roses pour offrir des bouquets à nos femmes.

— C'est une idée...

— J'en ai une meilleure encore...

— Tu n'en as que de bonnes.

— Tu vas voir.

— Je t'écoute.

— Je me retire du commerce, c'est convenu, mais en me retirant je vends mon fonds, devine à qui.

— A Madeleine... bravo! j'en étais sûr, c'est une belle action que tu fais là...

— Il n'y a pas de plaisir à te conter des secrets... tu devines la chanson avant la ritournelle.

— Et quelle somme demandes-tu pour la vente de ton fonds?...

— Celle que Madeleine a trouvée un jour dans le portefeuille de maroquin vert...

— Cinquante-trois mille francs?

— Oui, mon ami, pas davantage; cependant mon fonds en vaut au moins deux cent mille... Ce n'est pas tout, mon cher; outre le crédit illimité que je lui ouvrirai, je lui donnerai toutes les facilités possibles, et il ne dépendra pas de moi qu'avant cinq ans mon établissement ne soit à elle en toute propriété.

— Sais-tu, cher, que je te trouve admirable! Parole d'honneur! si tu en avais encore, je te demanderais une mèche de cheveux.

Ainsi qu'il l'avait dit, le riche négociant laissa la suite de ses affaires à Madeleine... qui n'attendit pas cinq années pour se passer de son crédit et se libérer entièrement envers le mystérieux instrument dont la Providence s'était servie pour récompenser dans une simple fille du peuple l'honneur et la vertu. Madeleine avait trouvé la base de sa fortune dans le portefeuille de maroquin vert.

TROISIÈME RÉCIT

———

VINGT-CINQ CENTIMES DE RÉCOMPENSE
EN PARTIE DOUBLE

I

Les bonnes actions que l'intuition du bien fait naître au cœur de l'homme engendrent, au point de vue moral, ce que les grains de blé jetés sur un sol fertilisé par l'ensemenceur produisent dans l'ordre régulier de la nature. Le grain de blé, fécondé par la sueur du paysan, produit la riche moisson. La bonne action, fécondée par la vertu de l'homme de bien, engendre tôt ou tard, mais inévitablement, la récompense. Qui sème le mal récolte le châtiment, qui sème le bien récolte la rémunération; car la Providence, toujours juste dans ses arrêts, tient une balance égale entre le mal et le bien, pour punir l'un et pour récompenser l'autre.

4

Cette proposition est prouvée par l'expérience depuis les premiers âges de la création; elle ondule, s'enchaîne et se développe à travers les siècles et les nations avec une puissance d'arguments et une logique irrésistible.

Le trait saillant que nous vous offrons, chers lecteurs, sous le titre de : 25 *centimes de récompense en partie double*, parce que, de même que le grand-livre d'un négociant, il a son débit et son avoir, complétant la morale du *portefeuille de maroquin vert*, donnera une nouvelle force à cette double proposition : le châtiment est la conséquence naturelle du mal; la récompense est la conséquence logique du bien.

Il y avait dans un petit hameau de la Normandie, planté comme une oasis sur le bord de la grande route de Rouen au Havre, un brave homme connu dans tout le pays sous le nom de père Jérôme... Jérôme, le sac au dos et l'arme au bras, avait parcouru la plus grande partie de l'Europe à la suite de l'illustre pionnier qui ouvrait des routes nouvelles à la gloire militaire de la France. Soldat de la grande armée, il avait généreusement payé avec du sang sa dette à la patrie; mais dans les palais des rois, qui lui servirent de bivac, il n'avait point trouvé la fortune. Après avoir planté des lauriers immortels sur les routes nouvelles ouvertes par Napoléon, il était revenu au pays qui l'avait vu naître, il avait rejoint ses foyers pour casser des cailloux sur le grand chemin de la Normandie : le vieux soldat s'était fait cantonnier.

A défaut des richesses que, dans ses mystérieux desseins

pour son bonheur peut-être, elle lui avait refusées, la Providence, au retour de ses campagnes d'Égypte, d'Italie et
d'Espagne, lui avait donné une bonne femme et beaucoup
d'enfants qu'il aimait plus que toutes choses en ce monde
et dont il était tendrement aimé. A ce point de vue, le père
Jérôme se disait millionnaire... par le cœur.

Il n'y a pas de métier au monde pour lequel les pierres
de la vie soient plus dures que sur le chemin du pauvre
cantonnier de campagne. Si je voulais me venger d'un en-
nemi... que je n'ai point, je l'espère... je lui souhaiterais
d'être casseur de cailloux, pour le voir toujours courbé devant moi... Exposé à toutes les intempéries des saisons, le
cantonnier doit subir, avec les variations du thermomètre,
les froids bleus de l'hiver et les chaleurs étouffantes de l'été.
Pour lui, sans fleurs est le printemps, sans fruits est l'automne; sa vie se consume laborieusement dans les vents,
les pluies, la poussière et les rayons de feu du soleil.

Parfait philosophe, sans avoir cependant étudié la scolas-
tique, le père Jérôme, heureux et content de son sort, se
consolait des rigueurs de sa position sociale dans les amours
de la famille. C'était un vigoureux enfant du peuple dans
toute l'acception du terme. Taillé sur le patron d'Hercule
Farnèse, il possédait encore, malgré ses soixante hivers
qui pouvaient compter presque pour doubles, puisque ses
états de service accusaient trente campagnes, il possédait,
disons-nous, une énergie de vitalité peu commune. Son
cœur était un lingot d'or brut. Il pratiquait avec une égale
dévotion deux religions, celle dont le siége est à Rome, le

catholicisme; celle dont le siége est à Paris, la France. Nous devons ajouter, pour rend hommage à la vérité, qu'il était aussi bon chrétien qu'il se flattait d'être bon Français.

Réveillé pendant la belle saison par les chants de l'alouette, pendant celle des orages par le givre fouettant les vitres de sa cabane recouverte en chaume, unique demeure de celui qui avait campé dans le palais du Kremlin, le père Jérôme sautait à bas de son lit, s'habillait militairement en trois temps, faisait la prière courte et bonne du soldat, et se rendait gaiement à son poste de la grande route. A midi, sa fille aînée lui apportait dans un vase de terre une copieuse soupe de choux cachée sous une tranche de lard d'une blancheur problématique; dans un pot de grès, du cidre, boisson classique de la Normandie, et quelquefois, en guise de dessert, dans son panier, un cornet de papier gris renfermant pour dix centimes de *caporal* acheté chez le débitant du village voisin. Le cantonnier assaisonnait tout cela par un refrain qui lui rappelait ses campagnes et sa vie de soldat.

Le soir, quand les oiseaux, glissant le long des buissons, et se réfugiant dans les bois, lui donnaient le signal de la retraite; les yeux fixés sur l'étoile du berger, la seule qu'il connût dans son savoir astronomique, il revenait en fumant sa bouffarde au logis où l'attendaient les empressements de sa femme et de ses enfants.

Après le modeste et frugal repas de la famille, il apprenait l'exercice à ses garçons, vigoureux gaillards qui promettaient de bons défenseurs à la patrie; il recommandait à ses filles de ressembler en tout à leur mère, ou bien, prenant un de ses enfants sur ses genoux, il faisait, avec l'enthousiasme des glorieux souvenirs, un récit de bataille et de guerre.

Le père Jérôme avait assisté à toutes les épopées de la république et de l'empire; il avait pris à pied sec une flotte hollandaise; il avait mangé, disait-il, du crocodile sur les bords du Nil, il avait vu les fameux quarante siècles promettant du haut des pyramides une grande victoire au petit Caporal, il avait bu du vin d'Asti dans les plaines de Marengo, de la bière allemande dans le palais de Potsdam; il avait trempé la crinière de son cheval dans les eaux du Rhin et de la Moskowa; enfin, il avait assisté au dernier soupir de l'aigle impériale à Waterloo; il ne prononçait jamais ce nom sans porter sa main droite à son côté, comme pour y chercher le sabre de soldat remplacé depuis ce temps-là par le marteau ferré du cantonnier de campagne...

II

Quoique bonne et excellente créature, madame Jérôme supportait avec moins de résignation, avec moins de gaieté surtout les rigueurs de leur position sociale.

— Ma foi, mon bonhomme, lui disait-elle souvent, il faut avouer que tu as choisi un fichu métier pour faire fortune.

Aussi prompt à la réplique qu'il l'était autrefois à la parade, le bonhomme répondait :

— Je n'ai point choisi ce métier de préférence à un autre,
par la raison que je n'avais pas de choix à faire. D'ailleurs,
il n'y a pas de sots métiers quand on les exerce honnête-
ment, il n'y a que de...

— Assez, mon bonhomme, s'écriait alors madame Jérôme, en arrêtant sur les lèvres de son mari la fin d'un
proverbe dont elle se faisait peut-être l'application... Puis
elle ajoutait :

— *Gueux* nous sommes nés, *gueux* nous mourrons.

— Sans rien devoir à personne du moins, répliquait
Jérôme en se redressant fièrement comme un soldat au port
d'armes... Nous mourrons comme nous avons vécu en
braves et honnêtes gens... et nous pourrons sans crainte
répondre : Présents, au rappel du bon Dieu... et puis
franchement, ajoutait-il, de quoi te plains-tu, ma vieille?
de n'être pas cousue d'or... en serais-tu mieux vêtue? ta
robe de bure, crois-en mon expérience, te garantit mieux
des froids de l'hiver que ne le ferait une robe de soie... Dans
notre cabane ne dormons-nous pas aussi bien que dans un
palais? Il m'est avis que nous y dormons mieux... Nous y
sommes parfaitement assurés contre les voleurs. *Nos propriétés* sur les bords de la route sont également assurées
contre la grêle; nous avons du cidre autant que nous en
pouvons boire sans nous faire du mal, du pain autant que
les besoins de notre estomac en réclament, *de la bonne air*
autant que nous pouvons en respirer, du soleil autant que
nos fronts peuvent en contenir, et une santé que les *délabrés* des grandes villes ne sauraient se procurer à prix

d'or... Ma femme, ne murmurons pas contre notre sort, acceptons-le au contraire en remerciant Dieu de ce qu'il ne nous en a pas donné un plus mauvais.

— C'est fort bel et bon tout cela, répondait à son tour madame Jérôme, qui dans ses naïves discussions avec son mari ne voulait jamais av ir le dernier mot ; mais quand tes bras affaiblis par l'âge ne pourr ont plus cultiver ce que tu appelles nos propriétés, c'est-à-dire quand ils ne pourront plus casser les pierres de la grande route, qui nous donnera notre cidre et notre pain de chaque jour?...

— Celui à qui cha e matin et chaque soir nous demandons notre pain, disait e re Jérôme... celui qui jusqu'à ce jour ne nous en a jamais refusé...

Comme vous le voyez, chers lecteurs, le père Jérôme était philosophe, mais l'école à laquelle il appartenait sans le savoir, était la bonne.

—Nom d'un petit bonhomme! fit un jour le père Jérôme en se réveillant — nom d'un petit bonhomme était le seul juron que se permettait le cantonnier depuis que, retiré du service militaire, il avait accepté pour capitaine, ainsi qu'il le disait lui-même, le curé du village...

— Nom d'un petit bonhomme! répéta Jérôme en réveillant sa femme, je viens de faire un fameux rêve...

— Lequel? demanda sa femme en se frottant les yeux et en ouvrant à les disloquer ses deux mâchoires encore assez bien meublées.

— J'ai rêvé des serpents...

— Des serpents! s'écria madame Jérôme, qui se piquait

de connaître parfaitement l'explication des songes; des serpents! Nous aurons de l'argent aujourd'hui...

— Tant mieux, ajouta le cantonnier, car je n'ai plus que dix sous dans ma bourse et plus qu'une pipe de tabac dans ma blague, *pour faire le garçon* demain dimanche.

Il était cinq heures; le soleil venait de se lever radieux derrière la colline contre laquelle s'abritait la cabane de ces braves gens... Jérôme, armé de son marteau de fer jeté militairement sur son épaule gauche, marcha en sifflant un pas redoublé vers la grande route pour y reprendre le cours de ses pénibles travaux.

Ce samedi était jour de grand marché pour la petite ville voisine, vers laquelle se dirigeaient à pied, en voiture ou à cheval, les marchands forains, de vingt lieues à la ronde; la route était encombrée de chars, de paysans, de bestiaux et de marchandises de toutes sortes...

Ce mouvement inaccoutumé se prolongea jusqu'à dix heures du matin... à ce moment de la journée, la grande route reprit sa physionomie ordinaire. Jérôme venait de s'asseoir sur un tas de pierres pour faire honneur au frugal repas que lui avait apporté sa ménagère, assise à ses pieds pour lui rappeler son rêve de la nuit, quand tout à coup un homme à cheval vint à passer rapidement devant eux. Cet homme, jeune encore, avait de grosses bottes, un chapeau rond couvert d'une toile cirée, une blouse bleue et un grand fouet noué autour de son poignet...

— C'est un marchand boucher, dit Jérôme.

— Bien attardé sans doute, ajouta sa femme.

— C'est aussi mon opinion, fit le cantonnier, car il fait sentir joliment l'éperon à son bidet.

— Pauvre bête! est-ce sa faute à elle si ce monsieur s'est levé trop tard... L'on dit cependant qu'il existe une loi pour empêcher qu'on brutalise les animaux... Mais, tiens, regarde donc, Jérôme... voici quelque chose de gros qui vient de tomber derrière le cheval...

— C'est le porte-manteau du boucher, répliqua le cantonnier, et mettant aussitôt ses deux mains arrondies en porte-voix autour de sa bouche, il commença à héler le marchand, qui, ne s'apercevant point de la perte qu'il venait de faire, continuait à galoper en avant...

— *Holà, hé là-bas!* s'écrait Jérôme, holà! hé là-bas! Mais sa voix se perdant dans les flots de poussière que le galop du bidet avait soulevés autour de lui, il courut dans la direction de l'objet tombé... C'est une sacoche pleine d'écus... s'écria le père Jérôme...

— C'est ton rêve de cette nuit... reprit sa femme.

— C'est peut-être toute la fortune du boucher, continua le cantonnier, et, sans autre réflexion, il s'élança résolûment à la poursuite du cavalier qui venait de disparaître à un détour de la route...

Celui qui à cette heure, sur un chemin poudreux, par la chaleur d'une ardente journée de juin, aurait vu le vieux soldat courant ainsi et portant sur ses épaules un lourd fardeau, aurait cru qu'il avait retrouvé ses jambes et ses forces de vingt ans.

Jérôme les avait retrouvées en effet, dans son empresse-

ment à rendre un grand service à l'un de ses semblables.
Comptant les minutes par les pulsations de son cœur haletant, il craignait d'arriver trop tard, car il savait que d'un
profond et violent désespoir peuvent naître souvent des
conséquences terribles... Après avoir parcouru tantôt au
pas de course, tantôt au pas accéléré, une distance de cinq
kilomètres, Jérôme, exténué, haletant, couvert de poussière
et de sueur, mourant de soif, n'en pouvant plus, arriva dans
un village à l'entrée duquel se trouvait une auberge à l'enseigne du Lion d'or. A la vue d'un cheval attaché devant la
porte de cette maison, Jérôme jeta un cri de joie et entra
précipitamment dans la salle où plusieurs voyageurs se dis-
posaient à dîner... L'un d'eux, assis devant une bouteille
à moitié vide et devant un verre rempli de cidre, se trouvait
seul à une table. Le cantonnier le reconnut de suite, c'était
le boucher à la blouse bleue.

— Ah çà ! mon brave, lui dit Jérôme, en lui frappant cavalièrement sur l'épaule... le cidre de cette année est-il bon?...

— Excellent, celui que je bois en ce moment surtout...
à votre santé, mon vieux; mais d'où venez-vous donc
comme cela? Vous suez de l'eau comme une fontaine.

— Je viens de faire cinq kilomètres au moins pour vous
toucher deux mots.

— A moi?

— A vous...

— Touchez-les vite alors, car je suis pressé de repartir.
Mais qu'avez-vous donc fait ce matin pour suer comme cela,
mon vieux?

— Nom d'un petit bonhomme ! s'écria le vieux soldat, en réprimant un geste de colère qui n'aurait point convenu au rôle qu'il jouait en ce moment, je crois que vous avez l'intention de me blaguer... n'importe... vous m'avez demandé ce que j'ai pris ce matin pour suer ainsi... je vous le dirai tout à l'heure, mais avant répondez-moi... n'avez-vous rien perdu ?

— Rien, répondit le boucher en avalant son dernier verre de cidre...

— En êtes-vous bien sûr...

— Absolument rien, vous dis-je.

— Cherchez bien...

— Ah ! c'est juste, fit le boucher en jetant les yeux sur la pendule... j'ai perdu cinq minutes à vous écouter, mon vieux...

— Vous auriez perdu plus que cela, répliqua Jérôme avec un son de voix calme et digne, si, quand vous avez passé, il y a près d'une heure, devant un pauvre casseur de pierres, vous n'aviez passé devant un honnête homme... Vous auriez perdu, monsieur, ce qui ne donne à personne le droit d'insulter ou même de plaisanter un vieillard ; reconnaissez-vous ceci ?... A ces mots il jeta fièrement la sacoche pleine d'écus qu'il avait ramassée sur la route...

— Grand Dieu ! s'écria le boucher, les 10 000 francs que je dois payer aujourd'hui !

— Et que vous avez perdus, il y a près d'une heure, en passant devant moi. Maintenant, monsieur, je vais répondre à la question que vous m'avez adressée deux fois... J'ai pris

gratis ce matin, *j'ai avalé, veux-je dire, pour suer ainsi*, du
soleil et de la poussière, pendant cinq kilomètres, afin de
vous rendre à vous, qui ne suez pas, les 10 000 francs que
vous devez payer aujourd'hui...

Toutes les personnes réunies dans la salle de l'auberge
où se passait cette scène, écoutaient, avec un silence qui
dénotait de leur part une vive admiration, les nobles paroles
du vieillard... Mais ce silence fit bientôt place à d'énergiques
protestations, quand le boucher tirant de sa bourse de cuir
une pièce de cinquante centimes, ne rougit point de l'offrir
au vieux soldat en lui disant : Rendez-moi vingt-cinq centimes..... « Le bien ne se paye pas, le devoir n'a pas besoin
de récompense, lui répondit majestueusement le père
Jérôme, en repoussant la pièce de monnaie offerte..... D'ailleurs, monsieur, ajouta-t-il, en montrant avec un geste
sublime la place où, sous sa chemise noircie par la sueur
et la poussière, battait son noble cœur... je suis plus riche
que vous.

Le boucher, humilié, confus, se retira au milieu des
huées dont tous les spectateurs de cette scène accueillirent
sa sortie.

III

Cette histoire où l'on voit la générosité et le dévouement
aux prises avec l'avarice et l'ingratitude, se répandit, le jour
même, dans toutes les communes voisines avec la rapidité

que la justice du peuple apporte à la propagation des bonnes
et des mauvaises actions.

Un paysan du village habité par le marchand boucher,
justement indigné de la conduite de cet homme et voulant
par un acte éclatant repousser la part de responsabilité que
cette conduite pouvait infliger au pays entier, se chargea du
soin de la réparation.

Ainsi que nous l'avons dit, le jour suivant était un dimanche; or ce jour-là tous les fidèles se rendant à la messe,
et se réunissant ensuite sur la grande place, pour causer des
affaires du temps, aperçurent placardée sur la porte de
l'église et sur celle de la mairie une affiche écrite à la main
et reproduisant de la manière la plus exacte le fait que nous
venons de relater. Le nom du boucher ingrat et avare, celui
du cantonnier généreux et dévoué, étaient inscrits en toutes
lettres; auprès de cette singulière affiche, la même main
avait aussi placardé l'avis suivant :

« Afin de réparer autant que possible la conduite hon-
teuse d'un de ses habitants qu'elle renie dès aujourd'hui, la
commune de... ouvre une souscription en faveur du brave
cantonnier Jérôme... On pourra souscrire depuis 5, jusqu'à
25 centimes... les sommes seront versées chez le notaire
pour être remises en temps et lieu à leur destinataire. »

Instruit de cette protestation, le marchand boucher se
condamnant lui-même à une reclusion volontaire, se tint
renfermé chez lui durant plusieurs jours. Pendant ce temps,
la souscription réparatrice obtenait un plein succès. Les plus
pauvres eux-mêmes voulaient y contribuer par leur modique

offrande; les plus riches s'ingéniaient pour trouver e moyen de dépasser le chiffre de la somme fixée par la souscription. Un riche fermier, parvenant à prouver qu'il avait le droit de prêter à ceux qui ne pouvaient donner, fit un versement de cinq cents francs... Un éleveur qui depuis longtemps était en relations d'affaires avec le boucher ainsi mis à l'index de l'opinion publique, prouva de son côté qu'il avait le droit d'offrir au père Jérôme une récompense de cinq pour cent sur la somme restituée, puisque cette somme lui était réservée... ce fut un nouveau billet de cinq cents francs déposé dans la caisse de la souscription... Tous les habitants des communes voisines, imitant l'exemple donné par celle de... se cotisèrent à l'envi... Les centimes faisant la *boule de neige* de tous les côtés formèrent en moins d'un mois un capital de sept mille sept cent neuf francs. Au nom de ses pauvres qui n'avaient rien pu offrir, le curé de la commune demanda et obtint l'autorisation de compléter la somme ronde de huit mille francs.

IV

— Décidément nous faisons un *fichu métier*, répétait pour la millième fois au moins à son mari madame Jérôme, en jupon court et brossant sa robe des dimanches pour aller à la *messe...* nos *garçons* ont tellement grandi depuis six mois que leurs pantalons ne pourront plus leur aller...

— Je n'ai pourtant pas envie d'en faire des sans-culottes, nom d'un petit bonhomme! répondit le père Jérôme en débourrant sa pipe...

— Nos filles également se font grandes, bientôt nous devrons songer à leur établissement, et ce n'est pas en cassant les pierres du chemin que nous leur trouverons une dot...

— Elles feront comme toi, ma vieille...

— Comme moi?

— Oui, elles s'en passeront...

— Elles s'en passeront... c'est bon à dire, mais leurs maris s'en passeront-ils?...

— Ils feront comme le père Jérôme... et les filles comme la mère n'en seront pas plus malheureuses pour cela... mais, nom d'un petit bonhomme! qu'est-ce que j'entends donc à cette heure, et à propos de noce, ajouta le père Jérôme en *prêtant* l'oreille. Dis donc, femme, n'entends-tu pas quelque chose comme le son d'un *crincrin?*...

— Père, venez donc voir, s'écria au même instant, en accourant tout essoufflé, le fils aîné de la famille, une noce qui vient de notre côté.

— Imbécile, riposta madame Jérôme en se mettant sur le seuil de la cabane, depuis quand as-tu vu des noces sans femmes?... Je ne vois là-bas que des hommes...

— Mais ce violon, mère, cette clarinette et cette flûte, pourquoi donc faire tout cela?

— Pour le faire jaser, *bêta*...

— Cette musique-là me ragaillardit, fit le vieux soldat en essayant deux ou trois pliées.

— Mais, Dieu me pardonne! ils viennent décidément *cheu nous*, mon bonhomme, s'écria madame Jérôme en prenant un air digne et imposant.

— C'est une députation...

— Le maire de la commune de... est à sa tête, je le reconnais à sa belle écharpe...

— Je vais mettre mon vieux bonnet de police pour les recevoir avec les honneurs qui leur sont dus.

— Et moi, je vais rajuster ma plus belle coiffe.

Pendant que M. et madame Jérôme mettaient la dernière main à leur toilette, le maire de la commune de..., précédé par la musique de l'endroit, suivi par ses adjoints et par les notables du pays, quittait la grande route pour aller rendre, dans la personne d'un humble et pauvre enfant du peuple, un éclatant hommage à la vertu.

— Monsieur Jérôme, lui dit le maire, ceint de sa plus belle écharpe... je viens au nom de la commune de... vous féliciter de la belle et généreuse action que vous avez commise en faveur d'un de ses habitants.

— Suffit! ne parlons pas de cela, monsieur le maire, fit le père Jérôme en arrêtant l'orateur au milieu de son exorde... je n'ai fait que mon devoir...

— En brave et en honnête homme que vous êtes, reprit le magistrat; mais l'homme que vous avez sauvé de la misère peut-être, n'a pas fait le sien... pour l'honneur du pays nous devons acquitter la dette qu'il a contractée envers vous... pour la satisfaction de la loi providentielle qui met une récompense auprès d'une bonne action, vous devez accepter celle que par nos mains vous décernent aujourd'hui les habitants des villages voisins...

Disant ainsi, l'orateur lui remit entre les mains une cassette si pesante que la première pensée de Jérôme se reporta sur les monceaux de pierres qu'il cassait sur les bords de la grande route. Madame Jérôme ne se méprit pas un seul instant sur son contenu; on eût dit à l'éclat de ses yeux que son regard s'allumait au brillant métal caché cependant au fond de la cassette.

— Merci, s'écria Jérôme en serrant dans ses mains calleuses la main du maire, merci... j'accepte pour ma vieille femme et pour mes enfants...

Sur ces entrefaites, une charrette pesamment chargée avait rejoint la députation et s'était arrêtée devant la cabane du cantonnier que celui-ci venait de quitter avec sa famille pour se rendre à l'église de son village. Quand il en revint, il vit devant sa porte une table abondamment servie, et tout auprès deux tonneaux en perce, l'un plein de cidre, l'autre plein de vin.

Le repas, comme vous le pensez, chers lecteurs, fut joyeux et des plus animés... Madame Jérôme avait rajeuni de dix ans : le bonheur pour rajeunir vaut mieux que la fontaine de Jouvence; au dessert, le vieux soldat, prié de chanter, entonna un entraînant refrain de garnison. De même que le cidre et le vin écumaient dans tous les verres, la joie et le contentement brillaient dans tous les yeux... Le maire et la députation se retirèrent en emportant les bénédictions de la famille du cantonnier.

— Eh bien! mon bonhomme, dit à son mari madame Jérôme en se couchant, j'avais bien prédit que ton rêve des serpents nous apporterait du bonheur.

— Et moi, répliqua Jérôme, j'avais bien raison de dire que le bon Dieu n'abandonnerait pas la famille du vieux soldat.

Pour accomplir jusqu'à la fin notre tâche d'historien véridique, nous devons dire que le boucher avare et ingrat, trouvant dans le mépris général la punition de son avarice et de son ingratitude, dut abandonner le pays et chercher ailleurs une fortune qu'il ne trouva point... Il l'avait laissée au seuil du foyer domestique du brave Jérôme le cantonnier.

QUATRIÈME RÉCIT

———

UNE VISITE DE Mgr AFFRE, ARCHEVÊQUE DE PARIS, AU CHATEAU DES TUILERIES

I

Ce quatrième récit que nous vous offrons, chers lecteurs, sera pour vous une preuve de la puissante et irrésistible influence que la religion peut produire, à une heure donnée, sur les natures les plus rebelles et les plus indomptables. Vous verrez comment des hommes qui n'avaient point courbé leur front devant les baïonnettes des premiers soldats du monde ont su ployer le genou devant un ministre du Seigneur, n'ayant d'autres armes à la main qu'une simple croix pour bénir... Vous verrez comment ces hommes, travailleurs pour la plupart, pauvres enfants du peuple, privés, dès leur entrée dans la vie peut-être, des lumières qui brillent dans les cœurs, pour le bien, pour le bon, pour le beau, pour la vérité enfin, ont su trouver dans leur foi naïve les hommages dus à la vérité, qui résume en elle le beau, le bon et le bien.

Après la bataille de février en 1848, quelques hommes d'esprit et de vigoureuse initiative parvinrent à sauver d'une ruine imminente le château des Tuileries menacé, attaqué déjà même par les fureurs d'une populace victorieuse, ivre de sang et de vin. Il leur suffit, pour opérer ce prodige de conservation, d'écrire avec de la craie blanche sur les murs du château ces quatre mots :

Hôtel des invalides civils.

Les bandes armées qui, après avoir fait acte de présence sur le champ de bataille à la suite d'une victoire non disputée, s'étaient installées par droit de conquête dans le royal château, ne permirent pas l'exécution immédiate de la pensée à laquelle la demeure de nos vieux rois devait sa conservation. Ce ne fut qu'au bout de quelques semaines, après avoir vidé les celliers et fait main basse sur tous les objets précieux du château, que les vainqueurs sans combat, pompeusement décorés par M. Ledru-Rollin et Compagnie du titre de libérateurs de la patrie, consentirent à céder la place aux blessés qui à l'heure du travail avaient courageusement payé de leurs personnes.

Ce jour-là, les salons royaux transformés en chambrées d'hôpital, justifièrent l'inscription tracée avec de la craie blanche sur les murs des Tuileries. Un digne prêtre, l'abbé Denys, alors aumônier de l'hospice de la Charité, aujour-

d'hui curé de la paroisse de Saint-Éloi, et deux sœurs de
Charité furent appelés au nom de la religion, et s'installèrent
au chevet des blessés, l'un pour leur offrir les secours de
son divin ministère, les autres pour prodiguer les soins de
leur zèle et de leur pieux dévouement.

J'ai beaucoup fréquenté l'hôtel des invalides civils à cette
époque, je conserve même comme un souvenir de ces jours
bizarres la carte nominative qui m'y donnait à toute heure
du jour un accès facile; j'ai assisté à toutes les scènes si bien
décrites par les historiens de cette triste époque, et j'ai dessiné d'après nature celle que je vous offre aujourd'hui, chers
lecteurs.

II .

Le 18 avril, l'archevêque de Paris qui, deux mois plus
tard, devait trouver la couronne du martyre sur une barricade de la place de la Bastille, résolut de porter des paroles
de consolation aux *souverains* mutilés qui avaient remplacé
la royauté éphémère des d'Orléans dans le château des Tuileries.

Avertis de sa visite, M. de Saint-Amand, gouverneur
militaire du château; MM. Leroy d'Étiolles, chirurgien en
chef des blessés de février; Lefebvre, administrateur; Com-
bassive, Maître, l'abbé Denys, tous les membres de la commission de l'hôtel des invalides civils, se rangèrent au pied
du grand escalier pour le recevoir avec tous les honneurs
dus à son double caractère de prêtre et d'archevêque.

Après s'être assis un instant dans la salle où Louis-Philippe avait l'habitude de réunir les membres de son conseil, monseigneur Affre se rendit dans les salons dorés convertis, ainsi que nous venons de le dire, en chambres d'hôpital. C'était la première fois depuis la révolution de février que l'auguste prélat voyait l'intérieur des Tuileries. La métamorphose que ce palais avait subie le lendemain de la victoire du peuple parut opérer sur son esprit une vive impression.

A sa vue, tous les blessés convalescents qui avaient pu se lever, se découvrirent avec respect et s'inclinèrent sur son passage. L'archevêque commença sa visite par la galerie de Diane, s'arrêtant devant chaque lit, adressant à chaque malade un regard, un sourire de bonté, une parole d'affection, n'en oubliant aucun dans la sympathique effusion de son âme, les unissant tous dans la manifestation paternelle des sentiments qu'il éprouvait en face de leurs souffrances et de leur calme résignation.

— C'est bien, mes enfants, leur disait-il ; c'est bien... il ne m'appartient pas, à moi ministre d'un Dieu de paix, de juger le mobile qui a remplacé dans vos mains les instruments du travailleur par les armes du soldat, je sais seulement que vous vous êtes comportés bravement ; la France ne vous oubliera pas, et moi, je parlerai de vous à Dieu dans mes prières ; je lui dirai tout ce que je ressens là de tendresse pour vous dans mon cœur ; je lui dirai que vous avez été vaillants dans la bataille et généreux dans la victoire ; je lui dirai que mes yeux se sont mouillés de larmes aux lieux où, le front rouge encore de sang et les mains noires de poudre, vous vous êtes

religieusement inclinés devant la divine effigie de son Fils
crucifié, notre maître à tous; c'est bien, mes enfants, je vous
aime et je vous bénis.

Arrivé dans la salle du Trône, les regards du prélat se
portèrent sur le dais royal qui abritait deux lits de blessés.
Les vainqueurs de la monarchie des d'Orléans trônaient dans
leurs blessures à la place où Louis XIV et Napoléon avaient
vu passer devant eux toutes les puissances et les splendeurs
de la terre.

Quel contraste, grand Dieu! quels mystérieux enseignements! Dans ces lieux, naguère encore le sanctuaire des grandeurs humaines, l'enfant du peuple remplaçait les maîtres
couronnés de l'Europe. Un lit de fer, un lit d'hôpital, à la
place d'un trône d'or; un bonnet de coton blanc servant de
couronne; une couverture de laine grise pour manteau de
pourpre et d'hermine. Deux simples femmes, sœurs de bon
secours, anges de charité glissant en silence devant des vi-
sages pâles, amaigris, crispés par la souffrance, là où les
princesses de la terre, parées de fleurs, étincelantes de diamants, glissaient, hier encore, dans les joies et les enivre-
ments des fêtes royales; de jeunes élèves en médecine, cour-
bés sur d'incessantes douleurs, là où les courtisans, chamarrés
d'or, de rubans et de décorations, s'inclinaient humblement
devant le regard du maître dont ils mendiaient la faveur; un
archevêque, enfin, mais lui, toujours digne, majestueux, et
debout là où plus d'une fois il avait eu le courage d'adresser
des paroles sévères, l'énergie de dicter des conseils... C'était
là un de ces contrastes frappants que la France seule peut

offrir aux jours de ses révolutions, et qui d'elle faisait dire au pape Benoît XIV, en 1740 : « *La nation française est* » *une étrange et bien heureuse nation. Elle fait des sottises* » *tant que le jour dure, et, Dieu l'aidant, elle a soin de les* » *réparer pendant la nuit.* »

Au moment où M. Lefebvre présentait une des sœurs de Charité à monseigneur Affre, une députation de blessés pria l'archevêque de bénir une médaille d'argent qu'ils avaient fait frapper et qu'ils désiraient offrir à leur bonne sœur Marie-Anne, comme un souvenir et comme un faible hommage de leur reconnaissance. L'archevêque accédant à leurs désirs, la bonne sœur de Charité s'agenouilla sous la main qui se leva sur elle pour la bénir en même temps que la précieuse médaille. La relevant alors avec bonté, monseigneur Affre lui dit :

— Cette médaille sera désormais pour vous, ma chère enfant, une décoration d'honneur; je désire que vous la portiez toujours, je l'exige même au nom de l'obéissance dont vous avez fait vœu... Me le promettez-vous?

— Je vous obéirai, monseigneur, répondit la sœur Marie-Anne, cependant je souffrirai de la porter tant que ma sœur Marie, qui la mérite mieux que moi, n'en aura pas obtenu une semblable.

— Elle l'aura bientôt, s'écrièrent plusieurs blessés, car la sœur Marie mérite aussi nos hommages et notre reconnaissance.

— Et moi, s'écria à son tour l'archevêque, ne sachant ce qu'il devait le plus admirer de l'abnégation de la sœur ou de la générosité des blessés, et moi je serai heureux de bénir cette nouvelle décoration d'honneur, comme je viens de bénir celle-ci.

La médaille offerte à la sœur Marie-Anne représente d'un côté l'image de la mère du Sauveur avec cette exergue :

Notre Mère, priez pour nous.

Le revers porte cette simple inscription inspirée par les plus nobles sentiments du cœur :

*Les invalides
civils
du 24 février 1848
à la sœur
Marie-Anne;
hommage
de la vive reconnaissance
des blessés.*

L'archevêque de Paris continuant sa visite avec un intérêt de plus en plus marqué, M. Lefebvre prit un jeune homme par la main et le conduisit devant le prélat, en disant :

— Monseigneur, permettez-moi de présenter à Votre Grandeur ce brave garçon comme un modèle de courage et de vertu.

— Comment vous nommez-vous, mon ami? lui demanda le prélat.

— Sthelin, monseigneur.

— Quel âge avez-vous?

— Vingt-deux ans.

— Quel est votre pays?

— Fribourg, en Suisse.

— Je connais et j'aime votre pays, mon ami; c'est un bon et beau pays que Fribourg. Y a-t-il longtemps que vous êtes à Paris?

— Il y aura deux mois le 24 avril.

— Vous y êtes arrivé le jour même de la révolution?

— Oui, monseigneur.

— Que veniez-vous chercher à Paris?

— Du travail.

— Et vous y avez trouvé une blessure?

— Deux heures après mon entrée dans la ville.

— Dans quelles circonstances, dites, mon enfant?

— Volontiers, monseigneur, quoique mon récit ne puisse guère intéresser Votre Grandeur.

« J'arrive à Paris, le sac au dos, le bâton à la main, la bourse légère, mais le cœur plein de courage et la tête pleine de bonne volonté : un bruit vague et confus comme le tressaillement d'une grande nation en colère bourdonnait autour de moi; je précipitai le pas... et à mesure que je me rapprochais du centre de la ville, le bruit devenait plus distinct... sur un point, la garde nationale, je crois, criait : *Vive la réforme!* Ne sachant pas ce que pouvait être une réforme, je continuai mon chemin sans mot dire. Plus loin, la foule repoussée par des charges de cavalerie faisait entendre le cri de : *Vive la liberté!* Suisse et libre ainsi que l'aigle de nos montagnes, je criais, comme la foule, *Vive la liberté!...* Sur un autre point, le peuple, accueilli par une vive fusillade, criait : *Aux armes! aux armes!* Enfant du peuple moi-même, je mêlai mes cris aux siens et j'attendis derrière une barricade que la mort d'un combattant me procurât un fusil, plus utile dans les mains d'un chasseur de chamois qu'un bâton de pèlerin.

— Attendîtes-vous bien longtemps ainsi, mon ami?

— Environ cinq minutes, monseigneur. Un ouvrier vêtu d'une blouse grise tomba près de moi; je ramassai son fusil, je pris les cartouches que je trouvai dans sa ceinture, et... et je fis comme les autres jusqu'au moment où je fus moi-même mis hors de combat..... Voilà tout, monseigneur.

— Non, ce n'est pas tout, répliqua vivement M. Lefebvre, le digne administrateur de l'hôtel des invalides civils, non, ce n'est pas tout. Le récit de Sthelin, quoique juste, est incomplet, je vais l'achever avec la permission de Votre Grandeur.

Ce brave garçon, transporté sanglant aux Tuileries, y devint, comme tous ses camarades, l'objet des soins et des secours que réclamait sa position de blessé, et surtout celle de blessé étranger. Il avait reçu, avec son sang généreusement versé sur la terre de France, le glorieux baptême de Français. Sa blessure, quoique grave, se trouva bientôt en voie de guérison; un matin, au moment où je me disposais à faire l'inspection des salles, ce gaillard-là, venant à moi, me dit :

— Permettez-moi de vous remercier de toutes vos bontés et de prendre congé de vous.

— Mais, mon ami, lui fis-je, vous n'êtes pas suffisamment guéri pour cela.

— Je le suis assez, répliqua-t-il, pour ne pas occuper la place et manger le pain d'un autre qui peut-être en a plus besoin que moi.

— Ce sont là de nobles sentiments, lui dis-je; mais où comptez-vous aller en quittant l'hôtel?

— Où Dieu me conduira.

— Connaissez-vous quelqu'un à Paris?

— Personne.

— Vous n'avez aucune recommandation?

— J'ai celle que peut offrir un bon ouvrier.

— L'ouvrage en ce moment est rare.

— Abondant, au contraire, pour ma partie... Ouvrier typographe, j'irai frapper à la porte de toutes les imprimeries.

— Et si nulle ne s'ouvre devant vous, cela peut arriver, que ferez-vous?

— Ce que le bon Dieu décidera.

— Vivement ému par l'énergique résignation et la pieuse confiance de ce jeune homme, je lui remis quelques lettres d'introduction en lui faisant promettre, malgré lui en quelque sorte, de revenir chaque soir reprendre ici son repas et son lit.

Plusieurs jours s'écoulèrent. Ainsi que je l'avais dit, l'ouvrage manquait aux bras des travailleurs, toutes les portes

des imprimeries restèrent fermées aux sollicitations de
Sthelin. Sur ces entrefaites, une place d'infirmier devint
vacante à l'hôtel des invalides civils, je m'empressai de
l'offrir à ce brave garçon, qui, de son côté, s'empressa de
l'accepter avec reconnaissance. Le lendemain de son entrée
en fonction, je réussis à lui obtenir, en sa qualité de blessé,
un premier secours de cinquante francs. Eh bien! monseigneur, savez-vous ce qu'il fit de cette somme qu'il considérait comme une fortune? Il courut immédiatement la
porter tout entière à un bureau de poste pour la faire parvenir à sa mère, pauvre femme vieille et infirme.

— Vous eussiez dû, lui dis-je alors, en conserver une
partie pour vous.

— Oh! non, m'a-t-il répondu : grâce aux bontés des
administrateurs de *cette maison*, je n'ai plus besoin de rien,
et ma mère manque de tout... Cependant, ajouta-t-il après
un moment de silence, je me suis aperçu ce matin, en
revenant de la poste, que mes souliers demandaient à être
remplacés; vous seriez bien bon, monsieur, de m'avancer
quelques francs sur mes honoraires, pour que je puisse me
procurer une chaussure plus convenable... Voilà tout, monseigneur...

— Non, ce n'est pas tout encore, s'écrièrent à la fois les
blessés qui venaient d'écouter ce récit... à nous, monseigneur, le soin de combler la lacune que notre administrateur a laissée volontairement dans le narré de sa touchante histoire; vous saurez donc, monseigneur, que le
digne et bon M. Lefebvre a donné le prix de la paire de

souliers demandée, qu'il n'a point retenu sur les honoraires de l'infirmier la somme consacrée à cet achat, et qu'il s'est attaché pour toujours, ainsi que les nôtres, le cœur de ce brave Sthelin, exemple du courage civil, et modèle de la piété filiale.

— Vous êtes un brave et noble garçon, dit l'archevêque de Paris à l'enfant de Fribourg... Dieu vous bénira; en attendant, venez me voir aussitôt que vos fonctions vous le permettront.

— Vive monseigneur! s'écrièrent en même temps les blessés ravis de la bonté du prélat. Sthelin seul resta muet et tremblant, comme s'il eût été pris dans un flagrant délit. La modestie avait glacé sur ses lèvres l'élan de la reconnaissance...

Un peu plus loin, monseigneur Affre remarqua la physionomie franche et caractérisée d'un homme d'un certain âge.

— Vous avez été soldat ? lui dit l'archevêque.

— Oui, monseigneur, répondit le personnage interrogé, j'ai servi longtemps sous l'empereur Napoléon et sous le roi Louis XVIII.

— Je vois, à vos nombreuses cicatrices, que vous ne vous êtes pas épargné sur les champs de bataille, reprit le prélat; où avez-vous été blessé ?

— Partout, monseigneur, excepté là; et le vétéran de Napoléon montra la place où sous une blouse râpée, battait un noble cœur; j'ai été blessé partout, ajouta-t-il, car je compte vingt et une blessures; je n'avais que ce bras-ci qui ne fût pas cicatrisé, mais il a reçu son affaire, le 23 février, à la place du Château-d'Eau... Eh bien! tant mieux, je ne m'en plains pas, mes autres membres n'auront plus le droit d'être jaloux.

L'archevêque ne put s'empêcher de sourire devant le sang-froid et la spirituelle énergie de ce brave qui s'appelle Étienne Grignon.

Dans une salle voisine, le front du pieux visiteur se couvrit d'un voile de tristesse; ses yeux venaient de rencontrer le regard vitré d'un blessé qui touchait à l'heure de son agonie. Victor Mesnard devait, ce jour-là même, rejoindre son frère d'armes Bichard, qui, la veille, l'avait précédé dans l'autre monde. Mesnard n'avait déjà plus le sentiment de lui-même. N'importe, monseigneur Affre se recueillit un instant devant ce souffle humain qui allait s'éteindre pour se rallumer au flambeau de l'éternité, et, levant lentement sa main sur le front glacé du moribond, il parut tracer dans l'espace le mystérieux chemin que devait bientôt prendre son âme pour s'envoler au ciel. La sœur Marie priait à genoux au pied du lit de cet homme qui allait mourir.

La vue joyeuse et les lèvres riantes d'un enfant qui jouait sur son lit put seule dissiper le nuage mélancolique dont s'était assombri le front du prélat.

— Comment vous appelez-vous, mon petit ami? lui demanda-t-il.

— Théophile Boulard, répondit l'enfant.

— Quel âge avez-vous?

— J'aurai douze ans à la Saint-Pierre.

— Quelle blessure avez-vous reçue ?

— J'ai attrapé un coup de feu à la jambe.

— Quel jour ?

— Le 24 février.

— Vous n'étiez donc pas à l'école ce jour-là ?

— Pardon, monseigneur, j'étais à l'école de la guerre.

— O France ! ô ma patrie ! murmura l'archevêque, qu'ils sont nobles et beaux tes enfants !

Cet enfant de douze ans, qui venait de parler comme un héros d'Homère, ne savait pas encore lire. Un autre enfant, nommé Poulain, lui enseignait gratuitement le peu qu'il savait lui-même en fait de lecture. Un jeune homme, Émile Desmaret, lui montrait les principes de la calligraphie. Qui aurait dit, il y avait deux mois à peine, que le fils du peuple apprendrait ses leçons dans le palais du fils des rois ?

Dans la même salle, un blessé, portant au front le cachet d'une rare distinction, lisait attentivement dans un livre, et semblait oublier ses souffrances dans l'intérêt de cette occupation. Monseigneur l'archevêque de Paris s'approcha de lui, et lui demanda avec un ton affectueux le titre de l'ouvrage qui le captivait ainsi.

— Le premier de tous, répondit Renard ; le blessé se nommait ainsi.

— Je serais curieux de le connaître ! fit l'archevêque.

— Ah ! monseigneur, reprit Renard, non-seulement vous le savez par cœur, mais il n'y a pas un seul de ses préceptes que vous ne mettiez chaque jour en action. Voyez plutôt. Et il remit aux mains du prélat le livre qu'il consi-

dérait avec raison comme le premier de tous les livres :
c'était le Catéchisme. Monseigneur Affre, tout en le félicitant
du choix de ses lectures, en parut cependant surpris en raison de l'âge du lecteur qui pouvait avoir de vingt-cinq à
trente ans.

— Il vaut mieux tard que jamais, fit Renard, devinant la
pensée de l'archevêque; si j'avais eu le bonheur de connaître ce livre il y a vingt ans, je n'aurais pas le triste honneur
de me trouver aujourd'hui dans le palais des rois.

— Pourquoi cela, mon ami?

— Parce que, instruit de mes devoirs de chrétien, j'aurais donné un autre cours à ma vie, et ne me serais point
trouvé, le 23 février, forcé de chercher dans une révolution
les moyens d'une existence rendue impossible par une série
de fautes, conséquences logiques de mon ignorance en
matière de religion. En apprenant que j'avais été créé et
mis au monde pour connaître, aimer et servir Dieu, j'aurais
appris à mieux aimer et à mieux servir mon pays...

— Vous aviez cependant un père, une mère, pour vous
enseigner toutes ces choses?

— Ma mère est morte en me donnant le jour. Quant à
mon père, parfait honnête homme selon l'esprit du monde,
il était aussi ignorant de ces matières que je l'étais moi-
même il y a quinze jours, avant de venir ici.

— Qui vous a conseillé cette lecture?

— Notre bonne sœur Marie. Dans le commencement,
je n'y voyais que du feu; mais la bonne sœur Marie, en ses
moments de loisir, avait le soin de m'expliquer ce que je ne

6

comprenais point; elle ouvrait mon âme aux rayons de la vérité; en écoutant sa voix me parlant de Dieu, je me sentais meilleur, je devenais un autre homme en moi; c'est ainsi que cette femme, après avoir pansé les blessures du corps, venait réparer les ravages du cœur.

— Vous avez de nobles sentiments, mon ami, lui dit l'archevêque, et pour les exprimer aussi bien que vous le faites, vous avez déjà beaucoup acquis dans la science de la vérité... Je vous en félicite, mon ami, de tout mon cœur.

— J'accepte vos félicitations, monseigneur, pour le compte de la sœur Marie, à qui je dois tout ce que je sais.

— Que pensez-vous faire en quittant l'hôtel des invalides civils?

— Je pense, répondit Renard à voix basse, mais avec l'accent d'une résolution parfaitement arrêtée, je pense me consacrer entièrement à l'éducation morale et religieuse des enfants du peuple.

Enfant du peuple moi-même, j'apprendrai aux fils de mes frères les vérités contenues dans ce petit livre, je leur apprendrai ce que j'ai su trop tard, à être d'abord de bons chrétiens, pour devenir ensuite, dans la carrière où Dieu les appellera, de bons citoyens, des hommes utiles à la patrie et à la société... Monseigneur, ajouta Renard, avant un mois je serai frère de la Doctrine chrétienne, si les supérieurs de cet ordre daignent m'accorder l'honneur de m'agréer dans leur sein.

L'archevêque de Paris, visiblement ému, serra fortement la main du blessé dans la sienne, il le bénit et s'éloigna en répétant : O France! ô ma patrie! qu'ils sont nobles et beaux, les enfants!

Après avoir terminé la visite des salles et recueilli partout des témoignages de respect, de dévouement et de reconnaissance, monseigneur Affre trouva réunis dans la salle des gardes, et rangés en bataille sous leurs drapeaux, tous les blessés convalescents, qui lui demandèrent avec instance sa bénédiction.

— De tout mon cœur, mes enfants, leur dit l'archevêque; et, levant ses deux mains au ciel, où bientôt sa belle âme devait s'envoler, il les abaissa lentement sur le front courbé de tous ces braves gens, qui spontanément avaient mis un genou à terre pour recevoir la bénédiction du ministre de Dieu.

Ce moment fut magnifique, solennel; je ne l'oublierai jamais!

Un instant après, l'archevêque, escorté par tous les blessés convalescents, descendit le grand escalier d'honneur, traversa la cour du château et se rendit pour ainsi dire processionnellement à sa voiture, aux cris répétés de : — Vive monseigneur l'archevêque! vive le clergé de Paris!

CINQUIÈME RÉCIT

BATAILLON

I

Les animaux ont été mis au monde pour le service, pour les besoins de l'homme, ce conquérant et suprême dominateur de toutes les choses créées.

Dieu permet à l'homme d'en user, mais il ne permet pas qu'il en abuse; car, ainsi que nous, en naissant, les animaux ont reçu le triste privilége des sensations douloureuses, *l'intelligence*, si je puis m'exprimer ainsi, des souffrances matérielles. Dieu réprouve et condamne, dans sa justice, celui qui maltraite l'animal domestique, que de toute éternité il a condamné à subir le joug de l'être supérieur qu'on appelle le roi de la création. Ce n'était pas sans raison que son fils, le divin Rédempteur du monde, a choisi pour témoins de sa

naissance les animaux qui, par la valeur des services rendus,
ont tant de droit à notre reconnaissance. Aussi il a bien mérité de l'humanité l'homme de cœur qui, dernièrement, a
fait mettre sous la protection de la loi des êtres exposés sans
contrôle et sans défense aux abus de la force, aux mauvais
instincts de la brutalité.

Le principal héros de cette histoire appartient à la race
intéressante dont les individus ont mérité depuis longtemps
et chez tous les peuples ce beau titre : *amis de l'homme.* Bataillon n'est pas un homme, ce n'est point un ouvrier, un
enfant du peuple, mais dans le cercle des attributions que
la Providence lui a imposées, il est un serviteur du peuple ;
Bataillon n'est qu'un pauvre chien... mais quel chien !... Si
quelque âme compatissante avait eu la pensée de créer un
prix *Monthyon* pour les animaux, Bataillon serait certaine-
ment couronné à l'académie de la race canine. Chers lecteurs, vous allez en juger.

II

Bataillon, âgé de six semaines, fut apporté au poste de la
mairie du 2ᵉ arrondissement, rue Drouot, par un tambour
de la 2ᵉ légion de la garde nationale. Il était si gentil, si prévenant, si gracieux dans toutes ses manières de chien, qu'il
ne tarda pas à captiver l'amitié de tous les gardes de service.
L'adjudant-major de la 2ᵉ légion ne dédaigna pas de publier
en sa faveur un ordre du jour ainsi conçu : « Bataillon est
placé sous la protection de la garde nationale. » *Ne faites*

pas de mal à Bataillon, devint la consigne du corps de garde où notre intéressant personnage avait élu domicile. Jamais consigne, hâtons-nous de le dire, ne fut mieux observée. Jamais caniche de petite maîtresse ne fut l'objet de plus de soins, de plus d'empressements, de plus de gâteries que le citoyen Bataillon; on lui donnait parfois ce titre, car la scène que nous racontons s'est passée en grande partie sous la république de 1848.

Bataillon était d'une taille moyenne, mais bien prise; il appartenait à la famille des griffons, et prouvait par la vigoureuse paire de moustaches qu'il portait sur sa lèvre supérieure, qu'il était digne de la haute position militaire qu'il occupait au corps de garde de la ci-devant 2° légion. Réglé dans ses habitudes, comme l'horloge de la mairie dans son mécanisme, il connaissait, à la minute, les distributions de la journée. Chaque matin, un quart d'heure avant l'arrivée du détachement qui devait relever le poste, Bataillon attendait fièrement assis sur... ses pattes de derrière, au milieu de la cour, puis au premier roulement de tambour battant au loin, il s'élançait rapidement au-devant de la garde montante, et, se plaçant en serre-file à la droite du *tapin,* il marchait au pas, fièrement, le nez au vent, à la tête de la colonne.

Arrivé dans la cour, il saluait par un majestueux grognement l'officier remplaçant, et donnait la patte en manière d'adieu à l'officier remplacé... puis faisant les honneurs aux nouveaux venus, il suivait le caporal plaçant les fonctionnaires, il assistait au mot d'ordre et savait au besoin le faire

exécuter, comme nous le verrons bientôt. Quand il avait
surveillé l'arrangement des fusils aux râteliers numérotés
et le classement des sacs, il faisait les honneurs de la
reconduite à la garde descendante, et revenait ensuite, par
le chemin le plus court, occuper la place qu'il s'était faite
auprès du poêle pendant l'hiver, au pied d'un banc placé
devant la porte du corps de garde pendant l'été.

Très-fier de sa nature, Bataillon ne demandait jamais
rien, mais cependant, pour ne pas humilier, sans doute, ses
amis de service, il acceptait avec un empressement marqué
les reliefs de volaille froide et les débris de saucissons
chauds qu'on lui offrait. Il est à remarquer que Bataillon,
étant essentiellement ce qu'on appelait alors *réac*, il comprenait instinctivement que dans le parti de l'ordre auquel
il appartenait se trouvaient uniquement les garanties, les
éléments du bonheur et de la prospérité de sa patrie...
A vue de nez il distinguait un *démoc soc* d'un *réac*. Au
premier il montrait les dents, au second il offrait la
patte.

Nous avons dit que Bataillon savait au besoin faire
exécuter la consigne donnée... La sentinelle placée en
faction devant la porte de la mairie avait l'ordre de s'opposer à toute espèce d'encombrement dans la rue... Une
collision de voitures avait-elle lieu sur ce point, Bataillon,
prêtant main-forte au factionnaire, s'élançait à la tête des
chevaux et forçait par la menace de ses aboiements les
conducteurs ou les cochers à déguerpir au plus vite.

Les attroupements se trouvant également défendus, Bataillon ne pouvait souffrir devant la porte de la mairie un rassemblement de plus de dix personnes. Je ne sais combien de fonds de culottes et autres choses adhérentes à cette partie de vêtement il a emportés avec ses dents, pour donner gain de cause à la consigne et pour que force restât à la loi.

Lorsque les tambours battaient le rappel pour une prise d'armes en un jour d'émeute, Bataillon, prenant une attitude martiale, semblait indiquer par le son prolongé et sourd de ses grognements que la chose publique était en danger... Un instant les ateliers nationaux lui avaient fait prendre le bourgeron en horreur; mais comme, en définitive, il était doué d'un grand sens de pénétration, il avait fini par comprendre que sous la blouse, noble livrée du travailleur, il se trouvait aussi, en grand nombre, des cœurs toujours prêts à vibrer pour les sentiments généreux. Il savait peut-être que le manœuvre, que l'ouvrier, que l'artisan, qui constituaient la force vitale de la nation, devenaient la glorification du peuple, lorsqu'ils suivaient uniquement les inspirations de leur nature essentiellement honnête et généreuse.

Plusieurs journaux ont raconté, dans le temps, qu'un chien introduit furtivement au milieu du club des Montagnards, avait coupé la parole à Sobrier, au moment où cet orateur, en révolte contre la société, proposait les motions les plus incendiaires..... ce brave chien n'était autre que Bataillon..... Les interruptions hurlantes *du réac*, bravant des hauteurs de son mépris les cris de : *A la porte l'aristo*, provoquèrent un immense mouvement d'enthousiasme. Bataillon a mérité ce jour-là les honneurs de la séance.

Bataillon était aussi probe que courageux : un jour que (chose extraordinaire), il s'était absenté une grande partie de la journée du corps de garde, il rapporta fidèlement au chef de poste une bourse contenant dix pièces d'or de vingt francs. Toutes les démarches que l'on fit pendant plus d'un mois pour trouver le propriétaire de cette bourse ayant été inutiles, les 200 fr. qu'elle contenait furent versés dans la caisse du bureau de bienfaisance de l'arrondissement en présence de Bataillon, qui eut la délicatesse de ne point en exiger de reçu.

III

Plus tard, lorsque les régiments de l'armée chassés par la révolution de février rentrèrent dans Paris, où ils furent accueillis comme des sauveurs, la garde nationale sur laquelle pesait, depuis quatre mois, un pénible et rigoureux service, fut remplacée, au poste de la mairie du douzième arrondissement, par la troupe de ligne. Bataillon se trouvant tout à coup, sans en avoir été prévenu, en face d'un nouvel uniforme et de physionomies plus franchement militaires, éprouva pendant plusieurs jours un cruel désappointement; mais comme il trouvait les mêmes soins, les mêmes égards, les mêmes prévenances, les mêmes caresses, les mêmes croûtes de pain, les mêmes roulements de tambour et les mêmes consignes, il s'abandonna franchement et sans réserve à ses nouveaux amis.

Comme par le passé, il continua de relever les sentinelles, d'assister au mot d'ordre, d'accompagner les patrouilles, de faire les honneurs de la conduite et de la reconduite aux gardes montantes et descendantes, de faire enfin, ce que nous avons oublié de dire, de faire une vigoureuse chasse aux rats de cave du quartier.

Sur ces entrefaites, et à la suite des fortes chaleurs de l'été de 1849, plusieurs accidents provenant de morsures de chien se manifestèrent sur divers points de la capitale. Le préfet de police publia à cette occasion ou plutôt renouvela l'ordonnance prescrivant le musellement des chiens. Trop fier et trop indépendant pour se soumettre à cette humiliante mesure, Bataillon refusa son museau au lacet qui devait l'assimiler à ses frères errants. Un chef de bataillon du 49ᵉ régiment de ligne, irrité de son obstination et trouvant une occasion favorable de satisfaire l'aversion innée qu'il éprouvait pour tous les chiens, intima l'ordre à un bouvier d'emporter Bataillon hors de la ville et de le tuer; celui-ci, s'en emparant malgré une vive résistance, le lia corps et pattes et le jeta sans pitié sur son tombereau rempli des immondices ramassées dans le ruisseau des rues. Bataillon fit le mort, mais lorsque le tombereau du bouvier eut dépassé les barrières du faubourg Montmartre, il joua si bien des mâchoires, qu'il réussit à couper avec ses dents les entraves de corde dans lesquelles il se trouvait enlacé. Heureux de se retrouver libre, il s'élance dans l'espace et retombe tout d'une pièce au milieu d'un panier rempli d'œufs qu'une marchande des quatre saisons portait au marché de la ville...

A la vue de son désastre, la marchande, qui peut-être en ce moment reprenait la suite du rêve de Perrette au pot au lait, jette des cris de colère; ne pouvant s'en prendre à Bataillon qui fuyait de toute la vitesse de ses quatre pattes, elle injurie le bouvier et lui demande avec menaces des dommages et intérêts... « Je connais la loi, » lui dit-elle... le maître est responsable des œuvres de son chien, tu me payeras mes œufs cassés... plus cher qu'au marché, va... je t'apprendrai à avoir des chiens aussi mal éduqués que toi... Veux-tu me payer, oui ou non?... »

Le bouvier, envoyant de son côté le chef de bataillon du 49e de ligne et Bataillon lui-même à tous les diables, déclarait qu'il ne donnerait pas un centime, attendu que le chien ne lui appartenait point... « Ah! tu ne veux pas me payer, s'écria la marchande arrivée au paroxysme de la colère, eh bien! moi je te *vas* payer d'une monnaie de ma façon; attends, mon vieux, nous allons rire... » et, saisissant d'une main vigoureuse le bouvier, petit de taille, frêle de constitution, elle le fit pivoter deux ou trois fois sur lui-même et le renversa d'un coup de croc en jambe, la tête la première dans les blancs et les jaunes d'œufs épars sur le sol... « Ah! tu ne veux pas les payer, mon vieux, criait-elle, eh bien! tu les mangeras *par la gueule*, ou tu me diras pourquoi... Comment les trouves-tu?... Il y manque du sel... attends, je te les *vas* assaisonner avec *de la giroflée à cinq feuilles;* » et sans prendre garde aux cris du malheureux bouvier qui, sentant

l'infériorité de sa force, n'essayait pas la moindre résistance,
elle lui administra une demi-douzaine de soufflets vigoureusement appliqués. Pendant que cette scène comique, digne
de la plume d'un romancier cher aux femmes de chambre,
aux cuisinières et surtout à un éditeur dont il a fait fortune,
se passait en dehors de la barrière... le héros de cette histoire, déguisé en omelette de la tête à la queue, regagnait
piteusement le corps de garde de la mairie du 2e arrondissement...

— Tiens... voici Bataillon, s'écria le tambour, qui le premier s'aperçut de son retour... Mais d'où viens-tu donc arrangé de la sorte? on dirait vraiment que tu sors d'une
poêle à frire...

— Cela t'apprendra à faire l'école buissonnière, mauvais
sujet... lui dit un grenadier en fumant sa pipe...

— Et à quitter les amis, ajouta le caporal...

Si Bataillon eût pu répondre, il aurait dit : « Ce n'est pas
moi qui ai quitté les amis, ce sont les amis qui m'ont abandonné... » mais le pauvre chien n'avait pas le don de la parole; il dut subir sans protester toutes les plaisanteries pro-
voquées par sa mésaventure. Fort heureusement pour lui
qu'une forte averse tombant dans la soirée fit fendre la croûte
épaisse et sans nom qui couvrait les poils de son corps.

Qui fut bien surpris le lendemain à la caserne de Clichy,
au moment du retour de la garde descendante?... ce fut le
commandant du 49e de ligne. Dans la personne de Bataillon,
plus fier et plus pimpant que jamais, il crut voir un revenant.

I V

Quelque temps après cet événement, une main inconnue, mais dirigée sans doute et soudoyée par la haine du commandant du 49°, jeta Bataillon dans un égout de la rue Montmartre. Enseveli durant deux jours et deux nuits dans cette sépulture immonde, le pauvre griffon, déplorant amèrement l'inconstance de la fortune, qui pour les animaux de même que pour les hommes a d'étranges caprices, ne cessa de faire entendre des cris de détresse; ses aboiements désespérés se répandant au dehors en notes aiguës, déchiraient l'âme compatissante des commères du quartier... mais comment, par quels moyens arriver au secours de l'innocente victime condamnée à mourir de la mort d'une vestale coupable? Peu à peu les cris du pauvre Bataillon se ralentirent et diminuèrent d'intensité. Le troisième jour, ils devinrent des gémissements plaintifs, saccadés, puis des soupirs entre-coupés par le hoquet de la mort... puis, plus rien... Pauvre Bataillon! combien de fois, durant les angoisses de sa longue agonie, il dut regretter de n'être pas mort sur les barricades de juin de la mort des braves!...

Parmi les personnes qui déploraient le plus le triste sort de Bataillon, la fille du concierge de la mairie du douzième arrondissement, mademoiselle L..., jeune et charmante personne, se signalait par la sincérité de ses regrets. Plus que tout autre elle avait apprécié les précieuses qualités du fidèle

animal... De son côté, Bataillon, qui avait deviné l'excellence
de son cœur bon et compatissant, lui adressait ses meilleures
grâces et ses plus tendres caresses. Elle seule avait eu le
mérite exceptionnel de le rendre parfois infidèle à ses amis
les soldats. Il fallait voir avec quel bonheur, avec quelle joie
Bataillon lui servait d'escorte d'honneur, quand elle sortait
en ville... Malheur au malappris qui, dans ces moments-là,
aurait osé manquer de convenance ou de respect envers la
jeune fille... Bataillon lui aurait fait payer cher son insolence.
Un jour, il faillit étrangler un gamin qui avait eu l'audace
de faire un pied de nez à sa jeune protégée; une autre fois,
il leva une de ses pattes de derrière et souilla d'une façon
fort humiliante pour elle, la robe d'une marchande de volaille qui, ne pouvant obtenir un prix exagéré de sa marchan-
dise, avait appelé *Frise-Poulet* sa belle maîtresse.

Un matin, mademoiselle L..., assise devant son métier
à broder, récapitulait dans sa pensée les mérites de son pauvre griffon, elle donnait à sa mémoire une dernière larme,
lorsque tout à coup une masse informe, immonde, sans
nom, vint rouler et s'étendre à ses pieds, en poussant un
gémissement plaintif qui, dans le langage de la race
canine, signifiait à coup sûr · « Mademoiselle, ayez pitié de
moi. » C'était Bataillon.

A la vue du pauvre griffon qu'elle croyait mort, mademoiselle L... poussa un cri de joie et lui adressa un regard
qui, dans le langage de l'affection, signifiait : « Rassure-
toi, je ne t'abandonnerai plus. » Bataillon délivré, on ne
sait comment et par qui, de l'égout qui devait lui servir de

tombe, se trouvait dans un état de malpropreté répugnant
à voir; sa jeune maîtresse le fit laver, savonner d'eau de
Cologne. Le désordre de sa toilette ainsi réparé, elle lui fit
donner à manger, car le malheureux animal mourait de
faim... en quatre jours il avait maigri à faire pitié. Une chose
digne de remarque, c'est que ce jour-là même, soit que le
malheur eût dompté son orgueil, soit qu'il voulût se con-
former aux règlements du préfet de police, soit enfin qu'il
désirât témoigner sa reconnaissance à sa maîtresse, il consentit à recevoir de sa main la muselière, première source
de ses malheurs.

Depuis ce temps, Bataillon s'est donné sans réserve à
mademoiselle L... Il ne la quitte plus et ne reconnaît
plus qu'elle... Pour elle il a renié ses anciens amis les soldats; le son du tambour n'a pour lui plus de charmes; le
corps de garde est sans attraits. Si, par réminiscence, il
favorise d'une caresse parfois encore un uniforme militaire,
c'est l'uniforme d'un garde national... Il ne peut supporter
la vue d'une épaulette à graines d'épinard, car il a pris en
haine tous les chefs de bataillon. Je suis convaincu que s'il
pouvait parler, il demanderait à changer de nom.

Une bonne action, celle-là même qui s'inspire des soins
que l'on doit aux animaux domestiques, porte toujours sa
récompense avec elle; nous l'avons dit bien souvent; mais
les bonnes choses ne sauraient trop se répéter. En lui sau-
vant la vie, peut-être Bataillon a prouvé largement sa reconnaissance à sa bienfaitrice.

Deux ou trois mois après sa sortie de l'égout d'où l'avait

retiré une main restée inconnue, comme celle qui l'y avait
jeté, Bataillon, qui couchait dans l'antichambre d'une pièce
où mademoiselle L..... avait l'habitude de dormir, fit entendre pendant une nuit des gémissements, qui, plaintifs
d'abord, devinrent précipités, stridents, comme les cris d'un
marin en vigie signalant un danger. Mademoiselle L....,
plongée dans son premier sommeil, ne pouvait les entendre.
Bataillon redoubla ses aboiements de détresse, et ne fut
pas entendu davantage... Surmontant alors ses répugnances, il descendit dans la cour, et s'approchant d'une
sentinelle, il lui indiqua par ses hurlements et les mouvements de sa tête, la fenêtre de la chambre où reposait mademoiselle L..... Une teinte rougeâtre semblait courir derrière les rideaux blancs des croisées. Cet effet de lumière
pouvait être la réverbération d'une cheminée bien chauffée,
ou bien celle d'un brillant éclairage. La sentinelle n'y eût
fait aucune attention, sans les cris et les mouvements de
plus en plus précipités, inquiets, de Bataillon. Elle se décida
à donner l'alarme. Il était temps... Dix minutes plus tard,
la chambre de mademoiselle L..... eût été entièrement dévorée par le feu. Cette jeune personne elle-même peut-être
eût disparu dans les flammes. Des secours apportés et
appliqués à propos éteignirent ce commencement d'incendie.

Sous la main de Dieu qui le dirige, l'insecte le plus
infime joue un rôle immense dans la création... De même
qu'une souris peut sauver un lion en rongeant les mailles
du filet qui le retient captif, un ciron peut perdre un

équipage en ouvrant dans un navire la voie d'eau qui doit le submerger.

Peint d'après nature par Dubuisson, l'un de nos meilleurs peintres d'animaux, Bataillon a eu dernièrement les honneurs de l'exposition. Il n'est pas beau, mais il est bon : cela vaut mieux. Chez les bêtes, comme chez les hommes, la beauté passe, la bonté reste.

SIXIÈME RÉCIT

LA FILLE D'UN ÉMIGRÉ VENDÉEN

I

Sophie de..... était née dans un de ces châteaux qui devaient, en 1793, servir de torches à la marche des armées révolutionnaires à travers le Bocage. Son père appartenait à cette race d'hommes que Napoléon, un jour, appela : *peuple de géants.* Sa mère était une de ces femmes dont la vie modeste et paisible s'écoule dans la vertu comme le parfum de la violette dans la mousse des bois. Le comte de... était un héros, la comtesse de... une sainte... à Sophie, leur fille, pour être un ange, il ne manquait que des ailes.

Lorsque Cathelineau, l'enfant du peuple, se mit à la tête de la première insurrection vendéenne pour combattre

les ennemis de la religion et de la royauté, lorsque de sa
voix il fit appel à la fidélité d'un peuple prêt au martyre,
le comte de... fut un des premiers gentilshommes vendéens
à se ranger sous la bannière fleurdelisée du paysan proclamé général en chef d'une armée sans autres armes que
les bâtons avec lesquels plus tard elle se procura une
nombreuse et formidable artillerie. Inspiré par le sentiment
d'un grand devoir à remplir, préparé au suprême sacrifice,
il quitta sa femme et sa fille, en leur donnant rendez-vous
au ciel s'il ne devait plus les revoir en ce monde. Trois
semaines après, il mourut de la mort des braves, au cri
de : Vive le roi! sur un champ de bataille.

La comtesse de..... supporta ce coup avec le courage
d'une femme forte, avec la résignation d'une chrétienne.
Elle était si convaincue de la justice et de la sainteté de la
cause vendéenne, que pour la première fois elle regretta
qu'à la place de Sophie, sa fille bien-aimée, le ciel ne lui
eût pas donné un fils auquel, veuve et mère, elle pût
confier, non pas le soin de la vengeance (ce sentiment
n'entrait pas dans son cœur), mais celui de combler le
vide laissé par la mort de son mari dans les rangs de
l'armée catholique et royale.

Partout aux plaines du Bocage la torche de l'incendie
éclairait la marche des colonnes républicaines. Le château
qu'habitait depuis son mariage la comtesse de... ne tarda
pas à devenir la proie des flammes; celui où elle avait reçu
le jour, réduit depuis trois mois à l'état de ruines, n'offrait
plus d'abri sûr qu'aux oiseaux de mauvais présage ; la pauvre

veuve et l'orpheline ne surent bientôt plus où reposer leur
tête... elles durent alors aller demander à la terre étrangère
la sécurité que leur refusait la mère patrie... D'un port de la
Bretagne, une barque de pêcheur les conduisit en Angleterre, qu'elles quittèrent au bout d'un mois, pour se rendre
à Ostende d'abord, puis en Autriche.

La comtesse de..... s'était procurée à Londres une somme
de 10 000 francs, par la vente de ses diamants..... Ce fut
avec ces faibles ressources qu'elle s'établit à Vienne pour y
utiliser son talent de pianiste en attendant les événements
qui, tôt ou tard, disait-elle, devaient infailliblement les ramener, avec des jours plus heureux, en France. Mais le
chagrin avait usé ses forces, une maladie de langueur dont
la marche rapide déjoua tous les efforts de la science et
trompa les soins les plus tendrement dévoués de sa fille, la
conduisit en dix mois aux portes du tombeau. Sophie était
le seul regret qu'elle laissait au monde en quittant la vie.
Chrétienne pleine de foi dans les miséricordes de Dieu, et
nullement inquiète de la place qu'elle espérait au ciel pour
son âme, elle en demanda une pour son corps au cimetière
de Schœnbrunn. La terre me semblera plus légère, dit-elle,
si j'ai le bonheur de trouver une tombe près du berceau
de la reine Marie-Antoinette : ses derniers vœux furent
exaucés.

Une simple croix de pierre, égarée parmi des touffes de
mauves pâles et de liserons, quelques rosiers vieillis par
le temps, indiquent encore aujourd'hui le tertre tumulaire
sous lequel la comtesse a trouvé le repos éternel.

Sophie, égarée elle-même dans l'émigration, avait alors vingt et un ans. D'une taille petite, mais fort gracieuse, élégante et jolie, elle avait hérité de la vigoureuse énergie de son père, et de la distinction rare qui de sa mère avait fait une femme accomplie...

Les voyages, les frais de déplacement, ceux de la maladie surtout de la comtesse avaient épuisé toutes ses ressources pécuniaires..... La révolution, en interrompant le cours de son éducation, lui avait enlevé jusqu'aux moyens de pourvoir à son existence d'une manière digne de sa naissance et de son nom..... Elle se trouva donc un jour seule, sans fortune, sans amis, sans protection, sur une terre qui venait d'engloutir ses plus chères affections... Toute terrible que fût cette situation, elle l'envisagea résolûment avec ce sentiment de fierté instinctive qui fait trouver du bonheur dans la lutte..... A la veille d'être aux prises avec la misère, elle comprit l'orgueil de l'adversité. De la tombe de Schœnbrunn se relevant alors de toute la hauteur de sa grande âme, elle forma le projet de rentrer en France, quelque danger qui l'y menaçât. Elle espérait trouver encore à Paris quelques membres de sa famille qui l'y recueilleraient... La pauvre enfant comptait, hélas! sans le bourreau.

Elle vendit son petit mobilier pour la somme de 250 florins, elle acheta un costume complet de paysanne, se procura un passeport comme Allemande, sous un autre nom que le sien, alla dire un dernier adieu à la tombe de sa mère, et se confiant à la grâce de Dieu, elle se mit bravement en route pour la France.

Les voitures étaient rares à cette époque, et par conséquent fort chères ; quant aux chemins de fer, il n'en était
point encore question. Sophie marchait donc du matin au
soir à pied, le sac au dos et le bâton à la main. Quelquefois,
cependant, des rouliers, touchés de sa jeunesse et saisis d'admiration à la vue de sa beauté brunie par les ardeurs du
soleil du mois de juin, lui accordaient généreusement l'hospitalité de leurs voitures. Elle passait ordinairement les nuits
dans la demeure du curé de la paroisse où elle s'arrêtait le
soir. Sa seule crainte était qu'on ne la prît pour une aven-
turière ou pour une de ces bohémiennes dont la race est
encore si nombreuse dans certaines parties de l'Allemagne.
Elle était si pauvre qu'elle ne redoutait aucunement la rencontre des voleurs... Quant au reste, ainsi que nous l'avons
dit, elle s'était mise complétement sous la protection de la
Providence qui conduit les voyageurs.

Un soir, surprise en chemin par une pluie d'orage, elle
arriva, percée jusqu'aux os, à Bodenbach, délicieuse bour-
gade située sur les frontières de l'Autriche et de la Saxe.
Elle prit un gîte dans la plus humble auberge de la localité,
et se mit au lit avec le frisson de la fièvre... Elle eut le délire
toute la nuit... Cependant, soulagée par une transpiration
abondante, elle se crut assez reposée le lendemain matin
pour se lever et pour continuer sa route... mais les forces
trahirent son courage... elle dut se remettre au lit... La
maîtresse de l'auberge où elle était descendue n'était pas
riche, mais elle avait un excellent cœur ; elle prit en pitié la
pauvre Française, et lui prodigua, sans espoir d'autre récom-

pense que la satisfaction personnelle d'une action de charité, les soins les plus empressés pendant les dix-sept jours que dura sa maladie.

Quoique bien affaiblie, Sophie ne voulut pas rester davantage chez sa bienfaitrice..... « J'espère pouvoir un jour, lui dit-elle en la quittant, reconnaître le service que vous m'avez rendu ; en attendant, veuillez accepter ce faible gage de ma gratitude. » Et malgré le refus de la bonne femme, elle la força de prendre une bague en turquoise, unique débris de sa fortune maternelle.

De Bodenbach, Sophie se rendit à Dresde, puis à Leipzig, puis à Berlin. Dans cette ville, elle eut le bonheur de rencontrer un vieil ami de sa famille, un marquis, qui, l'un des premiers, avait suivi le torrent de l'émigration. Ce gentilhomme, veuf depuis quelques années, lui proposa d'attendre chez lui des jours meilleurs; mais, soit que le désir de revoir la France prévalût dans son esprit, soit que sa fierté se révoltât à la pensée d'être à charge, même à un compatriote, Sophie refusa.

Vainement le marquis lui fit entrevoir les dangers auxquels inutilement elle allait s'exposer en France, elle ne voulut rien voir, rien entendre.

« Mais malheureuse enfant! lui dit-il, vous ne savez donc pas que vous allez marcher dans du sang jusqu'à la cheville de votre pied, que vous allez vous heurter à chaque pas à un échafaud?... « Depuis que j'ai perdu mon père et ma mère, lui répondit-elle, je ne crains pas la mort... d'ailleurs, ajouta-t-elle, puisqu'il faut que nous mourions, qu'importe un jour de plus ou de moins... Quant à moi, je vous le déclare, j'aime mieux mourir bientôt en France, que de vivre longtemps malheureuse en pays étranger. »

Désespéré de ne pouvoir la dissuader de donner suite à son projet de retour en France, le gentilhomme émigré voulut la conduire lui-même, dans une voiture de louage, jusqu'à Bruxelles; là encore il renouvela ses instances et mit tout en œuvre pour empêcher la courageuse orpheline de traverser les frontières. Sophie demeura inébranlable dans sa résolution.

II

Sur ces entrefaites, tous les couvents ayant été déclarés propriété nationale, les religieux et les religieuses qui espéraient finir leurs jours dans la paix du cloître, durent forcément rentrer dans les tumultes du monde. Quelques religieuses qui refusaient aux hommes le pouvoir de les délier du serment qu'elles avaient fait à Dieu, s'étaient retirées au fond d'une province pour y vivre dans l'observance de leurs vœux et gagner péniblement par le travail de leurs mains leur pain de chaque jour.

Les limiers de la Convention ayant dépisté leur retraite, voulurent les contraindre d'assister aux processions qu'on faisait alors en l'honneur de Marat et de la déesse de la Raison, représentant à cette époque le comble de la folie humaine. Leur refus considéré comme un acte de rébellion envers la république une et indivisible, elles furent dénoncées par le club de la ville voisine et jetées immédiatement dans les prisons. Transférées bientôt après à Paris, le tribunal révolutionnaire, non rassasié du sang des vierges de Verdun, les envoya en masse à l'échafaud.

Il y avait loin de la Conciergerie au faubourg Saint-Antoine, choisi en dernier lieu pour servir de théâtre aux sanglantes immolations de la république. Un des aides du bourreau, que le peuple appelait Jacot, remplissait en avant des charrettes chargées de victimes le rôle de comique, et s'efforçait d'égayer la populace par des culbutes et des lazzis de mauvais goût... il chantait une chanson infâme, finissant par ce refrain que le peuple répétait en chœur :

Ils ont fait une oraison
Ma guingueraingon,
A sainte Guillotinette,
Ma guinguerainguette.

De leur côté les religieuses prêtes à recevoir la palme du martyre chantaient aussi..... comme les vierges de Verdun, l'*Ave maris Stella*. Cependant il paraît que Jacot était bien dans son emploi; en effet, la plus jeune des religieuses, un enfant de vingt ans, belle de la beauté des anges, ne pouvait s'empêcher de rire aux éclats : « Mais voyez donc, disait-elle à ses compagnes, mais voyez donc, mes sœurs, comme il est drôle... Oh! mon Dieu qu'il est drôle!... »

Il y avait auprès des fatales charrettes une autre jeune fille, belle aussi comme un ange, malgré les fatigues qui altéraient son visage... Depuis quelques instants, elle faisait des

efforts inouïs pour s'éloigner de la foule, dont les flots hou-
leux l'entraînaient comme dans un remous. Il lui fut impossible de rompre le courant qui l'emportait dans la direction
du faubourg Saint-Antoine... Elle se trouva bientôt en face
de la hideuse machine... L'exécuteur, debout sur l'échafaud,
semblait poser sur un trône, la hache de la révolution brillait en guise de sceptre dans ses mains... « Mais c'est
horrible, disait la jeune fille que la foule pressait autour
des charrettes, mais c'est horrible!... laissez-moi... je veux
partir... — Pour l'autre monde, lui dit à voix basse un
homme du peuple, aux bras nus et à la barbe inculte, pour
l'autre monde, *s'ils vous entendaient*... Taisez-vous, mon
enfant, ou vous êtes perdue...» Dans ce moment, les cris de
la foule avaient fait place à un profond silence... au silence
qui précède les grandes catastrophes..... Une suave harmonie céleste, prélude des cantiques sans fin, résonnait seule
sur les lèvres des religieuses... Tous les yeux, de la charrette
qui semblait leur faire un piédestal pour le ciel, se repor-
taient sur la sinistre plate-forme où trônait le bourreau...
Un nuage passa devant le regard de la jeune fille répétant,
mais cette fois à voix basse : « Laissez-moi, laissez-moi... je
veux m'en aller... » Un premier coup sourd retentit dans
l'espace... un grand cri parti du sein de la foule lui fit
écho..... La jeune fille n'avait pu résister à tant d'émotions, elle était tombée sans connaissance. Cette jeune fille
était Sophie, la fille de l'émigré vendéen... Sophie, arrivée le
matin même à Paris.

III

Le lendemain, Sophie, que nous appellerons désormais Lina, nom dont son passe-port allemand lui accusait la propriété, se rendit au faubourg Saint-Germain. Dans les rues de Lille et de Varenne, elle frappa aux portes de plusieurs hôtels, mais nulle ne s'ouvrit devant elle; les hôtels étaient vides, déserts, silencieux comme la tombe où dormaient ceux de leurs propriétaires qui n'avaient pu fuir la faux de la révolution... Lina se trouva à Paris plus isolée encore qu'en Autriche; là, du moins, elle avait la tombe de sa mère. Elle fut bien à plaindre alors, la pauvre enfant! Tout ce qu'elle voyait, tout ce qu'elle entendait, tout ce qui se passait autour d'elle lui faisait mal... des voix de morts vibraient incessamment à son oreille; elle respirait un air qui lui semblait une haleine de sang... La vue de Jacot, faisant des gambades devant les charrettes des suppliciées, ne pouvait se détacher de son regard; le bruit sourd qui lui avait appris le son que produit une tête en tombant, retentissait nuit et jour autour d'elle... Ce n'étaient partout et de toutes parts que des images lugubres; ses nuits étaient peuplées de spectres... pauvre Lina!...

Elle voulut aller demander à Dieu la force et le courage de supporter sa nouvelle position; mais les églises étaient fermées, profanées, elle dut chercher alors dans son cœur le tabernacle que les hommes impies avaient brisé sur les autels du divin Rédempteur.

Elle se mit en mesure de retrouver un vieil ami de sa famille, un vénérable prêtre qui lui avait fait faire sa première communion; mais elle ne devait plus le revoir qu'au ciel, où l'avaient envoyé, par ordre de Danton, les farouches travailleurs des journées de septembre. En passant devant les Carmes, rue de Vaugirard, son pied faillit glisser dans le sang des martyrs.

Lina s'était logée le plus loin qu'elle avait pu du théâtre des exécutions, dans une petite auberge située près du quartier Beaujon, et tenue par une bonne femme qui voyait avec horreur les excès de la révolution.

La fille de l'émigré vendéen avait dépensé son dernier sou; la bonne femme lui fit crédit et s'occupa de lui chercher du travail; elle la recommanda à une de ses belles-sœurs, marchande en lingerie, qui lui donna, avec la table et le logement, le modique salaire de quinze sous par jour. Mais au bout d'une semaine la marchande, qui faisait passer la question d'intérêt avant celle de l'humanité, la congédia parce qu'elle ne cousait ni assez bien ni assez vite.

Touchée cependant des larmes de la pauvre fille, mais ne pouvant la conserver, puisque, d'après son calcul, elle ne gagnait pas même sa nourriture, elle consentit à la garder jusqu'à ce qu'elle lui eût trouvé une autre position. Elle réussit, non sans peine, à la placer chez un cordonnier pour femmes qui, ayant une grosse commande, avait besoin d'ouvrières à border des souliers.

Quelle que fût la répugnance de Lina à accepter cette

position, elle entra chez son nouveau patron, pour ne pas
mourir de faim. Le maître cordonnier ne logeait ni ne
nourrissait ceux qui travaillaient chez lui ; cependant,
inspiré à la vue de Lina, pleine de grâce et de beauté,
par une pensée mauvaise, il lui proposa d'occuper, sans
diminution de salaire, un petit cabinet borgne dont il pouvait disposer, et qui se trouvait immédiatement sous le toit
de la maison. Lina, qui n'avait pas le choix, accepta ce
réduit avec reconnaissance.

Le cordonnier, d'origine allemande, s'appelait Korff; il
eût fait un excellent ouvrier si, entraîné par les idées nouvelles, qui flattaient son orgueil par l'espérance d'une égalité
impossible, il ne se fût jeté à corps perdu dans le parti de
la révolution. Partisan enragé de Robespierre, il assistait
régulièrement à toutes les séances du club des Jacobins,
et se faisait remarquer à toute occasion par les excès d'un
civisme outré. Il aurait volontiers divinisé Marat, s'il en
avait eu le pouvoir, le jour où cet homme au cœur de
tigre demanda trois cent mille têtes pour consolider les
bases de la république. Il aurait, nouveau Brutus, dénoncé
et condamné lui-même ses propres enfants, si ceux-ci, plus
exagérés encore que leur père, n'avaient chaque jour
prouvé leur dévouement à ce qu'on appelait alors la chose
publique. Grand, bien fait, ne manquant même pas d'une
certaine distinction au-dessus de sa position sociale, il cachait, sous les traits d'une physionomie sympathique et
bienveillante, les mauvais instincts d'un cœur pervers et
corrompu.

La manière dont il se conduisit d'abord avec sa nouvelle ouvrière, les soins empressés dont il l'entoura, les égards exceptionnels qu'il eut pour elle n'éveillèrent aucune espèce de défiance dans l'esprit de la jeune fille, trop naïve encore, trop innocente pour soupçonner et prévoir le mal. Elle ne s'effraya même point à la vue des attentions de Korff, devenant chaque jour plus assidu et plus empressé auprès d'elle.

Un jour, cependant, le cordonnier lui fit peur; ce jour-là, contre son habitude, il ne s'était point rendu au club des Jacobins. C'était le soir; Lina venait de remonter dans sa mansarde, et, penchée sur les bords de sa fenêtre, elle émiettait un morceau de pain pour les oiseaux qui chaque matin venaient saluer son réveil. La soirée était magnifique, le ciel rempli d'étoiles; les bruits de Paris, s'éteignant au loin, préparaient le silence de la nuit... Lina referma sa fenêtre, et, s'asseyant sur l'unique chaise qui, posée près de son lit et d'une commode boiteuse, formait tout son mobilier, elle mit sa tête entre ses deux mains et s'abandonna à ses pensées, tristes sans doute, car des larmes mouillaient ses paupières.

Elle avait oublié de fermer sa porte, car tout à coup Korff parut devant elle, tenant à la main un chapeau en forme de tromblon et orné d'une large cocarde tricolore.

— Pourquoi pleures-tu, citoyenne? lui demanda-t-il.

— Parce que je pense à ma mère que je ne reverrai plus, répondit Lina.

— Tes larmes ne la ressusciteront pas...

— Mais elles soulagent mon cœur... et puis, ajouta-t-elle, je me trouve si seule au monde... sans parents, sans amis et sans protection !

— Et pour qui donc me prends-tu, moi?

— Pour un maître, un bon maître, un maître compatissant et bienveillant...

— Un maître, reprit Korff, qui, si tu le veux, deviendra autre chose dans ta vie...

Écoute, Lina; je suis jeune, je suis riche, relativement aux gens de ma position; j'ai de bons bras, un bon cœur... je suis l'ami des puissants du jour... je suis veuf... veux-tu devenir la citoyenne Korff?

— Jamais, répondit l'ouvrière avec un geste et un son de voix qu'elle ne put maîtriser, et qui dénotaient une répugnance.

— Et pourquoi, citoyenne? demanda Korff.

— Parce que... parce que, répondit Lina en balbutiant, parce que je ne veux pas me marier avec...

— Un révolutionnaire comme moi, n'est-ce pas?... je t'ai comprise, citoyenne, tu n'aimes pas la révolution, par conséquent tu hais ceux qui la servent... tu es une aristocrate.

— Je ne suis qu'une pauvre ouvrière.

— Il ne tient qu'à toi d'être maîtresse... le veux-tu? Lina ne répondit point.

— Mais tu ne vois donc pas, lui dit le cordonnier en lui prenant le bras, que d'une pression je puis te briser, que d'un mot je puis, de cette mansarde, t'envoyer à l'échafaud...

— Ne me serrez pas si fort, répondit froidement Lina...
vous me faites mal... Son bras était tout bleu.

— Pardonne-moi, mon enfant, reprit Korff à la vue du
mal qu'il avait fait...

— Je vous pardonne, répliqua l'ouvrière; maintenant re-
tirez-vous, laissez-moi, j'ai besoin de repos.

— Je ne me retirerai pas avant que tu n'aies décidé sur
mon sort... Oui ou non, réponds-moi... veux-tu devenir la
citoyenne Korff?... Mais réponds donc.

— Non...

Atterré par cette réponse à laquelle il ne s'attendait point,
le cordonnier recourut à la menace, à la prière, aux larmes
même, mais tout fut inutile... l'ouvrière resta inébranlable
dans sa résolution.

— Adieu, citoyenne, lui dit Korff en se retirant et en
jetant sur elle un regard de colère, je te donne huit jours
pour réfléchir; nous avons aujourd'hui lundi, je reviendrai
lundi prochain... adieu.

Lina se coucha après avoir prié Dieu, mais elle ne dormit
pas de toute la nuit.

Le lendemain le maître cordonnier ne parut presque pas
à l'atelier; les jours suivants il évita pareillement de se rencontrer avec Lina, comptant avec effroi les heures qui la
rapprochaient de lundi... Un instant elle eut l'intention de
quitter la maison qui lui donnait son pain de chaque jour;
mais la pensée de se retrouver seule sur le pavé de Paris,
sans un abri pour reposer sa tête, la retint malgré elle sous
la puissance de l'homme qui l'aimait. Il était écrit dans sa

vie qu'elle passerait par les plus dures épreuves, mais elle savait que les épreuves offertes à Dieu mûrissent pour le ciel.

Ainsi qu'il l'avait dit, Korff, suivant Lina au moment où elle rentrait chez elle, dans la soirée du lundi, lui demanda froidement si elle persistait dans ses refus.

— Je persiste, répondit Lina, dans mes intentions bien arrêtées de ne pas me marier.

— Ainsi, tu repousses mon cœur et tu me refuses ta main?

— En échange de la mienne, si pour vous elle a quelque prix, je ne puis accepter de vous qu'une bonne et sincère amitié.

— Ceci ne me suffit point.

— Je puis vous offrir encore le dévouement le plus absolu à vos intérêts.

— Pour la dernière fois, citoyenne, je te le demande, me veux-tu pour époux?... Dernièrement je t'ai donné huit jours pour réfléchir... ces huit jours sont expirés; je t'accorde encore cinq minutes, montre à la main : regarde, il est huit heures dix minutes, il faut qu'à huit heures et quart tu prononces ton arrêt et le mien.

Pendant cinq minutes un silence effrayant et solennel régna dans la mansarde de l'ouvrière. Korff, serrant d'une main convulsive sa poitrine athlétique, comme pour refouler les battements de son cœur, se promenait à grands pas de long en large. Lina, la tête appuyée dans ses mains priait Dieu; elle était si belle ainsi, qu'on l'eût prise pour l'ange de la résignation...

8

— Les cinq minutes sont expirées, s'écria d'une voix vibrante Korff, en s'arrêtant tout à coup devant Lina, qui doucement releva la tête... Entre l'autel de la *Raison* et l'échafaud, choisis...

A ce mot de *Raison*, la pieuse résignation de Lina devint aussitôt une majestueuse énergie... Mon choix est tout fait, dit-elle avec l'accent d'un noble enthousiasme...

— Pour l'autel?

— Non, pour l'échafaud...

Korff, dévorant du regard la jeune fille, partit d'un éclat de rire qui révélait à la fois la colère, d'infâmes désirs et l'ironie.

— C'est ainsi que doivent rire les démons, lui dit Lina.

— A l'autel de la Raison tu préfères l'échafaud, reprit le cordonnier... pauvre enfant! et tu crois que ta mort, une mort que tu désires peut-être, satisfera ma vengeance... à ma vengeance il faut autre chose que ton sang, il lui faut..

— Achevez donc, monsieur...

— Il lui faut ton honneur!

— Oh! je vous défie d'y toucher, s'écria Lina avec une mâle fierté... A vous ma vie, mon sang, ma tête; mais, ainsi que mon âme, mon honneur n'appartient qu'à Dieu...

— C'est ce que nous verrons demain, reprit Korff, pas plus tard que demain, entends-tu, citoyenne?... Et le cordonnier, le cœur plein de fiel, le front rouge et bleu de colère, se retira, répétant : A demain!

IV

Lina avait acheté une malle qui lui servait à renfermer son linge et ses robes; elle portait toujours sur elle la clef de cette malle placée sous son lit. Le lendemain matin, à l'heure où les ouvrières réunies dans l'atelier bordaient les souliers livrables dans la journée, Korff, muni d'un trousseau de clefs, pénétra furtivement dans la mansarde de Lina, et parvint à ouvrir la malle qui devait servir ses projets de vengeance. Là, sous les chemises de la jeune fille, il cacha un sac contenant une somme de six cents francs et une clef de montre en or qui lui appartenait. Cela fait, il referme soigneusement la malle, la porte de la mansarde, et court chez le commissaire du quartier, pour lui annoncer qu'une somme de 600 francs et une clef de montre lui ont été volées. A sa prière, ce fonctionnaire consent à se rendre aussitôt chez lui pour opérer une perquisition en règle.

Le maître cordonnier, précédant le commissaire pendant que celui-ci revêtait les insignes de sa qualité, entre dans son atelier, en ferme la porte à double tour, et déclare avec éclat qu'il y a des fripons chez lui, qu'on lui a volé une somme importante et des objets précieux. — Personne, dit-il, ne sortira d'ici avant que le commissaire mandé soit venu et ait fait sa visite. Il feint d'examiner les physionomies; toutes portaient l'empreinte d'une conscience parfaitement tranquille. Lina, indifférente à tout ce qui se

· passait autour d'elle, n'avait pas levé les yeux de dessus
son ouvrage. La pauvre enfant était loin de se douter du
danger qui la menaçait.

Cinq minutes après, le commissaire, muni de sa ceinture
tricolore, se présente et commence sa perquisition par une
aile de la maison autre que celle habitée par Lina, et où
plusieurs gens de l'atelier avaient de petits logements.
Toutes les recherches sont infructueuses. L'aile occupée
par la chambre de Lina doit être explorée à son tour. On
demande à la jeune ouvrière la clef de sa chambre; elle la
donne avec une dignité qui aurait dû faire pâlir son persé-
cuteur. Bientôt après, on redescend pour lui demander la
clef de sa malle; elle la monte elle-même. Le fonctionnaire
public demande à Korff s'il a des soupçons sur cette ouvrière; Korff répond que c'est la meilleure et la plus honnête fille de son atelier; il ne lui reproche qu'un déplorable
entêtement dont, il le craint, elle aura lieu de se repentir un
jour... — Une aussi jolie fille, ajoute le commissaire en lor-
gnant Lina, ne saurait se rendre coupable d'un vol.

La malle, enfin, est ouverte; on déplace les robes, on
examine les mouchoirs, les chemises... — Voici les six cents
francs que nous cherchons, dit le commissaire, à la vue
d'un sac marqué aux initiales de J. K..., Jean Korff. — Et
voici la clef de montre que l'on m'a volée, ajoute le maître
cordonnier, après avoir vérifié le contenu du sac.

Lina, joignant les mains, lève ses beaux yeux vers le ciel,
jette un grand cri et tombe sans connaissance.

— Qui l'aurait crue capable d'un semblable crime? dit le

commissaire... elle si jeune et si jolie! N'importe, la justice
aura son cours... Lina, revenant à elle, ne songe pas même
à protester de son innocence; mais, d'accusée qu'elle est, se
posant en juge devant le maître cordonnier, elle lui jette un
regard de mépris et lui dit :

— Vous avez raison... la mort de l'échafaud eût été trop
douce pour moi; vous avez voulu me ravir l'honneur...
Mais si dans ce monde même Dieu ne prend pas ma
défense, il me vengera dans l'autre.

Pendant ce temps, la garde, que le commissaire avait
requise, arrive; elle s'empare de Lina, et se met en mesure
de la conduire dans une maison d'arrêt. La même foule
qui chaque jour applaudissait les assassinats de la Convention la suit en lui jetant à la face les épithètes de voleuse et
de fille perdue... Oh! combien dans ce moment elle envia le
sort des religieuses qu'elle avait vues sur la charrette des
condamnés à mort le jour de son entrée dans Paris!

V

Enfermée dans une prison obscure, Lina se trouve entourée de femmes flétries qui l'interrogent dans un langage
inconnu, la scrutent avec le regard du vice et la raillent sur
sa beauté même. Lina ne voit rien, elle n'entend rien, cependant elle a les yeux ouverts. Plongée dans une immo-
bilité complète, on dirait qu'elle a été frappée d'insensibilité.
Cependant, après un quart d'heure, tout un siècle d'angoisses pour son cœur, elle retrouve la parole... Assise sur

une pierre humide, la figure voilée de ses deux mains, les
coudes appuyés sur ses genoux, et se balançant machinale-
ment, elle s'écrie :

— Je suis innocente! je suis innocente!

Les sarcasmes redoublent, la raillerie devient plus amère..

— Nous aussi, nous sommes *innocentes*, lui répondent
ses nouvelles compagnes; c'est pour cela que nous sommes
comme toi sous les verrous et que nous avons du pain noir
tout juste ce qui est nécessaire à la vertu pour l'empêcher
de mourir de faim; mais, en revanche, nous avons de l'eau
à discrétion.

Lina demande avec douceur le châtiment qui lui sera
infligé, si elle ne peut se justifier du crime qui lui est im-
puté.

— Une bagatelle, lui répond-on; tu en seras quitte pour
être claquemurée le reste de tes jours, après avoir été
d'abord, les mains liées derrière le dos et un écriteau sur la
poitrine, piloriée en place de Grève par Charlot Casse-Bras.

Lina tombe à genoux, et, les yeux levés vers le ciel, les
mains jointes, avec la figure et l'expression d'un ange, elle
s'écrie :

— Miséricorde à moi, mon Dieu!...

Cette fois, on la croit folle, on la montre au doigt, on
l'accable de huées. Quelques-unes de ces femmes sans
nom, sans vergogne et sans pitié au cœur, la frappent au
visage... Lina se retire dans un coin, et, en proie à un désespoir qui la place sous le coup d'une hallucination mentale, elle s'enfonce un couteau sous le sein. Les huées

duraient encore, qu'elle nageait dans son sang répandu sur les dalles de la prison.

Un chirurgien et un magistrat sont aussitôt appelés. Le coup qu'elle s'était donné avec le couteau était moins dangereux que la blessure qu'elle s'était faite à la tête en tombant sur une pierre aiguë. On la transporta immédiatement à l'infirmerie de la prison.

Elle fut pendant une quinzaine de jours entre la vie et la mort, mais son heure dernière n'était point encore venue; le bon ange qui veillait sur elle la conservait pour celle de la justification. Lorsqu'on la jugea suffisamment rétablie pour subir un interrogatoire, le magistrat préposé à la surveillance des prisons, s'approchant de son lit, lui demanda avec douceur quels pouvaient être à son âge les motifs d'un pareil acte de désespoir, les raisons qui avaient pu la décider à attenter à sa vie.

— J'ai commis une grande faute, je l'avoue, lui répondit Lina... Je n'avais pas le droit de disposer de la vie que Dieu m'a donnée et que lui seul a le droit de me reprendre, je le sais, mon père (elle prenait le magistrat pour un prêtre)... mais Dieu me pardonnera, car j'étais folle alors, et je n'avais pas la conscience de ce que je faisais... Quant au crime dont je suis accusée, je suis innocente....

— Mon père, ajouta-t-elle, je vous dirai tout. Elle raconta alors les sentiments que, sans le vouloir, elle avait inspirés à son patron, les importunités, les prétentions de Korff, son éloignement pour lui, son refus d'accepter sa fortune et son nom, les menaces de celui-ci, le crime dont elle était accu-

sée, ses soupçons contre le cordonnier, et son impuissance
de se justifier.

Il y avait dans la voix de la fille de l'émigré vendéen une
telle onction de vérité que le magistrat en fut pénétré lui-
même.

— Si vous êtes vraiment innocente comme vous l'affirmez,
mon enfant, lui dit-il, rassurez-vous; la loi, qui est une pour
tous, vous rendra justice et réparation.

— Je n'ai pas peur de la mort, reprit Lina, je veux bien
mourir; je l'ai dit à Korff quand il m'a laissé le choix entre
l'autel de la Raison et l'échafaud;... je n'avais pas prévu
l'infamie; mais je ne veux pas vivre après avoir été flétrie
par le bourreau... pour un crime que je n'ai point commis...
Si je ne meurs point de ma blessure, il sera facile de me
faire condamner à mort pour un délit qui ne déshonore
point... Savez-vous qui je suis, mon père?

— Vous êtes une brave et honnête ouvrière, j'en suis convaincu, mon enfant...

— Oui, mon père... je suis ouvrière, et loin de moi la
pensée de répudier un titre que j'ai pris pour demander au
travail mon pain de chaque jour... mais avant d'être ouvrière, savez-vous qui j'étais?...

— Vous étiez ce que vous êtes encore, un ange de vertu
et de beauté...

— Non, mon père... j'étais la fille du comte de... mort
en Vendée les armes à la main, sous les drapeaux du roi!
j'étais la fille de la comtesse de..., morte à Vienne dans l'é-
migration, sous l'image du Dieu crucifié; je suis Vendéenne,

royaliste et émigrée moi-même; il y aura demain dix mois
que je suis rentrée en France. Vous le voyez, mon père,
voici plus de titres qu'il n'en faut à la Convention pour dé-
créter un arrêt de mort .. Quand je serai guérie, mon père,
promettez-moi de me dénoncer aux tribunaux...

— Vous vous trompez, mon enfant, je ne suis pas prêtre,
je suis le magistrat chargé de vous interroger au nom de la
loi humaine...

— Eh bien! monsieur... je vous ai tout dit, vous savez
tout, — livrez-moi à mes juges... je veux mourir, mais je ne
veux pas être déshonorée!

Elle était sublime la jeune fille qui parlait ainsi...

Touché de tant de candeur et d'héroïsme, convaincu de
son innocence, mais fort embarrassé du fait de l'émigration,
délit puni de mort par la république, le magistrat, excellent
homme au fond, mais timoré comme le scrupule poussé à
l'exagération, crut devoir consulter l'autorité première : ce
fut à l'un des membres les plus influents de la Convention
qu'il s'adressa.

Le conventionnel, qui siégeait au haut de la *Montagne*
d'où chaque jour tombaient des cascades de sang, écouta
avec une vive émotion la touchante histoire de Lina... et
promit de s'associer aux vues bienveillantes du magistrat
pour elle; en conséquence, il ordonna qu'avant tout le commissaire du quartier habité par Korff manderait le cordonnier et chercherait, en l'intimidant, à connaître la vérité sur
l'affaire du vol.

Le jour même, Korff reçut une citation à comparaître de-

vant le fonctionnaire public... Sans se douter du sujet qui
le mettait en délicatesse avec la police, il se crut perdu, car
il savait par expérience qu'en ces temps d'horrible mémoire
il suffisait d'une simple dénonciation pour envoyer le plus
innocent homme du monde à la guillotine.

Ce fut donc en tremblant et pâle de terreur qu'il se présenta devant le juge.

— Citoyen, dit celui-ci, je sais que tu es un brave ouvrier, un bon patriote, je t'en félicite... Un éclair de joie
passa dans les yeux du cordonnier, il se crut sauvé.

— Mais ce n'est pas uniquement pour te faire un compli-
ment que je t'ai cité à ma barre, citoyen Korff... Disant
ainsi, la voix du magistrat prit un ton sévère qui faisait
contraste avec le ton caressant de l'exorde. Je t'ai cité à
ma barre pour te demander compte de ta conduite envers
la citoyenne Lina, ton ouvrière, présentement en prison...

— Citoyen commissaire, fit Korff... la citoyenne Lina
m'a...

— Tais-toi, reprit le commissaire en l'interrompant, et
écoute : Je veux t'éviter la peine de joindre un mensonge à
une action tellement infâme qu'elle n'a pas été prévue par
la loi. Tu as aimé Lina?...

— Oui, citoyen, murmura Korff.

— Tu lui as offert ta fortune et ton nom; elle a refusé
l'une et l'autre, et, par la sainte guillotine, elle a bien fait,
car tu es un misérable. Furieux, alors, tu l'as menacée, non
pas de la mort, mais du déshonneur... Tu t'es volé toi-même
pour cacher dans sa malle des valeurs qui, destinées à ser-

vir de pièces de conviction contre elle, devaient perfidement
la conduire tout droit en prison... Ce n'est pas tout, citoyen
Korff, tu m'as rendu complice de ta mauvaise action en me
faisant jouer dans cette horrible trame un rôle indigne. Moi
aussi, à mon tour, je peux te menacer de ma vengeance, car
je tiens ton sort dans mes mains !... Cependant, en considération de ton patriotisme et des services que tu as rendus à
la république, je veux bien ne pas te perdre entièrement,
mais à une condition...

— Laquelle, citoyen ? demanda Korff écrasé comme d'un
coup de foudre par les paroles du fonctionnaire public.

— C'est qu'à l'instant même tu vas me dire ici toute la
vérité... Ne cherche pas à la nier, car je t'en préviens, si tu
entres dans une voie de mensonge, je te livre immédiatement à la justice... et, sois-en sûr, le châtiment ne se fera
pas attendre.

Korff avoua tout.

L'innocence de la fille de l'émigré étant ainsi reconnue,
le conventionnel en rendit compte à ses collègues qui, cette
fois, rendirent un éclatant hommage à la vertu. Par la sincérité de ses aveux, le cordonnier obtint la grâce qu'on lui
avait promise ; et le soir même, le magistrat, qui le premier
avait su inspirer de la confiance à la jeune ouvrière, lui accorda réparation entière.

— Vous êtes une brave et honnête fille, lui dit-il, et quoique vous soyez, par le fait de votre émigration, en contra-
vention avec les lois de la république, la Convention veut
que vous viviez, non point pour servir de témoignage à sa

magnanimité, mais pour servir d'exemple de courage et de vertu.

— Je suis justifiée devant les hommes! s'écria Lina. Dieu soit loué!

— Maintenant vous consentirez à vivre? lui demanda le magistrat.

— Certainement, répondit-elle, puisque je ne serai pas déshonorée.

VI

Un mois après, la Convention, s'assurant que la fille de l'émigré vendéen était complétement guérie de ses blessures, et qu'elle pouvait supporter les fatigues d'un long voyage, la fit reconduire à Vienne par une femme de confiance.

Le jour même de son arrivée dans cette ville, Sophie, qui avait repris son véritable nom, se rendit à Schœnbrunn pour prier sur la tombe de sa mère... Les rosiers qu'elle y avait plantés étaient en fleur... la croix de pierre était debout.

On voit bien, dit-elle, que les vents de la révolution n'ont point passé par là... N'importe, ajouta-t-elle, tout orageux qu'il soit, il est bien doux le ciel de la France!

— Vous le reverrez un jour, n'en doutez pas, lui dit la femme qui, par ordre, l'avait accompagnée en Autriche... En attendant, et dans la prévision même que ce jour n'arrive jamais pour vous, la Convention m'a chargée de vous remettre une lettre que vous ouvrirez le lendemain de mon départ.

— Dieu veuille que ce soit le certificat de mon innocence reconnue! ajouta Sophie.

. . . .

Indépendamment de cette pièce désirée, la lettre revêtue du sceau de la république contenait pour une somme importante des valeurs à toucher chez un banquier de Vienne.

. . . .

Sophie a revu la France... Elle y est entrée le jour où Napoléon, soldat heureux, ouvrant la porte des églises, replaçait les tabernacles sur les autels, les croix sur leurs socles de bronze ou de marbre, et l'ordre dans le désordre.

Ayant appris que son ancien patron, le cordonnier Korff, avait disparu dans la tourmente du 9 thermidor, elle voulut visiter l'humble réduit où, pendant plus de six mois, elle avait vécu du travail de ses mains... On aime à revoir les lieux où l'on a souffert. Seul, de toute la maison, le vieux concierge avait survécu aux orages de la révolution. Sophie s'en fit reconnaître; et, comme il avait toujours été bon pour l'ouvrière, elle lui donna une gratification.

Mariée, en 1806, à un magistrat de l'empire, Sophie vit encore et porte un beau nom. Elle a conservé pieusement dans une petite malle la robe d'indienne et le mouchoir de laine dont elle se parait quand elle était ouvrière; enfin, elle montre à certains jours de l'année à ses enfants et à ses petits-enfants ce qu'elle appelle *ses armes d'honneur :* c'est une paire de ciseaux et une grosse aiguille à border.

La fille du gentilhomme vendéen a gardé dans son cœur toutes les vertus de l'enfant du peuple.

SEPTIÈME RÉCIT

CALON PÈRE ET MAIRE DE VALLANGOUJARD

I

Il existe dans le canton de l'Ile-Adam, arrondissement de Pontoise, sur la route de cette ville à Beauvais, une petite commune nommée Vallangoujard. Ce village, encaissé entre deux montagnes du sommet desquelles on découvre un magnifique panorama, se compose de deux rangées de maisons rustiques, d'une église, d'une auberge où l'on trouve du vin à 30 centimes et des voitures à volonté, d'une maison blanche habitée par le débitant de tabac, et du presbytère. La plupart des maisons sont couvertes en chaume. Sur la droite de Vallangoujard, l'œil découvre à perte de vue de vastes prairies noyées dans des eaux marécageuses et encadrées dans une bordure de collines fort pittoresques. La po-

pulation de Vallangoujard est honnête, affable et laborieuse,
mais arriérée au delà de toute expression. Le presbytère,
servant de mairie et de maison d'école, est affecté au service
du conseil municipal et au logement de l'instituteur. C'est
dans ce petit village que nous vous donnons rendez-vous,
chers lecteurs, pour écouter l'histoire véridique qui formera
le sujet de cette septième veillée.

II

Joseph-Nicolas Calon est né à Digeon, près d'Aumale,
en 1779. Son père, doué d'une intelligence rare et d'une
grande activité, jouissait d'une réputation de probité passée
à l'état de proverbe dans le pays. On disait : *Honnête
comme le père Calon.*

Le père Calon n'était pas riche cependant, sa profession
de fabricant d'étoffes pour les paysans lui procurait largement les moyens de faire face aux besoins de sa nombreuse
famille, et de mettre, dans la prévision des jours difficiles,
quelques économies de côté. « Celui qui ne garde pas une
poire pour la soif, disait-il souvent, s'expose à mourir de
faim. » Le vieux proverbe ainsi arrangé, et rajeuni par le
prévoyant travailleur, est souvent encore rappelé dans la
contrée, où son nom, entouré d'hommages et de respect
après sa mort, prouve une fois de plus que la mémoire d'un
homme de bien ne meurt jamais.

Joseph-Nicolas, le héros de cette veillée, était l'aîné de
dix enfants, que dans ses miséricordieuses largesses la

Providence avait accordés au père Calon. Une nombreuse
famille est la richesse des pauvres gens. Privé à l'âge de
cinq ans des soins de sa mère, il eut une enfance très-
négligée au point de vue de l'instruction, fort rare d'ailleurs,
à cette époque, pour la classe à laquelle il appartenait. La
seule chose que son père, absorbé par les affaires, lui
apprit alors, fut d'être un bon chrétien et un bon Français.
Le meilleur patriotisme, disait souvent le père Calon, se
trouve dans la religion, puisque le ciel est l'éternelle patrie
de tout être créé à l'image de Dieu. Le vieux père de famille ressemblait à un patriarche, lorsque, le dimanche,
entouré de ses dix enfants, il assistait pieusement, dans l'é-
glise de sa paroisse, au saint sacrifice de la messe.

Lorsque les hommes impies et de mauvaise volonté abo-
lirent le septième jour consacré au repos du Seigneur,
Calon prétendit que les bêtes, refusant, *par habitude,* de
travailler ce jour-là, avaient plus d'esprit que les gens.

Dès l'âge de dix ans, actif et laborieux comme son père,
Joseph-Nicolas travaillait dans la fabrique et se rendait sur
les marchés voisins pour y écouler les produits de la semaine. Quoique élevé dans des habitudes d'économie, il
était fort désintéressé; pour aider son père à élever ses
frères et ses petites sœurs, il versait généreusement dans la
bourse commune le salaire de son travail et les bénéfices
de ses opérations.

Plus tard, à l'âge de quinze ans, lorsque les horizons de
la vie s'agrandirent pour lui, et que, mesurant son courage
à l'ambition de se créer un avenir, il se sentit la force de

voler de ses propres ailes, il quitta le foyer paternel pour aller occuper, à Saint-Denis, près de Paris, une place d'apprenti dans la maison d'un négociant en laine. Il sut bientôt mériter par sa bonne conduite, par son zèle, par son assiduité à remplir tous ses devoirs, la bienveillance et l'amitié de son patron, qui le donnait et le citait à toute occasion pour modèle à ses autres ouvriers. « Courage, petit, lui disait-il souvent, courage et persévérance! tu es dans le bon chemin; ne t'en écarte pas, et un jour, si je ne me trompe, tu deviendras plus riche que moi. »

Quoique notre jeune apprenti n'eût pas besoin de ces bonnes paroles pour remplir ses devoirs de bon travailleur, il y trouvait néanmoins un stimulant qui doublait ses forces et son courage; il devint homme de bonne heure.

A cette époque, la révolution venait de jeter sur le pavé de Saint-Denis un pauvre moine dont le couvent, mis, comme tout ce qu'il y avait de bon, de beau, de saint en France, hors la loi, avait été fermé. C'était un bien digne et un bien excellent homme que le frère Lebeau!... Sous une enveloppe modeste et simple, il cachait un grand savoir... un véritable puits d'érudition. Mais la science, ainsi que le prétendait le père Calon, disant à ses enfants qu'un bon ouvrier était préférable à un TROIS QUARTS de savant, la science d'alors, pas plus que celle d'aujourd'hui, n'avait un cours monétaire chez le boulanger... Le frère Lebeau, maigre et jaune comme un hareng saur exposé au soleil sur le bord d'une tonne, en savait quelque chose... car plus d'une fois il se couchait avec la faim dans les entrailles... Il offrit, à raison de dix francs par mois, des leçons de littérature et de philosophie; mais la philosophie et la littérature n'étaient plus à l'ordre du jour : personne n'en voulut... Je le crois bien. Si la révolution avait eu le don des miracles,' elle aurait donné une tête et un corps à la science, pour avoir le plaisir d'abord de la dénoncer comme aristocrate, et celui non moins grand de la décapiter ensuite.

Pour ne pas mourir de faim, le frère Lebeau, qui tenait cependant fort peu à la vie, les hommes et les choses de cette époque lui faisant horreur et pitié, se vit réduit à donner des leçons d'écriture et de lecture à un sol le cachet (style de l'époque); il lui fallait donc vingt heures de travail, et quel travail! pour se faire la modique somme de vingt sols; la durée de chaque leçon était une heure.

Joseph-Nicolas, qui ne savait encore ni lire ni écrire, mais qui connaissait parfaitement l'arithmétique sur le bout de ses doigts, alla trouver le frère Lebeau, et lui dit :

— Mon frère, je n'ai pas la prétention de devenir un *savantas*, comme dit mon père; mais je n'ai pas envie de rester un âne : je ne demande pas que vous me mettiez sur le chemin de l'Académie, mais je désire que vous me mettiez à même de lire dans tous les livres en gros ou petits caractères, et d'écrire toute espèce de lettres en gros ou en fin.

— Avec de la bonne volonté de votre part, répondit le frère Lebeau, il n'y a rien de plus facile que cela.

— La bonne volonté ne me manquera pas... Combien de temps me faudra-t-il pour apprendre tout cela?

— Trois mois au plus, si vous êtes studieux.

— Je le serai; et combien me prendrez-vous par mois?

— Rien, si j'étais riche... Mais je suis pauvre comme Job... Je vous demanderai par mois une pièce de trente sous.

— Voici deux mois d'avance, mon frère... Et Joseph-Nicolas glissa un petit écu tout neuf dans la main du pauvre moine qui ne s'était jamais vu si riche.

Trois mois après, Calon savait lire dans tous les livres et écrire sans guide-âne toute espèce de lettres. Le frère Lebeau le citait comme son meilleur élève.

III

Depuis longtemps Joseph-Nicolas, l'apprenti, était passé ouvrier, mais si parfait ouvrier, que tous les négociants en laine qui, se trouvant en relations d'affaires avec son patron, eurent occasion de le connaître, cherchèrent à l'embaucher; mais Joseph-Nicolas, qui, à défaut d'autres études, avait suivi chez son père un cours de proverbes, savait que pierre qui roule n'amasse pas de mousse. Il resta fidèle à la fortune de son premier et unique maître, jusqu'au jour où d'ouvrier il passa maître lui-même : ce jour-là, il y avait dix ans qu'il était arrivé le sac au dos et le bâton à la main dans la bonne ville de Saint-Denis.

Durant ces dernières années, il avait fait de grands progrès sous la direction du bon frère Lebeau avec lequel il

s'était lié d'amitié. Non-seulement il savait parfaitement lire
et écrire, comme nous l'avons dit, mais il connaissait encore,
de manière à pouvoir les enseigner, toutes les règles de
l'arithmétique. De la géographie, de l'histoire même, il en
savait assez pour en parler sans commettre de graves erreurs
dans quelque position où, plus tard, la fortune pouvait le
placer.

Doué, comme son père, d'une rare intelligence, il aimait
tant l'étude, que pour s'y consacrer, sans nuire cependant
à ses devoirs d'ouvrier, il prenait sur ses nuits les heures
réclamées par le sommeil. Les fêtes décrétées par la république et les décadis n'avaient de charmes pour lui qu'en
raison du temps qu'elles lui accordaient pour satisfaire ses
goûts studieux. Jamais ces jours-là on ne lui vit mettre les
pieds dans un cabaret ou dans un tripot. Il détestait le jeu,
les folles parties, et fuyait toutes les occasions qui pouvaient
l'entraîner à d'inutiles dépenses et l'exposer à de frivoles
dissipations. Sa vie était réglée comme un papier de musique, rangée comme l'existence d'une jeune fille honnête. Ne
croyez pas cependant qu'avec ces habitudes d'ordre et d'économie, Joseph-Nicolas fût un misanthrope... Vous seriez
dans une étrange erreur... Il avait tous les goûts de son
âge, mais il ne s'y livrait qu'avec mesure et avec une sage
modération. Il aimait les plaisirs honnêtes et les joies avoua-
bles; il était, en un mot, déjà à cette époque si parfait dans
toute sa conduite, qu'il n'y avait pas à Saint-Denis un père
qui n'eût été fier de l'avoir pour fils, et une mère qui ne désirât lui donner le titre de gendre.

Joseph-Nicolas avait alors vingt-cinq ans accomplis, une santé robuste, une connaissance pratique des affaires et douze cents francs d'économie. C'est dans ces conditions qu'il forma le projet de s'établir et de travailler pour son propre compte. Son patron lui-même, tout désolé qu'il fût de perdre en lui son meilleur ouvrier, lui en donna le conseil et promit de l'assister à l'occasion de sa bourse et de son expérience; un instant même il lui proposa une association; mais, sur cette observation de Joseph-Nicolas, qu'une poire partagée est moins grosse qu'une poire entière, il y renonça non sans regret.

En toutes choses les commencements sont difficiles, surtout quand on opère avec de faibles ressources sur un petit échiquier. Dans ce cas, la prudence qui ne livre rien au hasard est aussi nécessaire que l'activité qui dirige le mouvement. Le jeune Calon possédait au suprême degré ces deux éminentes qualités. La première année il acheta une partie de peaux de mouton qu'il travailla lui-même avec soin, et revendit ensuite avec de gros bénéfices : en six mois il avait triplé son actif.

L'année suivante, marchant par gradation dans la carrière commerciale, il acheta, argent comptant, quelques petits lots de laine qu'il travailla et revendit avec les mêmes avantages qu'il avait retirés de la vente de ses peaux de mouton. La troisième année, son commerce, béni par Dieu, prit un grand développement; tout prospérait au gré de ses désirs; son inventaire fait, il se trouvait à la tête de dix mille francs.

Dans ce temps, la France débrouillée par le puissant génie d'un de ces hommes qui surgissent à l'heure de la Providence pour sauver les empires, et que parfois la Providence brise à la fin de la journée quand leur œuvre de salut
ou de régénération est accomplie, la France, débrouillée,
disons-nous, du chaos où l'avait plongée la révolution, se
trouvait à l'apogée de sa grandeur et de sa prospérité. Forte
et respectée au dehors, heureuse et satisfaite à l'intérieur,
elle cultivait avec un égal bonheur le laurier et l'olivier, et
se livrait avec un égal succès à la gloire et au commerce.

La religion, exilée par un décret républicain dans le cœur
des fidèles croyants, avait retrouvé ses prêtres et ses autels,
et les fidèles croyants avaient retrouvé, dans la pratique de
la religion, l'inspiration des grandes et belles choses... Les
églises se trouvèrent alors trop petites pour recevoir l'af-
fluence des fidèles accourant chaque dimanche rendre hommage au divin Rédempteur.

Joseph-Nicolas, nous l'avons dit, avait été élevé par son
père dans les principes qui constituent le vrai bonheur,
non-seulement dans l'autre monde, mais encore dans celui-
ci. Aussi, l'un des premiers il avait béni la main du grand
capitaine à qui Dieu avait un jour prêté les clefs de saint
Pierre pour rouvrir ses temples en France.

Depuis ce jour, on le vit chaque dimanche et à chaque
fête pieusement agenouillé à l'angle d'un pilier de la ca-
thédrale de Saint-Denis, suivant dans son livre d'heures les
diverses phases du saint sacrifice, ou improvisant avec son
cœur de ferventes prières adressées à celui qui tient dans

ses mains la destinée des peuples et des rois. Il était sincèrement, foncièrement religieux, non point seulement au
point de vue de la théorie, mais encore au point de vue
pratique; en effet, il observait fidèlement tous les préceptes
contenus dans le livre de Dieu. Il ne faisait jamais aux
autres ce qu'il n'aurait pas voulu qu'on lui fît. Il aimait son
prochain comme lui-même..... autant que cela dépendait
de lui, il rendait le bien pour le mal, et pardonnait à ceux
qui l'avaient offensé. Il avait un grand respect pour les in-
firmes et les vieillards, une grande compassion pour les
affligés, et une grande bienfaisance pour les pauvres. Qui
donne aux pauvres prête à Dieu, lui avait dit son père :
aussi, plein de confiance dans la solvabilité de Dieu, il donnait beaucoup. Dans son grand livre, les pauvres avaient un
compte courant. Enfin, bien jeune encore et pauvre lui-
même, il promettait ce qu'il devait être dans un âge plus
avancé, alors que la fortune, juste dans ses largesses, l'aurait
comblé de toutes ses faveurs.

Tel était Calon, lorsqu'un jour de la semaine, se rendant
à l'église de Saint-Denis pour invoquer Dieu, ce qu'il avait
l'habitude de faire en dehors du dimanche chaque fois qu'il
entreprenait une affaire nouvelle, il aperçut, à genoux devant une chapelle, une jeune fille priant aussi avec tant de
ferveur, qu'il crut avoir devant les yeux l'ange du recueillement. Ainsi que Calon, cette jeune fille était vêtue simplement, mais il y avait sur son visage, dans son maintien, dans
toutes ses manières, un air de distinction, un cachet d'élite
qui indiquaient chez elle autre chose qu'une infime ouvrière.

Sa vue fit sur Joseph-Nicolas une vive impression; son
regard bleu, plein d'onction, produisant sur son cœur l'effet
d'une étincelle électrique, éclaira tout à coup devant lui la
perspective d'une vie nouvelle; dans cette jeune fille, priant
comme doivent prier les anges, il devina de suite la mère
que Dieu devait donner à ses enfants. Le jour même, procé-
dant avec sa prudence accoutumée, il prit des informations
sur son compte; toutes répondirent à ses désirs et à ses
espérances.

Mademoiselle Capron de la Houssierre était une jeune
personne accomplie. Par son exactitude à remplir tous ses
devoirs, elle aurait pu servir de modèle à la vertu. Chérie,
vénérée, même de ses compagnes, elle menait, en dehors
des plaisirs et des joies du monde, une vie si pure, si retirée
que jamais elle n'avait donné prise à la médisance, cette
lèpre morale, immorale plutôt, des petites villes. Toutes les
mères la citaient pour exemple à leurs filles. Elle eût été
bien certainement proclamée à l'unanimité rosière, si la
commune de Saint-Denis eût eu l'habitude de distribuer
des couronnes à la sagesse et à la vertu.

Mademoiselle Capron de la Houssierre vivait du travail de
ses mains; cependant par les liens du sang, ainsi que l'in-
dique son nom, elle appartenait à une famille de haute naissance. Son père, garde du corps du roi Louis XVI, avait
été emporté par la tourmente de 1793; sa mère, morte de
douleur, l'avait laissée à l'âge de sept ans, seule au monde,
sans parents, sans amis, sans fortune, et sans autre protection que celle des excellents principes qu'elle s'était efforcée

d'inculquer dans son jeune cœur. Cette semence du bien, bénie, fertilisée par Dieu, devait lui tenir lieu des richesses dont la révolution l'avait dépouillée. La jeune orpheline supporta, avec une résignation et une énergie au-dessus de son âge, la position infime dans laquelle, pauvre ouvrière, elle était destinée à vivre, jusqu'au jour où Joseph-Nicolas devait lui offrir son cœur et son nom.

Six semaines après la rencontre dont nous venons de parler, mademoiselle de la Houssierre, à genoux dans la chapelle où pour la première fois Joseph-Nicolas l'avait aperçue, reçut, en échange de ses serments, les serments d'un époux, serments auxquels l'un et l'autre devaient rester fidèles.

IV

A force de peines, de labeurs et d'économie, le père de Joseph-Nicolas était parvenu à élever ses dix enfants, désormais tous à l'abri de la misère. D'un autre côté, son commerce avait si bien prospéré, qu'il pouvait donner à l'établissement de chacun d'eux une somme de plus de trois mille francs. Joseph-Nicolas avait trois sœurs, toutes trois en âge de se marier; il leur fit généreusement l'abandon de sa dot pour augmenter la leur. Sa femme fut la première à applaudir cet acte de désintéressement. Les deux cœurs des jeunes époux, étroitement unis par les liens du mariage, n'en faisaient qu'un seul pour concevoir et exécuter la pensée d'une bonne action.

Madame Calon, qui, depuis longtemps et sans regret, avait fait le sacrifice des parchemins de sa famille, voulut également s'associer au travail de son mari. Elle semblait avoir été mise au monde pour les affaires. Le génie du commerce s'était incarné dans elle. Aussi contribua-t-elle grandement à l'accroissement rapide de la fortune de sa maison. En 1813, le jeune ménage possédait, bien claire et bien nette, une somme de soixante mille francs.

A cette époque, Joseph-Nicolas avait étendu le cercle de ses opérations commerciales jusqu'en Belgique. Il travaillait énormément pour les fabriques de la ville de Verviers, principal débouché de ses laines travaillées. Les événements politiques, l'invasion à main armée dont la Belgique devint en ce temps le théâtre, lui enlevèrent sa fortune, qui, malheureusement, se trouvait toute engagée à l'étranger. Sa ruine fut complète. Les deux époux supportèrent cette épreuve avec courage, se réjouissant même, en quelque sorte, dans leur désastre, de n'avoir pas entrepris des affaires au-dessus de leurs forces. Il ne leur restait rien, à la vérité, mais ils ne devaient rien à personne. Le crédit dont ils jouissaient fut pour eux le commencement d'une nouvelle fortune.

Jeunes tous deux, pleins de vigueur et d'énergie, stimulés par la tendresse des enfants dont la Providence avait doté leur union, ils se remirent bravement à l'œuvre, et travaillant jour et nuit sans relâche, ils reconquirent en quelques années une fortune plus considérable que celle qu'ils avaient perdue dans l'invasion de la Belgique en 1813.

Sur ces entrefaites, ils furent visités par une épreuve plus cruelle et surtout plus irréparable que la perte de leurs économies. Le vieux père Calon, parvenu à un âge avancé, paya son dernier tribut à la loi commune. Il emporta dans la tombe l'estime et les respects de tous ceux qui l'avaient connu. Retiré depuis quelque temps des affaires, il laissait en mourant une somme de 140 000 francs en biens-fonds. Ainsi qu'il avait fait pour sa dot, Joseph-Nicolas, d'accord avec sa femme, toujours de moitié dans ses généreuses inspirations, abandonna sa part aux plus nécessiteux de sa famille. Cet acte de générosité et de désintéressement est d'autant plus digne d'éloge, que, sans être avare, la prodigalité ne fut jamais le défaut de Calon.

Depuis ce moment, une chance inouïe favorisa toutes ses entreprises; chaque année, la laine passant par ses mains se transformait en toison d'or. De l'année 1807 jusqu'en 1846, il fournit la carrière commerciale la plus honorable, et s'acquit un nom des plus distingués dans les affaires. La maison Calon neveu, de Saint-Denis, jouissait d'un crédit illimité et d'une réputation d'honorabilité considérable. Dans une période de trente-neuf années, et déduction faite des pertes auxquelles tout négociant est exposé, Joseph-Nicolas a réalisé une fortune qui dépasse 1 500 000 francs.

Son dernier acte en quittant les affaires fut même une bonne action; il donna son établissement, plus prospère que jamais, et sans aucune indemnité, à son premier ouvrier, excellent homme, bon père de famille, mais trop pauvre pour pouvoir l'acheter. Cet ouvrier, non moins heureux que

son généreux patron, s'est également retiré des affaires depuis quelque temps, avec du *pain sur la planche* pour le
restant de ses jours.

Joseph-Nicolas était adoré de ses ouvriers et de ses employés; sévère, mais juste, il veillait sur eux avec une sollicitude de père; il avait l'habitude de leur donner un salaire plus élevé que celui qu'ils auraient trouvé dans les
autres maisons. Aussi tous lui étaient dévoués au point de
se mettre au feu pour lui. Pour eux, Joseph-Nicolas était
plutôt un père qu'un patron.

Débarrassé du souci des affaires, Joseph-Nicolas se retira
à Épluches, près de Pontoise, et acheta un vieux château
entouré de vastes jardins fermés au nord par un grand parc
peuplé de lièvres et de lapins. C'est là qu'en 1853 les habitants de la commune de Vallangoujard, privés depuis
longtemps d'une administration régulière (nul d'entre eux
n'ambitionnait le titre de maire), allèrent chercher Calon
pour lui offrir les honneurs de la mairie. Joseph-Nicolas,
heureux des loisirs que la Providence accordait à ses vieux
jours, refusa d'abord; mais les délégués de la commune,
veuve de toute espèce d'administration, le prièrent avec tant
d'instances qu'il finit par céder à leurs vœux appuyés par le
préfet de la Seine.

De ce moment, Vallangoujard entra dans une ère nouvelle.

Calon ne s'était point illusionné sur les difficultés de la
tâche qu'il avait acceptée. Il savait que tout était à refaire
dans la commune arriérée qui venait de se placer sous sa

tutelle. Il se mit courageusement à l'œuvre. Il commença
d'abord par moraliser ses administrés en protégeant la religion dans la personne de son ministre. Il s'appliqua ensuite à développer sur une grande échelle le système d'améliorations qu'il avait adopté pour le bien-être de la
commune. Les progrès de la culture, l'assainissement des
terrains marécageux, l'entretien des chemins vicinaux, la
création de nouveaux moyens de transport pour les récoltes
devinrent l'objet de ses soins constants et éclairés.

Malgré son grand âge, il dirigea et surveilla lui-même
les ouvriers chargés d'exécuter les travaux compris dans
son plan de régénération. Il ne recula devant aucun sacrifice personnel pour obtenir un résultat heureux, un progrès... Sous son habile administration, la commune de Vallangoujard avait, en moins de dix-huit mois, avancé de trente
ans dans la civilisation.

Il suffisait de lui signaler quelque chose de bien à faire
pour que ce bien fût instantanément accompli. Entre un
grand nombre de preuves, nous avons sous les yeux la re-
quête que lui adressèrent, le 23 mai de cette année, ses
conseillers municipaux. Nous ne pouvons résister au désir
de la mettre textuellement sous les vôtres, chers lecteurs.
La voici :

        « Monsieur le maire,

    » La paternité avec laquelle vous administrez votre
commune nous autorise à abuser de vos bontés. Nous savons combien vous nous êtes dévoué, et nous venons vous

demander de faire couvrir notre lavoir. Si nous avions besoin
de vous témoigner notre reconnaissance pour tout le bien
que vous nous faites, nous ne saurions trouver aucune expression pour le faire.

» En accueillant notre demande, vous nous donnerez un
grand secours, car nos femmes, en été, sont exposées au
soleil, et, en hiver, à la pluie.

» Vous adresser une prière, c'est être assuré d'avance
qu'elle sera exaucée.

» En même temps que nous prions la Providence et
Dieu, qui en est le directeur, de nous conserver notre bon
maire, nous faisons des vœux pour la santé de M. Calon.

» Nous avons l'honneur d'être, monsieur le maire, vos
respectueux administrés. »

(Suivent les signatures.)

Le lavoir fut immédiatement couvert, et les femmes de
Vallangoujard s'empressèrent, à leur tour, de manifester
leurs sentiments de gratitude envers le maire, en lui sous-
crivant l'adresse suivante :

« Monsieur le maire,

» Nous n'avons pas voulu laisser sans remercîments et
sans vous témoigner notre reconnaissance le concours que
vous nous avez assuré pour donner à notre commune les
améliorations qu'elle demande. Nous venons, en vous présentant nos respects, vous dire que vous pouvez compter sur un
concours absolu de notre part. Et pourquoi ne serions-nous

pas dévouées a vous ?... Vous n'avez qu'un désir : celui de
l'amélioration de notre commune. Comptez, cher maire, sur
nous pour vous aider dans les grandes idées que vous avez,
et soyez certain que notre faible appui vous est acquis.

» Nous aurons au moins, de cette manière, la satisfaction
de nous associer à vos généreuses inspirations.

» Nous avons l'honneur, monsieur et cher maire, de
vous présenter nos respects. »

(Suivent les signatures.)

Les habitants de la commune ne se contentèrent pas de
ces témoignages de reconnaissance adressés directement à
celui-là même qui avait si bien su les inspirer, ils voulurent
également exprimer leur gratitude au préfet qui avait ratifié
la nomination de M. Calon à la mairie de Vallangoujard. La
lettre suivante du sous-préfet de Pontoise adressée à M. Calon lui-même en fait foi :

« Monsieur le maire,

» Les membres du Conseil municipal et les habitants
notables de votre commune ont adressé une lettre à M. le
préfet, par laquelle, en énumérant tous vos bienfaits pour
la commune de Vallangoujard depuis que vous en êtes
maire, ils remerciaient cet administrateur supérieur de vous
avoir nommé aux honorables fonctions de maire.

» M. le préfet m'écrit à ce sujet le 26 juillet 1857 :

« Je suis très-heureux de me joindre aux habitants et
aux conseillers municipaux de la commune de Vallangoujard,

pour adresser mes félicitations à monsieur le maire pour
tout le bien qu'il a fait et fait journellement dans cette commune.

» Je vous prie de vouloir bien les lui transmettre. »

Ces titres honorables, ces distinctions, ces attestations,
brevets d'honneur décernés par l'opinion publique à un ancien ouvrier, fils de ses œuvres, doivent servir d'encoura-
gement aux travailleurs qui, dans l'accomplissement de
leurs devoirs et une bonne conduite, pourront trouver
comme lui un premier échelon pour s'élever, sinon à la
fortune, du moins à une honnête aisance et à l'estime de
leurs concitoyens.

V

Nous avons montré, chers lecteurs, les heureux résultats
obtenus pour la commune de Vallangoujard par l'intelligente
administration de son maire et par les sacrifices personnels
qu'il s'était imposés, mais M. Calon était un de ces hommes
qui croient n'avoir rien fait tant qu'il reste quelque chose à
faire.

A certaines époques de l'année, surtout pendant la saison
des pluies, les eaux torrentielles descendant des montagnes
interceptaient ou rendaient périlleux un des passages les
plus fréquentés par les habitants de la commune. Plusieurs
fois des accidents déplorables avaient été signalés sur ce
point. Le maire de Vallangoujard voulut en rendre le retour

impossible en faisant construire à ses frais un pont réclamé
depuis longtemps par les vœux du pays entier.

La bénédiction de ce pont terminé dans les commencements de juin de cette année, fut fixée au 21 du même mois.
Ce jour-là, les habitants conviés à cette cérémonie par
une proclamation bien sentie, entendirent la messe et se
rendirent processionnellement sur le pont. Là, au milieu
d'un silence solennel, l'abbé Rivière, curé de l'Abbeville,
desservant Vallangoujard, leur a adressé l'allocution suivante :

« La religion, mes frères, appelée à bénir les monuments
» particuliers et les travaux de l'esprit et du génie que Dieu
» donne à l'homme, vient aussi, par notre ministère, bénir
» en ce moment une œuvre d'utilité publique dont le bon
» cœur de M. Calon vient de gratifier la commune de Val-
» langoujard.

» Grâce à cette bonne fortune, grâce à ce pont, le pays
» ne verra plus désormais, dans cet endroit si périlleux au-
» paravant, arriver de ces accidents et de ces malheurs dont
» vos ancêtres, et vous-même mes frères, avez été, plus
» d'une fois, les tristes témoins ou les malheureuses vic-
» times.

» Les récoltes de la plaine, les produits des carrières et
» des bois, comme les voitures et les gens de pied, pourront
» maintenant passer ici, en tout temps, avec sécurité.

» Aussi, mes frères, les avantages de ce pont, reconnus
» et appréciés, de plus en plus, par vous et par vos descen-
» dants, perpétueront-ils toujours également vos sentiments

10

» de gratitude envers celui qui l'a donné : sentiments que,
» dans cette solennelle et religieuse cérémonie, nous voyons
» sous nos yeux se manifester d'une manière si sincère et
» si vive, pour la personne de M. Calon, dont l'intérêt et la
» sollicitude déjà si connus de tous pour Vallangoujard,
» j'en ai la confiance, ne se ralentiront pas.

    » Mais, mes frères, sous quel nom allons-nous bénir et
» consacrer cette œuvre de bienfaisance et d'utilité publique,
» dont M. le maire de cette commune a bien voulu la doter?
» Votre reconnaissance, j'en suis sûr, mes frères, m'a pré-
» venu; votre reconnaissance a trouvé, a proclamé dans
» vos cœurs, le nom qu'il portera toujours. Ce pont, mes
» frères, s'appellera donc le *Pont-Calon.*

    » Dieu fasse vivre et vivre longtemps le bienfaiteur et gé-
» néreux M. Calon! Ainsi soit-il. »

    Ainsi soit-il, répétèrent les spectateurs en masse... Ainsi
soit-il.

    Le maire de Vallangoujard, visiblement ému des marques
de sympathie dont il était l'objet, répondit en ces termes au
discours de l'honorable desservant :

    » Je remercie le digne pasteur des touchantes paroles qu'il
» vient de prononcer; je vous remercie aussi, chers admi-
» nistrés, de l'empressement que vous avez mis à assister à
» la bénédiction du pont que j'ai offert à notre commune.

    » Lorsque M. le Préfet m'a confié l'honneur d'être votre
» maire, j'ai pris la résolution de faire sortir la commune de
» l'état misérable où elle se trouvait.

    » Ce que j'ai fait et ce que je ferai dans l'avenir est la con-

» séquence du profond désir que j'ai de la voir prospère et
» heureuse.

» Plusieurs fois j'avais été témoin des malheurs arrivés à
» l'endroit où nous sommes. Pour qu'ils ne se renouvelassent
» plus à l'avenir, j'ai fait construire ce pont.

» Souvent aussi, j'ai été affligé en voyant votre église en-
» tourée de propriétés particulières, je voulais donc acqué-
» rir ces propriétés pour isoler l'église, et l'entourer d'une
» place publique; jusqu'à ce jour, par suite des refus de
» vente, j'ai trouvé une forte résistance; j'avais résolu de
» suivre l'expropriation, lorsqu'enfin je viens d'obtenir la
» vente; la commune n'étant pas assez riche pour payer cette
» acquisition, je suis heureux de vous annoncer que je lui
» en fais don.

» J'ai cru que le cimetière ne pouvait être plus longtemps
» contigu à l'église et rester ainsi au milieu du village; je
» vous offre donc le terrain nécessaire, à prendre où la com-
» mune le trouvera plus convenable pour y faire un cime-
» tière.

» Vous avez autour de vous soixante-quinze hectares
» incultes et sans aucun rapport, qui vous appartiennent
» par des portions très-divisées. Je mets à la disposition des
» propriétaires les fonds nécessaires pour le drainage, ou
» bien j'offre de les acquérir et de les mettre en plein
» rapport.

» Mon but, par ces travaux, est de procurer pour l'hiver
» du travail aux ouvriers, et lorsqu'il sera terminé, on y élè-
» vera des bestiaux, ce qui procurera à la commune de grands

» avantages, tout en augmentant le nombre de ses habitants
» et celui de ses revenus. »

Ces dernières paroles furent accueillies par les acclama-
tions répétées de : « Vive notre maire! vive à jamais notre
père! vive monsieur Calon!» La joie brillait sur tous les
fronts, le contentement dilatait tous les cœurs.

L'entrepreneur du pont, le bras de la pensée qui l'avait fait
construire, ouvrier comme l'avait été le maire de Vallangoujard, s'approchant à son tour de M. Calon, lui adressa ces
quelques paroles, écoutées dans un religieux silence.

« Monsieur,

» Ne vous étonnez pas trop de me voir la hardiesse d'éle-
» ver la voix au milieu de cette assemblée, après avoir en-
» tendu les paroles de notre vénérable pasteur. Oh! je n'ai
» pas l'intention de me faire remarquer; mais je me sens
» heureux d'exprimer ma reconnaissance et celle des habi-
» tants de Vallangoujard à l'auteur de cette œuvre philan-
» thropique.

» Oui, il est bien doux d'avoir parmi nous un bienfaiteur
» de l'humanité, un homme qui nous comble de bienfaits
» chaque jour. Et en effet, il ne se passe pas une année sans
» que nous voyions s'élever, par ses soins, des travaux d'u-
» tilité publique, et par conséquent un témoignage de sa
» sollicitude pour nous.

» Honneur donc à celui qui consacre ses jours à rendre
» plus heureux les habitants des campagnes!

» Puissent nos vœux, en écartant désormais de votre des-

» tinée les soucis et les peines, vous donner encore de lon-
» gues années, pleines de bonheur et de joie!

   » Accueillez donc cet hommage de notre profonde estime
» et de notre reconnaissance. Nous chercherons à le perpé-
» tuer en faisant pénétrer dans les cœurs de nos enfants le
» respect et l'amour d'un nom que nous leur apprendrons à
» bénir comme celui de leur meilleur ami.

   » Les générations se succéderont, et ce monument restera
» debout : alors nos petits-enfants, en passant sur le pont,
» penseront à celui qui l'a fait construire. »

   Après cette allocution accueillie par des transports de joie,
toutes les femmes de Vallangoujard entourèrent leur maire
et lui demandèrent la faveur de l'embrasser; puis aux cris
répétés mille fois de : *Vive monsieur le Maire!* elles le re-
conduisirent processionnellement à sa voiture.

                         VI.

   Sans l'avoir jamais ni cherchée ni ambitionnée, le maire
de Vallangoujard jouit d'une popularité dont il a le droit
d'être fier, car cette popularité repose sur l'estime et sur la
reconnaissance publiques. Pour l'obtenir, il n'a point caressé
les instincts vulgaires, il n'a pas flatté les petites passions des
masses, il leur a fait du bien. Enfant du peuple et fils de ses
œuvres, il leur a montré par ses exemples plus que par ses
paroles qu'une bonne conduite et le travail pouvaient mener
un bon ouvrier et un travailleur honnête, non-seulement à
la fortune, mais encore aux honneurs.

HUITIÈME RÉCIT

DEUX HISTOIRES POUR UN DÉJEUNER MAGNÉTIQUE, OU LE PÈRE QUATRE-TEMPS

Parler de soi est une chose malséante et de mauvais goût, je le sais : cependant il est impossible à un écrivain de *se passer sous silence* quand, par accident et sans prétention aucune, il a joué un rôle dans la scène qu'il raconte. C'est le cas où précisément je me trouve en ce moment vis-à-vis de vous, chers lecteurs. — Comment faire pour ménager ma modestie et d'honorables susceptibilités?... Je ne vois qu'un moyen... c'est de prendre — un pseudonyme. — Lequel? — Aidez-moi, je vous prie... Le premier venu... — Celui sous lequel j'ai fait mes premières armes au Havre... Onsephal... Va pour Onsephal...

I

Onsephal demeure place de la Madeleine, n° 3. Comme
tous les poëtes, les oiseaux du bon Dieu, les tireuses de
cartes, la bise, et les professeurs de chiens savants, il perche
près du ciel; que voulez-vous? Ses moyens ne lui permet-
tent pas de *gîter* au premier étage. Au reste, il ne s'en
plaint pas, car, dans sa haute retraite, il se trouve à l'abri
du fracas des voitures, des joueurs d'orgue de Barbarie et
des trombones allemands; il peut, sans être dérangé, rêver
et méditer tout à son aise. Or, dans son quatrième étage
au-dessus de l'entresol, qui se trouve lui-même *au-dessus*
de cinq grandes marches *au-dessus* du niveau de la cour,
Onsephal rêvait aux inconvénients de la garde nationale en
froissant dans ses mains un malheureux billet de garde qui
ce jour-là le convoquait, à neuf heures précises, sur la place
d'armes de son bataillon, pour se rendre de là au poste de
la mairie du 2ᵉ arrondissement, rue Chauchat. — Permettez-moi de vous dire en passant que, quoique *crucifié* par
une huitaine de croix étrangères, Onsephal passe dans son
quartier pour être un excellent *Frrrrrancé*. Il n'a été condamné dans sa vie qu'à vingt-quatre heures de séjour à la
prison des haricots pour n'avoir pas voulu se laisser dévo-
rer, une nuit, par une armée de puces cantonnées dans le
corps-de-garde de l'Hôtel de Ville; je dois encore vous dire
que dans les journées à jamais déplorables de juin 1848, il

a failli de ce monde-ci passer dans celui des taupes, car s'il avait eu deux pouces de plus, il recevait au milieu du front une balle qui a traversé la cocarde de son schako. — Les trop belles tailles ont parfois leurs graves inconvénients. — Revenons à notre sujet : Onsephal rêvait donc aux servitudes du garde national quand son groom, honnête enfant de la Savoie, lui annonça la visite matinale d'un importun fort pressé. Il était six heures. C'était un fort beau jeune homme qui, se présentant le sourire sur les lèvres, lui adressa ces paroles :

— Vous ne me reconnaissez pas?

— Je n'ai pas cet honneur.

— Je suis un de vos anciens compagnons de plume au journal *le*''''.

— Je ne vous reconnais pas davantage.

— Vous ne reconnaissez pas (ici il déclina son nom); vous avez cependant un jour fortement applaudi une de mes nouvelles à la main par laquelle j'apprenais aux Parisiens que l'abbé Châtel avait ouvert un commerce d'épiceries.

— Il m'en souvient : qui peut aujourd'hui me procurer l'honneur de votre visite?

— Le désir de vous demander un grand service ; je viens vous prier de me prêter 500 francs.

Or, Onsephal a la bonne habitude de donner, mais de ne jamais prêter, car il croit que prêter, c'est s'exposer bénévolement à perdre à la fois ses amis et son argent. Son visiteur comprit à son silence qu'il n'était pas disposé à bourse

délier; il reprit : « Si la somme de 500 francs vous paraissait
trop forte, je bornerais mes désirs à cent écus. » Même
silence de la part d'Onsephal.

— « Vous vous défiez sans doute de ma solvabilité,
répliqua le demandeur, je reviendrai demain; d'ici là, vous
pouvez prendre des informations sur mon compte, je demeure rue des Moineaux, n° 7. En attendant, vous seriez
mille fois bon de me prêter cinq francs, car je ne sais aujourd'hui où trouver mon déjeuner, et j'ai faim. » Le moyen
de refuser cinq francs à un homme qui vous dit : *j'ai faim?*
Onsephal s'exécuta d'assez bonne grâce et congédia son importun qui partit disant : « Je reviendrai demain. »

Trois heures après, Onsephal descendit sur la place
d'armes pour marcher en grande tenue et tambour battant
vers le poste qu'on lui avait désigné. A onze heures il se
rendit, après avoir monté une première faction, au café
Bonnefoi, pour y déjeuner de *confiance*, chose assez rare
dans les restaurants de Paris. Il s'était à peine installé dans
un coin de l'une des salles, qu'il vit arriver, le chapeau sur
l'oreille, et le cigare à la bouche, un grand gaillard accompagné d'un camarade, paraissant tous deux de fort bonne
humeur et en excellent appétit; il reconnut de suite son
ex-collaborateur, passant devant lui sans le reconnaître.
Son uniforme lui assurait le secret de l'incognito contre les
regards du farceur, qui s'apprêtait à vivre ce jour-là à ses
dépens.

— « Garçon, s'écria le nouveau venu se jetant dans un
des fauteuils rembourrés de l'établissement, servez-nous un

déjeuner chaud et bon, un déjeuner *chic*, tout ce qu'il y a
de plus *chic*, entendez-vous?

. . . .

— Oui, Messieurs. Voulez-vous des huîtres?

— Comme s'il en pleuvait... à mort.

— Quel vin boirez-vous?

— Du chablis, tout ce que vous avez de plus *chouette*.

— Première qualité?

— Mieux que ça, du *superlatif*.

— Ah çà! mon cher, lui dit son camarade, ne va pas
faire des folies.

— Laisse-moi faire, répliqua l'amphitryon, c'est moi qui
paye.

— Tu as donc arrêté un coche cette nuit?

— Non, mais je suis en fonds; tiens, regarde, et il tira
de sa poche une longue filoche verte, à travers les mailles
de laquelle Onsephal vit frétiller des pièces d'or brillantes
comme des écailles de poissons dans un filet.

— Alors tu as hérité d'un oncle mort en Amérique?

— Pas davantage, c'est une tante de la Californie qui m'a
fait une avance sur son testament.

— Bravo, très-cher!

— Garçon, servez-nous donc la sole normande et le foie
gras demandés... » Mes deux gaillards avaient déjà mis hors
de combat trois bouteilles de chablis superlatif, une quatrième venait d'être vigoureusement attaquée, lorsque, par
une manœuvre habile, Onsephal parvint à sortir de la salle
sans être aperçu; le grand Turc serait entré dans ce mo-

ment, qu'il ne l'aurait pas été davantage. L'impudence de son ex-collaborateur lui avait inspiré la pensée de lui donner une leçon : « Garçon, dit-il à l'un des servants de la salle, allez chercher et ramenez-moi le plus promptement possible le premier commissionnaire que vous rencontrerez. » Le garçon partit en courant. En attendant son retour, Onsephal écrivit dans la pièce voisine de celle où les deux viveurs déjeunaient en vrais Lucullus, le billet suivant :

« Monsieur, je me suis déjà procuré les renseignements que vous m'avez invité à prendre sur votre compte, et voici comment : vous étiez à peine sorti de chez moi qu'un de mes amis, l'un des premiers médecins de Paris, est venu me rendre visite. Voulant vaincre mon incrédulité à l'endroit du magnétisme, le docteur a endormi ma femme de ménage, qui, sous l'influence du fluide et répondant à ma demande, m'a raconté que vous étiez en ce moment au café Bonnefoi, joyeusement attablé ; que vous aviez offert un déjeuner *chic*, tout ce qu'il y a de plus *chic*, à l'un de vos amis ; que vous aviez demandé des huîtres comme s'il en *pleuvait à mort ;* que vous avez montré à votre ami, cherchant à vous arrêter dans une folle dépense, une filoche garnie de pièces d'or ; que vous savez parfaitement découper les soles à la normande, enfin que vous ne devez plus avoir soif, puisque vous avez déjà vidé trois bouteilles de chablis *superlatif.* Si ma femme de ménage ne s'est point trompée, vous pouvez vous dispenser de revenir demain chez moi. »

Au moment où Onsephal signait ce billet, le garçon de

café lui ramena un commissionnaire auquel il recommanda
la discrétion par un argument sonore; puis, lui remettant
son billet, il lui donna l'ordre de l'apporter dans cinq minutes à la personne qu'il lui indiqua. Cela fait, il rentra dans
la pièce voisine pour assister à l'effet que sa lecture devait
produire. Il fut si foudroyant, que le verre porté complai-
samment aux lèvres de l'amphitryon tomba sur son assiette
de porcelaine et la brisa.

— Mon Dieu! que t'arrive-t-il donc? lui dit son camarade; tu es pâle comme feu Debureau : ta tante de la Californie t'aurait-elle déshérité?

— Pis que ça, très-cher; tiens, lis...

— Ah! bah! ce sont des bêtises que tout ça, s'écria celui-
ci après avoir lu, tu pâlis pour si peu de chose, comme une
poule mouillée?

— Mais enfin tout ce que la femme de ménage d'Onsephal lui a dit est vrai.

— Je n'en disconviens pas; mais puisque les tables tour-
nent, polkent et dansent, les femmes de ménage peuvent
bien avoir une seconde vue; cela se voit tous les jours, et
les viveurs n'en meurent pas pour cela... Garrrçon!...

— Voilà, Monsieur.

— Servez-nous de la tisane de Champagne pour monsieur qui a des velléités d'évanouissement.

— Vous êtes servi, Monsieur.

— C'est bien, garçon, tu as mon estime; donne-nous
maintenant un gargarisme de chambertin et deux ailes de
volaille pour cure-dents... Et nos deux convives reprirent

gaiement leur déjeuner si brusquement interrompu par la
lecture du mystérieux billet. Les personnes qui ont raison
ont toujours tort aux yeux de celles dont elles déjouent les
projets coupables. Onsephal devait inévitablement se trouver dans ce cas vis-à-vis de son collaborateur. En effet,
reprenant la parole avec un peu plus d'assurance, celui-ci
ne tarda pas à l'attaquer de la plus vigoureuse manière :
« Je voudrais bien savoir, dit-il, pourquoi cet imbécile d'Onsephal a eu l'esprit de se faire une position dans la république des lettres, car enfin le bipède n'est pas plus malin
qu'un autre. » Par la même manœuvre que la première fois,
le *bipède* sortit de nouveau sans être aperçu, puis écrivit
un second billet qu'il remit au commissionnaire resté en
faction dans la pièce voisine. Quand il rentra dans la salle,
le bohême à moitié gris disait : — Je demande à connaître
la fin de la séance de magnétisme donnée à Onsephal par
sa femme de ménage. Un instant après, le commissionnaire
déposa devant l'amphitryon un second message ainsi conçu :

« Monsieur, il y a peu de générosité à attaquer les absents
qui ont plus d'esprit que ceux qui ont le malheur de n'en
point avoir. Vous désirez savoir comment Onsephal a fait
pour réussir sans être plus malin qu'un autre; sa femme de
ménage magnétisée va vous satisfaire : En travaillant beaucoup, ce que vous faites peu, et en ne faisant point de dupes,
ce que vous faites beaucoup. »

— Garçon, l'addition, s'écria le bohême tout à fait gris.
Puis, jetant une pièce de 40 francs sur la table, il s'endormit profondément.

Le lendemain, il écrivit la lettre suivante à Onsephal :

« Monsieur, j'ai eu tort, mais vous me pardonnerez si vous êtes généreux ; vous ferez mieux encore, car, au lieu des 500 francs que vous deviez me prêter, vous me mettrez en rapport avec votre femme de ménage ; dans sa seconde vue, je suis sûr de trouver le secret de devenir millionnaire. »

Comme vous le pensez bien, cher lecteur, cette lettre attend une réponse.

. . . .

Quel rapport ce déjeuner servi peut-être en façon de hors-d'œuvre sous les yeux de quelques-uns de mes lecteurs, peut-il avoir avec le titre général de cet ouvrage?... Patience... vous allez le voir...

II

LE PÈRE QUATRE-TEMPS

Ainsi que je l'ai dit dans une de mes veillées militaires, je dois à mes souvenirs de collège une douce habitude que j'ai conservée scrupuleusement jusqu'à ce jour : je m'accorde régulièrement congé tous les jeudis. — Ce jour-là, le pied léger comme celui d'un écureuil dans les branches d'un mélèze, le cœur joyeux comme celui d'un enfant égaré dans les branches d'un cerisier, au mois de juin, je deviens inspecteur surnuméraire des pavés de Paris... et je vais, sans lanterne à la main, à la recherche des idées...

Quelquefois, pauvre ouvrier en livres, me déguisant en
gravure de mode, les gants jaunes à la main et la botte vernie
au pied, je vais *voir* dîner à 100 francs par tête chez Véfour
ou chez les Frères Provençaux ; d'autres fois, plus simplement
vêtu, je vais manger une gibelotte, et boire du vin bleu à la
barrière... j'aime mieux cela... c'est plus nature... et puis,
en vérité je vous le dis, je trouve souvent plus d'esprit sous
la blouse du travailleur que sous le jabot brodé du viveur de
la maison Dorée.

Un jour donc que j'occupais une modeste place dans la
grande salle d'un de ces vastes établissements, situés hors
de la ville, aux barrières et à la porte desquels l'on doit faire
queue, le dimanche, pour trouver une table convenable...
j'observais un groupe d'ouvriers en bâtiments, à en juger
d'après leur costume ainsi combiné : une vareuse écourtée,
un large pantalon de toile passé sur un autre pantalon plus
habillé, la classique chemise de couleur retenue à la taille
par une ceinture de cuir, et la casquette sur l'oreille droite,
un peu à la manière des casseurs d'assiettes. Ce groupe était
composé de jeunes gens pour la plupart ; cependant il y avait
au milieu d'eux, assis à la place d'honneur de la longue table,
où, comme le disait un peintre badigeonneur, ils étaient en
train de *chiquer les légumes ;* il y avait, dis-je, un homme
d'une cinquantaine d'années à la mine ouverte et franche,
quoique vigoureusement accentuée. Il était arrivé le dernier,
avec un pain d'au moins trois livres sous le bras... les ouvriers plus jeunes s'étaient aussitôt empressés de lui faire
place...

— Ah çà! père *Quatre-Temps*, lui demandèrent-ils, pourquoi donc venez-vous si tard, ce matin, au rendez-vous des bons enfants, du rocher de Saint-Malo?

— Parce que, répondit celui qu'on appelait *Quatre-Temps*, parce que j'ai donné *gratis* une leçon de politesse à un grand *clampin d'affamé* qui cherchait querelle à un vieux de la vieille, vous savez, un pensionnaire de l'Hôtel des Invalides...

— A quel sujet?...

— Parce que le vieux qui n'y voit plus clair, attendu qu'une *prune* lui a bouché l'œil gauche, et qu'il n'est plus très-libre de ses mouvements, attendu que l'éclat d'un obus lui a enlevé *l'aile droite;* parce que, dis-je, ce vieux brave, sans intention mauvaise, lui avait marché sur le pied avec le bout de sa jambe de bois... Mais heureusement que je me suis trouvé là...

— Polisson de *clampin*, va!...

— Un gant jaune *teinturé*, je gage...

— *Un trop-plein de soupe...*

— Un marque-mal...

— Un propre à rien....

— Un vieux *muffe...*

Aussi je lui ai donné une *danse* dont il se souviendra longtemps... je vous en réponds; mais, Dieu me pardonne, le voici qui vient... attention, petits... Au même instant la porte s'ouvrit et un jeune homme pauvrement vêtu, portant sous le bras un carton de librairie, se dirigea vers le comptoir du marchand de vin...

Je reconnus aussitôt en lui mon ex-collaborateur en journalisme, le héros du déjeuner magnétique... Par un étrange revirement du sort (la fortune a ses inconstances), le littérateur, devenu courtier en littérature, faisait des abonnements et plaçait des journaux illustrés... depuis 5 jusqu'à 50 centimes la pièce : triste métier.

— Holà! garçon, s'écria-t-il sur un ton sonore, un peu moins élevé cependant que celui dont il s'était servi au restaurant de Bonnefoi... Un demi-bœuf aux flageolets, une chopine à seize et deux sous de pain... Je me trouvais placé de manière à tout voir sans être aperçu... mon ex-confrère avait un appétit de *sterling*... en moins de cinq minutes il dévora son demi-bœuf et ingurgita sa chopine... cela fait, il interrogea tristement son porte-monnaie, et s'écria de nouveau : Garçon... un fromage de brie, 1 sou de pain et un *cure-bec*... Un instant après il ajouta : Garçon... pour 3 sous de *tord-boyau*. Tous les yeux étaient fixés sur lui, mais les siens plongés dans son verre, ou, suivant les courbes de sa fourchette, ne voyaient rien de ce qui se passait autour de lui.

Cependant, lorsqu'il eut englouti sa dernière bouchée de pain et séché la dernière goutte de son verre, il promena un regard de satisfaction autour de lui... Il n'avait pas trop mal déjeuné pour ses 27 sous... moins bien cependant que l'autre matinée chez Bonnefoi... Mais on ne peut pas être tous les jours à la noce, pensait-il...

La table où il s'était mis se trouvait auprès de la porte légèrement entr'ouverte... Dans ce moment deux frères de la

Doctrine chrétienne vinrent à passer devant la maison du
marchand de vin, à cinq pas du commissionnaire en librairie
qui les salua par trois *couacs* parfaitement imités d'une famille de personnages mis en scène par Granville.

Les deux religieux, inaccessibles à l'injure, continuèrent
tranquillement leur chemin; mais le père *Quatre-Temps* qui
dans le même moment allumait sa pipe... appela le garçon
et lui demanda si dans le voisinage il n'y avait pas quelque
vieille charogne.

— Pourquoi me faites-vous cette question? demanda à
son tour le garçon...

— Parce que, reprit le père *Quatre-Temps*, je viens
d'entendre les cris d'un corbeau.

— Vous avez raison, ajouta le garçon...

— Fichu ramage dont je ne donnerais pas deux sous.

— Vous avez raison...

— Tu parles, toi, comme *le Pandore* du brigadier de
Gustave Nadaud; mais il ne s'agit pas de cela... Cet oiseau
de triste augure doit se trouver dans cette salle, sous
quelque table, car les cris sont partis d'ici... Qu'en pensez-
vous, les amis?

— Je pense qu'il nous le faut flanquer à la porte, répondit un des plus jeunes ouvriers..., car j'ai toujours ouï
dire que le cri du corbeau portait malheur...

— Aux insolents et aux blancs-becs, s'écria le commis
libraire, croyant à force d'audace comprimer l'orage dont
il était menacé...

— Bonjour, Monsieur, répliqua le jeune ouvrier, comment vous portez-vous? vous êtes gentil comme ça, êtes-vous par hasard de la famille des corneilles?

— Peut-être...

— Dans ce cas-là, si votre ramage ressemble à votre plumage, ajouta l'ouvrier en jetant un regard sur la mise délabrée de son interlocuteur, je vous engage à vous mettre en pension chez les sourds-et-muets, par charité pour vos voisins.

Un immense éclat de rire retentit dans la salle..., le commis se mordit les lèvres.

— Ah çà! Monsieur, reprit le père *Quatre-Temps*, puisque vous imitez si bien le cri des animaux, vous devriez nous *régaler* en faisant l'âne..., nous vous payerions un canon et pour deux sous de pommes frites; ça y est-il?

— Quelle bêtise, fit un autre ouvrier, Monsieur n'a qu'à parler pour faire l'âne...

Le commis, en butte aux railleries qui l'assaillaient de tous côtés, commençait à perdre contenance; voulant cependant contre mauvaise fortune faire bon cœur, il eut recours aux grands moyens...

— Si, comme cela m'en a tout l'air, reprit-il, vous avez l'intention de me *mécaniser*, je vous dirai qu'en abusant du nombre et de la force vous me faites l'effet d'être des jésuites ou de mauvais Français... Que vous ai-je fait pour que vous m'insultiez ainsi, quinze, vingt contre un?

Le père *Quatre-Temps* se levant aussitôt de table alla se planter devant l'orateur, et croisant les bras sur sa blouse, il lui dit : Me reconnaissez-vous?

— Non, mais peu m'importe; qui êtes-vous?

— Le père *Quatre-Temps*, un temps de plus que dans la charge à douze mouvements.

— Connais pas ce saint-là au paradis...

— Je le crois bien, car vous ne me faites pas l'effet, vous, d'avoir des connaissances dans ce pays, dans le calendrier, veux-je dire. Il y est cependant quatre fois; mais il ne *retourne* pas de cela...

— De quoi s'agit-il donc?

— Je vais vous le dire, mais avant regardez-moi bien...

— Connais pas...

— Je suis l'ouvrier que vous avez rencontré tout à l'heure sur votre chemin entre votre individu et un invalide...

— Oui, c'est juste... pour vous mêler d'une affaire qui ne vous regardait pas.

— Vous y êtes maintenant..., eh bien! à mon tour je vous le demanderai... Que vous avait-il fait cet homme vieilli au service de la patrie? que vous avait-il fait pour que vous l'insultassiez? Votre conduite envers ce vieillard privé de deux membres est-elle celle d'un brave, celle d'un bon Français?... Plus tard, il n'y a qu'un instant, que vous ont-ils fait ces deux frères de la Doctrine chrétienne que vous avez lâchement insultés, sachant bien qu'à vos insultes ils ne pourraient opposer que le silence du mépris? Vous ont-ils volé votre esprit? se mettent-ils devant votre soleil? vous empêchent-ils de vendre vos mauvais bouquins de quatre sous? Vous voyez donc bien que si dans cette réunion il y a un individu qui ne mérite point le nom de Français, ce n'est ni le père *Quatre-Temps* ni ses camarades... Nous savons, nous, respecter la vieillesse, les infirmités, les choses respectables, et nous savons au besoin protéger la faiblesse contre les abus de la force...

Le commis libraire, interloqué par cette harangue prononcée de verve, répliqua en balbutiant :

— Je suis très-susceptible et je n'aime point que l'on me fixe de travers... L'invalide m'a regardé d'un mauvais œil...

— Je le crois bien, puisqu'il est borgne...

— Il m'a marché sur le pied...

— Avec sa jambe de bois ?

— Sans doute...

— Vous auriez dû vous rappeler que cette jambe de bois remplace celle qu'il a perdue sous les drapeaux de la France.

— Il a levé la main sur moi...

— La seule qui lui reste...; mais s'il l'a levée, ce n'est qu'après avoir été traité par vous de *muffe* et de vieille croûte... Ne devient pas vieille croûte qui veut, jeune homme, surtout de ces croûtes que la gloire cuit au soleil de la France.

— Bravo ! bravo ! le père *Quatre-Temps*, s'écrièrent tous les ouvriers, qui écoutaient cette scène avec un vif intérêt bravo ! *bien touché !* En voilà une de tirade ! bien tapé !

— Mais ces pauvres religieux, que vous ont-ils fait, eux ? reprit le père *Quatre-Temps*.

— Je ne les aime pas ; ce sont des paresseux, des êtres nuisibles à la société.

Une vigoureuse bordée de huées, accompagnées d'un ou deux éclats de rire semi-approbatifs, accueillit ces dernières paroles.

— Silence au parterre! s'écria le père *Quatre-Temps*, et d'une voix large, fortement accentuée, il reprit :

— Des goûts et des couleurs il ne faut pas discuter. J'aime la rose; libre à vous de priser le pissenlit; j'estime la pomme de terre... il m'est avis que par habitude et par vocation vous lui préférez la *carotte*. Je vous laisse parfaitement maître de votre goût, pourvu toutefois que vous ne cultiviez pas ce légume à mes dépens... Ah! vous n'aimez pas les frères de la Doctrine chrétienne; vous en avez le droit, je le répète, et je le comprends; car, ainsi que l'a dit je ne sais plus qui, il y a des haines qui honorent et des amitiés qui flétrissent...

— Vous pataugez, mon vieux, fit en interrompant l'orateur, le commis libraire; au fait...

— J'y arrive... attendez un peu. Je disais donc que vous aviez le droit de ne pas aimer les hommes que vous avez lâchement insultés tantôt; mais je vous refuse celui de leur appliquer des épithètes qu'ils ne méritent point. Nous sommes là une douzaine de bons et d'honnêtes ouvriers; eh bien! demandez à ces braves gens qui leur a, dans leur enfance, appris à lire, à écrire, à compter ce qu'ils savent et ce qu'ils sont... et ce que, pour votre malheur, vous n'êtes pas... Voyons, mes amis, dites-le à cet homme : quels ont été vos premiers maîtres, vos seuls maîtres peut-être?...

— Ce sont les frères ignorantins, répondirent aussitôt et simultanément tous les ouvriers présents.

— Vous les entendez, continua le père *Quatre-Temps*. Ce sont ces pauvres religieux que vous traitez de paresseux et d'êtres nuisibles à la société. Les êtres nuisibles à la société, et les *propres à rien*, comme... comme il y en a tant sur le pavé de Paris, n'ont jamais été à leur école, ou, s'ils y ont mis les pieds, ils s'en sont fait chasser.

Le littérateur se mordit de nouveau les lèvres et baissa la tête. Le père *Quatre-Temps* venait de faire de la prose, comme le bourgeois gentilhomme, sans le savoir.

Dans ce moment, la pendule du marchand de vin marquait une heure. Tous les ouvriers se levèrent, payèrent au comptoir leur consommation, rallumèrent leurs *brûle-gueule*, et se rendirent chacun de leur côté, en fredonnant, à leur travail.

En passant devant son adversaire, le père *Quatre-Temps*, frappant cavalièrement sur son épaule, lui dit : *Une bonne leçon vaut un œil dans la main;* je vous en ai donné deux ce matin gratis : profitez-en. Vous êtes jeune encore, vous pouvez vous amender; redevenez gentil, et si vous êtes sage, *papa* vous donnera du *nanan*...sinon le père *Quatre-Temps*, s'il vous retrouve en état de récidive, sur son chemin vous fichera le... Disant ainsi, il frappa avec le plat de sa main droite le revers arrondi de sa main gauche.

— Vieux marguillier de sacristie! murmura entre ses dents le jeune homme, quand l'ouvrier, taillé sur le patron de l'Hercule Farnèse, eut franchi la porte.

III

La position que j'avais prise dans la salle du marchand
de vin semblait devoir me garantir contre les regards de
mon ex-collaborateur, regards que, dans la situation présente, je ne me souciais nullement d'attirer sur moi. Pour
être moins remarqué, je m'étais plongé en quelque sorte
dans la lecture du feuilleton du journal du jour et je parais-
sais indifférent à tout ce qui se passait autour de moi.

X..., nous appellerons ainsi désormais mon ex-confrère,
vint à moi et dit : « Après vous le journal, s'il vous plaît. » Je
m'inclinai en signe d'assentiment ; mais ce mouvement de
tête, tout insignifiant qu'il fût, trahit mon incognito. « Tiens!
c'est vous, monsieur Onsephal, s'écria X... en me tendant
une main que je n'osais refuser, pour ne pas humilier davantage ce pauvre garçon. Y a-t-il longtemps que vous êtes
ici? me demanda-t-il. Sans doute, puisque je ne vous ai pas
vu entrer.

— Depuis une heure à peu près, lui répondis-je.

Alors vous avez été témoin de la scène que je viens d'avoir
avec ces... goujats.

— Oui.

— Vous avez tout vu?

— Tout vu.

— Tout entendu?

— Tout entendu.

— Et vous ne me remerciez pas?

— Pourquoi, de quoi?

— Pour le beau sujet de feuilleton, de nouvelle que je viens de vous donner.

— Le fait est que le sujet prête, lui répondis-je.

— Ainsi donc je vous l'abandonne, mais à une condition.

— Laquelle?

— Vous ne me nommerez point... parce que, soit dit entre nous, je n'ai pas eu le beau rôle... Il parle bien, ce gaillard de père *Quatre-Temps*, comme on l'appelle; et puis quelle *poigne* il a! Quand il l'a posée sur mon épaule, j'ai cru sentir une enclume de fer. Quel luron! A mon avis, la force musculaire est une des premières qualités de l'orateur... Le moyen d'avoir raison avec des *lapins* comme cela!... Qu'en pensez-vous?

— Je suis parfaitement de votre avis. Le père *Quatre-Temps* parle bien, mais ce n'est point parce qu'il a la *poigne* solide.

— Pourquoi donc, alors?

— Parce qu'il pense bien... je me tromperais fort si cet homme n'était pas un parfait honnête homme.

— C'est possible, c'est probable même; mais c'est égal, il porte un fichu nom, un nom à coucher sous la troisième arche d'un pont non suspendu ou dans le réfectoire d'un couvent de bénédictins... A propos de Quatre-Temps je voudrais bien connaître les racines du nom et celles de l'individu qui le porte.

— Ce doit être facile.

— Vous croyez?

— Assurément, nous pouvons les demander au maître de cet établissement.

— Le voici justement qui va se mettre à son comptoir; appelons-le... holà! patron, servez-nous trois petits verres de fil-en-quatre... du bon... du meilleur.

— Le marchand de vin, armé d'un flacon *d'esprit*, accourut aussitôt...

— N'en versez que deux, lui dis-je.

— Versez toujours, répliqua X... je boirai le troisième... A votre santé, patron.

— A la vôtre, messieurs...

— Ah çà! patron, reprit X..., connaîtriez-vous par hasard cet ouvrier qui s'appelle *Quatre-Temps?*

— Je le connais parfaitement.

— A quelle espèce de confrérie ce sacristain-là appartient-il?

— A la confrérie des honnêtes gens, répondit le marchand de vin, et il serait digne d'en porter la bannière, car je ne connais pas un plus honnête homme que lui...

— J'en étais sûr, m'écriai-je.

— Maintenant, patron, dites-nous, demanda X..., dans quel calendrier son parrain a pêché le nom qu'il lui a donné... *Quatre-Temps!...* J'aimerais mieux m'appeler *Quatre-Saisons.*

— Ce n'est pas son parrain, mais ce sont les camarades qui ont baptisé le père Dubois du nom de Quatre-Temps.

— Son véritable nom est donc Dubois?

— Oui, monsieur, Dubois...

— Du bois dont on fait les flûtes? demanda X... en riant.

— Du bois dont on fait les hommes forts, et tout d'une pièce, répondit le marchand de vin.

— N'importe : mais pourquoi les camarades ont-ils appelé M. Dubois le père *Quatre-Temps?*

— Je vais vous le dire.

— A votre santé, patron.

— A la vôtre, messieurs.

— Maintenant parlez, nous écoutons.

Le marchand de vin, ravi de l'attention qu'on lui prêtait, vida d'un seul trait le contenu de son verre et commença en ces termes :

« Il y a vingt ans que je connais le père Dubois, et tel que vous le voyez aujourd'hui, il était, il y a vingt années, un peu moins gris sur les tempes, peut-être, mais pas moins carré d'épaules, pas moins fort de *poigne* et pas moins ardent au travail. Fort comme un lion, il était doux comme un agneau; mais dam! il ne fallait pas cependant qu'on lui tondît la laine sur le dos. Le père Dubois pratiquait en bon chrétien sa religion, il allait le dimanche à la messe et ne s'en cachait pas, il ne travaillait pas les jours consacrés au Seigneur; en revanche il ne fêtait jamais ce que nos *pratiques* appellent la *Saint-Lundi;* fidèle aux commandements de Dieu, il observait avec la même exactitude les préceptes de l'Église; vous ne lui auriez pas fait manger de la viande un vendredi ou un samedi pour son pesant d'or... Dans les commencements quelques-uns de ses camarades voulurent le plaisanter, mais il répondit si bien à leurs railleries, que plusieurs d'entre eux imitèrent son exemple au lieu de le blâmer. S'il se faisait craindre par sa force, il se faisait adorer par sa bonté.

« Économe sans avarice, il a toujours quelques sous en réserve pour obliger les amis dans le besoin. Un camarade est-il malade? il va le voir à la fin de sa journée et souvent même il passe une partie des nuits à le soigner. Que de fois il a partagé le salaire de sa journée avec de pauvres ouvriers sans travail ! »

— C'est fort beau ce que vous nous racontez là, patron, fit X... mais vous ne nous dites pas l'origine de son sobriquet.

Le marchand de vin, sans faire la moindre attention à l'interruption, continua son récit :

« Un jour, c'était, je crois, la seconde semaine de la révolution de Février... mon établissement, qui grâce à Dieu ne marche pas mal, avait plus de besogne qu'il n'en pouvait faire, car un grand nombre d'ouvriers caressant verre en main le rêve des ateliers nationaux faisaient de la politique au vin bleu chez tous mes confrères... Cette salle se trouvait donc peut-être plus remplie que de coutume, quand le père Dubois, son pain de trois livres sous le bras, arriva à son heure accoutumée. Une seule place se trouvait vacante au bout de ce banc que vous voyez là-bas, il en prit possession. Son plus proche voisin était un grand jeune homme dans la force de l'âge, mais au ravage de sa figure, on voyait qu'il avait déjà beaucoup vécu. Il portait un képi rouge, une.

blouse bleue serrée à la taille par une ceinture en laine
rouge, de larges pantalons en coutil gris et de grosses bottes
flanquées d'une énorme paire d'éperons; tel était l'uniforme
des *Montagnards* de Sobrier. Le voisin du père Dubois avait
la voix arrogante et le geste provocateur; on n'entendait
que lui. — Oui, citoyens, disait-il, je suis entré l'un des
premiers au château des Tuileries et j'ai bu dans le verre de
Sa Majesté *Louis File vite...* fameux vin! je vous assure; ce
n'était pas comme celui-ci de la rinçure de futaille... Ce
n'est pas tout, citoyens, je me suis crânement *tapé* avec les
municipaux et les pantalons garance; en ai-je descendu! je
n'ai pas perdu une cartouche et j'en ai brûlé dix-sept.

— Vous avez tué dix-sept hommes? lui demanda le père
Dubois en reculant son assiette...

— Dix-sept, ni plus ni moins...

— Eh bien! citoyen, j'ai fait mieux que vous.

— Combien donc en avez-vous démolis?

— J'en ai sauvé trois...

— Vous n'êtes donc pas républicain?

— Si vous entendez par républicain un homme qui se
vante, comme vous le faites, d'avoir répandu le sang français,
je ne suis pas républicain...

— Vous êtes un réac alors...

— Oui, si par réac vous entendez un homme qui aime
son pays et qui l'a servi comme soldat, pendant sept ans,
avec honneur.

— Vous avez été soldat?

— Je m'en flatte et n'ai jamais tué personne.

— A votre santé, mon vieux!

— Je ne bois pas avec ceux qui ont du sang aux mains...

— A votre aise, cela ne m'empêchera pas de boire à la santé de la république et à la mort des aristos.

Le montagnard doué d'un vigoureux appétit *grignotait*, suivant son expression, un gigot de mouton. Le père Dubois se contentait d'une soupe aux choux et d'une assiette de haricots, car ce jour-là était un mercredi, un jour de Quatre-Temps. Le montagnard s'aperçut qu'il faisait maigre. — Il m'est avis, citoyen, lui dit-il, que vous déjeunez bigrement mal : est-ce pour faire pénitence de vos vieux péchés?

— Que vous importe?

— C'est juste, *au jour d'aujourd'hui*, chacun est libre; mais, c'est égal, vous faites un fichu déjeuner... voyons, sans rancune goûtez un peu de mon gigot... regardez comme il sent bon! Disant ainsi, le montagnard, en verve de raillerie, lui passa le manche du gigot sous le nez.

Le père Dubois se contenta de lui repousser le bras et continua tranquillement son repas frugal...

— Dans quel régiment avez-vous servi? lui demanda le montagnard... Dans le régiment du cœur de Jésus ou de la vierge Marie sans doute... lequel des deux?

Le père Dubois haussa les épaules.

— Et vous aviez pour uniforme un *pic-bise*, une soutane et un petit collet en guise de cuirasse; *cré coquin!* vous deviez être gentil comme ça!

Le père Dubois retroussa les manches de sa veste et
cracha dans ses mains, comme à l'heure du travail...

— Gare! cela va chauffer tout à l'heure, se dirent à voix
basse les camarades du père Dubois; l'agneau commence à
tourner au lion...

— Et pour armes vous aviez, continua le montagnard, un
goupillon d'eau bénite et un cierge plus ou moins pascal...
N'importe, je n'aurais pas voulu vivre à votre cantine, si
votre ordinaire ressemblait à celui qu'on vous a servi ce
matin; décidément, mon vieux, vous faites un chien de déjeuner; allons, laissez-vous tenter, mon brave, par l'odeur
de ce gigot; voyez comme il sent bon! Et une seconde fois
le montagnard lui repassa sous le nez le manche dénudé du
gigot...

Le père Dubois lui repoussa de nouveau le bras, mais lui
disant cette fois : — Ne recommencez pas.

— Vous êtes têtu comme la mule d'un moine espagnol,
lui dit le montagnard; et pour la troisième fois, il lui porta
sous la lèvre supérieure le manche du gigot provocateur...
en répétant : — Voyez comme il sent bon...

— Eh bien! puisqu'il est si bon, répliqua le père Dubois
en lui arrachant le gigot des mains, tu le mangeras par la
gueule ou tu me diras pourquoi,... se levant de table, il le
lui brisa sur le visage...

— Bien découpé, s'écrièrent les spectateurs silencieux
de cette scène. A moitié étourdi par la violence du coup, le
montagnard se leva à son tour de table et s'élança sur son
adversaire, qui l'attendait de pied ferme. La lutte engagée

de part et d'autre avec une impétueuse énergie, ne fut pas longue, le père Dubois terrassa bientôt son antagoniste, et lui mettant un genou sur la poitrine, il lui dit : — Tu m'as demandé dans quel régiment j'avais servi? 6ᵐᵉ cuirassiers; quel était mon uniforme? habit bleu, cuirasse de fer, parement rouge et pantalon garance... quelles étaient mes armes? une latte d'acier et deux pistolets d'arçon... es-tu suffisamment renseigné comme cela?...

Le montagnard écumait de rage et d'humiliation sous l'étreinte musculaire qui le tenait serré comme dans un étau. — Allons, relève-toi, mauvais conscrit, ajouta le père Dubois, et lui tendant la main, il l'aida à se remettre sur pied. Le montagnard interdit et confus se remit à table, mais il n'avait plus faim, il paya sa consommation et se retira piteusement, pour digérer dans la honte le manche de gigot qui sentait si bon.

Le père Dubois reçut modestement les félicitations de ses camarades, qui, depuis ce jour-là, ne l'appelèrent plus que le père *Quatre-Temps.....* voilà.

— Il paraît que le père *Quatre-Temps* n'y va pas de main morte, fit le commis libraire lorsque le marchand de vin eut cessé de parler : je commence à croire qu'il ne ferait pas bon de tomber sous *sa patte...*

— Ainsi que je vous l'ai dit, reprit le marchand de vin, il ne ferait pas une sottise à un enfant, mais dam! il ne veut pas qu'on lui marche sur le pied... et il a raison. Pour achever mon histoire, je vous dirai que trois mois plus tard, à l'époque des journées de juin, le père *Quatre-Temps* a sauvé des mains de la garde nationale, qui allait le fusiller comme un chien, un pauvre diable arrêté avec un paquet de cartouches dans les rangs des insurgés : ce pauvre diable qui lui doit la vie était le montagnard en question.

— Décidément c'est un brave homme que votre père *Quatre-Temps*, s'écria le commis libraire; la première fois que je le rencontrerai dans la rue, je le saluerai, et quand je le retrouverai chez un marchand de vin, je le régalerai d'un verre de cassis.

IV

Dans les commencements de l'année 1856, plein de foi dans les promesses fallacieuses du comte Orloff, auquel j'avais été présenté par le comte Buol de Schauestein, son collègue au Congrès de Paris, je partis pour la Russie afin d'écrire l'histoire de l'empereur Nicolas sur le théâtre même de sa vie et de sa mort. Malgré le déplorable isolement dans lequel, au mépris de sa parole, m'avait laissé le diplomate russe, je n'en poursuivais pas moins avec courage ma mission d'historien indépendant et consciencieux, lorsqu'un jour un Français m'aborda sur la perspective Newsky, à Saint-Pétersbourg.

Il était enveloppé dans une ample fourrure d'ours et ne laissait apercevoir que le bout de son nez.

— Me reconnaissez-vous, me demanda-t-il en me tendant l'extrémité de sa main droite cachée sous de vastes manches, me reconnaissez-vous?

12

— Ce serait difficile, lui répondis-je, c'est tout au plus si j'aperçois la trois cent dix-neuvième partie de votre individu.

— Eh bien! entrons dans cette boutique de confiseur (1), nous y renouvellerons connaissance en prenant *quelque chose de n'importe quoi*. Le son de cette voix ne m'était pas inconnu, mais j'avais beau faire appel à mes souvenirs, je ne savais à quel nom propre l'appliquer.

— Depuis combien de temps êtes-vous dans ce pays que les Russes appellent une patrie? me demanda, chemin faisant, mon mystérieux racoleur.

— Depuis six mois, lui répondis-je.

— Et vous y êtes sans doute pour écrire un nouvel ouvrage?

— L'histoire de l'empereur Nicolas...

— Alors je vous plains, mon cher.

— Pourquoi?

— Parce que les écrivains, les écrivains français surtout sont en état d'excommunication dans cette patrie que les Russes appellent orthodoxe. Il y a longtemps, s'ils l'avaient osé, que nos *alliés naturels* auraient pendu en effigie Custines, Balzac, Leauzon-Leduc, Mérimée, Horace Vernet, tous les hommes d'esprit qui sont venus brûler leur plume aux aurores boréales de la Russie; Balzac a reçu le soufflet destiné à Custines, je crains fort que vous n'ayez déjà reçu celui réservé à Horace Vernet! La surface du Russe sent

(1) Les cafés à Saint-Pétersbourg sont remplacés par des boutiques de confiseurs.

trop encore le barbare pour qu'il permette qu'on la gratte un peu profondément. Vous ne rencontrerez ici que tristesse et déception... Oh! si vous étiez venu à Saint-Pétersbourg sous la soutanelle de Basile, la casaque de Pierrot ou la houppelande de Bilboquet, je ne dis pas... vous auriez vos grandes et petites entrées à la cour, vous seriez le pair des grands seigneurs, vous feriez la coqueluche de toutes les grandes dames; mais vous vous présentez comme écrivain, vous serez considéré, traité, repoussé, honni partout comme un cholérique, un pestiféré, un galeux, un empoisonneur. Pour être bien reçu à Saint-Pétersbourg, il faut être ou saltimbanque, ou coiffeur, ou professeur de danse.

Hélas! je savais par ma propre expérience que mon racoleur mystérieux n'avait que trop raison...

— Mais nous voici arrivés chez Dominique, me dit-il : donnez-vous la peine d'entrer.

Mon inconnu se débarrassa de sa pelisse, et je reconnus aussitôt en lui X..., mon ex-confrère en journalisme et l'ex-commis libraire que j'avais perdu de vue depuis notre rencontre chez le marchand de vin du père *Quatre-Temps*.

Pour me servir de son expression, je dirai qu'il s'était prodigieusement *remplumé;* il me produisait l'effet d'un véritable petit-maître; sa toilette parfaitement soignée était irréprochable. « C'est en Russie surtout, me dit-il, comme s'il eût deviné la nature de mes pensées, que *l'habit fait le moine.* Ici, le succès d'un homme dépend uniquement du goût de son tailleur; un habit bien fait vous ouvre la porte

de toutes les bonnes maisons et le cœur de toutes les femmes.
Le plus sot des faquins bien habillé réussirait mieux dans le
grand monde moscovite que MM. Guizot, Lamartine ou
Thiers mal vêtus..., cette maxime n'est pas neuve ici, elle
est triste, mais elle est vraie.

— Il paraît que vous connaissez bien votre Russie? lui
dis-je.

— Je le crois bien, répliqua-t-il; voilà plus de quinze
mois que je l'habite.

— Mais il paraît que vous n'avez pas sujet de vous en
plaindre?

— Aussi je ne me plains pas; je constate des faits, rien
de plus, rien de moins.

— N'y aurait-il pas d'indiscrétion de ma part à vous
demander la position que vous occupez vous-même si loin
de notre belle France?

— Aucune; d'autant plus que le père *Quatre-Temps* et
vous-même y êtes bien pour quelque chose; mais votre
demande exige que nous reprenions les événements de plus
haut. Je vous les développerai en dégustant notre fine tasse
de moka.

Avant de commencer son récit, X... me fit remarquer,
placardé sur le mur, un *avis aux consommateurs*, avis
auquel mes yeux n'ont jamais pu s'habituer, quoiqu'il
existe généralement dans tous les établissements publics en
Russie. Il était ainsi conçu : *Le maître de l'établissement ne
répond pas des objets volés.*

Je vous ferai remarquer, chers lecteurs, que la boutique

de Dominique est le Tortoni de Saint-Pétersbourg; par conséquent le café le mieux fréquenté de la capitale plantée en un jour d'erreur par la puissante main de Pierre le Grand sur les bords de la Néva; le génie a parfois ses distractions.

— Vous souvient-il du jour, reprit X... après avoir savouré en vrai gourmet la dernière goutte de sa tasse de moka, accompagnée, pour ne pas oublier les bonnes habitudes françaises, d'un ou deux petits verres d'excellent cumen, vous souvient-il du jour où nous nous sommes rencontrés au *Rocher de Saint-Malo*, vous pour y faire des études de mœurs, moi pour y recevoir une leçon?

— Il m'en souvient, lui répondis-je.

— Eh bien! la leçon que j'ai reçue ce jour-là, l'histoire du père *Quatre-Temps*, une pensée heureuse, l'intervention mystérieuse de mon bon ange sans doute, un rayon de la grâce, ont tout à coup éclairé mon cœur et ma raison. Alors j'ai mesuré avec effroi les bords de l'abîme de perdition sur lequel je marchais depuis si longtemps; je me suis rappelé les principes religieux de mon enfance, la première prière échappée des lèvres de ma mère pour se graver dans mon jeune cœur. Alors j'ai voulu rompre avec les errements d'un passé déplorable pour rentrer dans une voie nouvelle et me créer une position honorable.

Un jour que je vendais un roman illustré de Balzac à l'intendant d'un riche seigneur russe en partance pour Saint-Pétersbourg, ce brave homme, envoyé sur mon chemin sans doute par la Providence, me demanda si je con-

naissais un jeune homme capable de servir de gouverneur
au fils de son maître.

Je réfléchis un instant, et je lui répondis que j'en connaissais un qui ferait parfaitement l'affaire du riche seigneur.

— Amenez-le-moi ce soir à sept heures, me dit l'intendant, et je le présenterai moi-même à mon maître.

Je fus exact au rendez-vous.

— Eh bien! me demanda l'intendant en me voyant seul,
où donc est votre protégé?

— Devant vous, lui répondis-je.

— Comment! c'est vous qui...

— Moi-même, lui répondis-je en complétant la phrase
commencée; c'est moi qui désire servir de gouverneur au
fils de votre maître.

— Tant mieux, répliqua l'intendant; je suis sûr que vous
conviendrez au père et au fils.

Le traité fut bientôt conclu sur les bases de 1 000 fr.
par mois, table et logement compris, à la condition que
j'engagerais ma liberté pour sept années. Les termes du
traité m'assuraient en outre une indemnité de 20 000 fr.,
payable à l'expiration des sept années, et deux heures franches le matin et le soir.

Huit jours après, nous nous embarquions à Stettin pour
nous rendre à Cronstadt, et de là à Saint-Pétersbourg. J'avais
reçu pour épingles, en signant le traité, une somme de
1 000 roubles *bon argent* (4 000 fr.). Je la consacrai en
partie à ma toilette; car, ainsi que je vous l'ai dit, et comme

vous le savez vous-même, il faut beaucoup de toilette à Saint-Pétersbourg.

Dès notre arrivée dans la capitale de Pierre le Grand, j'entrai en fonctions, à la grande satisfaction du père de mon élève, enfant gâté comme le sont tous les fils de famille en Russie, mais doué d'une précoce intelligence. Il avait huit ans et ne connaissait pas encore une seule lettre de son alphabet. Je lui appris à lire en trois mois. Ce succès inespéré me fit à Saint-Pétersbourg une réputation d'habileté qui se traduit encore aujourd'hui, malgré l'inconstance de l'engouement moscovite, par une ample moisson de roubles. Les quatre heures franches qui m'étaient assurées par mon traité furent consacrées à donner des leçons en ville. Or, comme je ne pouvais me donner qu'à peu de monde, tout le monde voulut m'avoir. Je pus donc me choisir une clientèle d'élite et fixer moi-même le prix de mes cachets à 5 roubles par leçon (20 fr.).

— A ce compte-là, lui dis-je, vous devez rouler sur l'or, surtout si vous avez le bon esprit de songer à l'avenir.

— Mais oui, *nous ne nous* plaignons pas ; depuis que je suis à Saint-Pétersbourg, j'ai déjà mis de côté une somme de 37 000 francs. Le métier est bon, comme vous le voyez ; il rapporte plus que celui de rédacteur de journal à 10 centimes la ligne et celui de commis en librairie. Dans cinq ans et quelques mois, si Dieu me prête vie, je rentrerai en France avec une fortune bien ronde, que je placerai au soleil auprès du village de Normandie qui m'a donné le jour, ainsi que le dit la chanson de Bérat, et là, satisfait de mon sort, reconnaissant envers Dieu qui me l'aura donné prospère, je vivrai en vrai sage, répétant chaque jour les beaux vers d'Horace :

Beatus ille qui procul negotiis, etc., etc.

X... regarda sa montre : — c'est l'heure, me dit-il, de rejoindre mon élève; je suis forcé de vous quitter, mais j'espère que nous nous reverrons, n'est-ce pas? Nous déjeunerons ensemble au *Pâté truffé*, car je vous dois une revanche, celle du restaurant Bonnefoi, vous savez... aujourd'hui je ne redoute plus les confidences de votre femme de ménage magnétisée. . . . .

. . . .

J'ai revu souvent X... pendant mon séjour en Russie; le *Bohême* s'est transformé complétement en homme sérieux, et, ce qui mieux est encore, en homme de bien.

La veille de mon départ pour la France, nous dînâmes ensemble au *Pâté truffé*, et le champagne de la veuve Cliquot servit de témoin à nos adieux.

— Je désire vous charger d'une commission pour une de mes connaissances de Paris, me dit-il avant de nous séparer.

— Tout ce que vous voudrez, lui répondis-je.

— Vous irez voir le père *Quatre-Temps* et vous lui remettrez de ma part cette somme de 500 francs, qu'il distribuera à ses camarades sans travail.

— Vous avez un noble cœur, lui dis-je en lui serrant la main.

V

Quelques jours après mon retour en France, Henri Plon, l'un des plus intelligents et des plus habiles éditeurs que je connaisse, ayant mis sous presse le manuscrit de mon Histoire de l'Empereur Nicolas, je me disposais à revoir le père *Quatre-Temps*, afin de remplir la commission dont X... m'avait chargé pour lui. Chemin faisant, je rencontrai un convoi funèbre accompagné d'un nombre considérable d'ouvriers, marchant en ligne, tête nue, et pieusement recueillis. J'ai toujours admiré la religieuse tenue du peuple, accompagnant le cercueil d'un camarade à sa dernière demeure. Elle forme un contraste frappant avec l'attitude inconvenante de l'homme du monde. Plus que tout autre, l'ouvrier a le respect de la mort... Vous ne le verrez pas, comme le bourgeois sceptique, rire, causer, parler spectacle ou opérations de Bourse, derrière un corbillard; non : l'ouvrier a le sentiment du pénible devoir qu'il remplit, il ne profane jamais les tristes honneurs qu'il rend à la mémoire, aux dépouilles mortelles de l'ami, du parent, du compagnon, du travailleur qui a terminé sa pénible et dernière journée. Honneur au peuple! honneur à l'ouvrier! Plus que tout autre, je le répète, il a le sentiment des choses saintes, des choses respectables et respectées.

A la vue de ce modeste, mais nombreux convoi qui cheminait lentement dans la direction du cimetière Montmartre, je ne pus me défendre d'un secret pressentiment.

— Quel est le camarade dont vous suivez ainsi les dépouilles mortelles? demandai-je à l'un des assistants.

— Un brave homme, me répondit-il, un nommé Dubois, surnommé le père *Quatre-Temps.*

— Le père *Quatre-Temps* est mort! m'écriai-je avec l'accent d'un regret bien senti.

— Mort, ajouta celui que j'interrogeais, mort d'une fièvre typhoïde qu'il a gagnée en soignant un camarade atteint de la même maladie.

— C'est un nom de plus à ajouter au martyrologe du sacrifice et du dévouement, ajoutai-je, et me joignant au funèbre cortége, je l'accompagnai jusqu'au champ du repos. . . . .

. . . .

Ce jour-là même, après avoir déposé une modeste couronne d'immortelles sur la tombe de l'honnête travailleur, je versai à son intention et suivant celle de mon *ex-confrère* X... une somme de 500 francs dans la caisse des pauvres de la paroisse du père *Quatre-Temps.*

NEUVIÈME RÉCIT

LA CHIFFONNIÈRE DU FAUBOURG SAINT-MARCEAU

I

Nous sommes au mois de janvier, l'époque des plus grandes nuits d'hiver. Depuis longtemps les hirondelles ont quitté Paris pour aller chercher sous un ciel moins gris des climats plus doux. De leur côté les riches et les heureux de ce monde ont déserté leurs opulentes villas pour venir ouvrir les portes de leurs somptueux hôtels à l'intrigue, à l'ambition, à l'orgueil, à la sottise en gants jaunes et en bottes vernies, aux passions doublées de crinolines, passées au patchouli, plaquées de vermillon et de poudre de riz, au mensonge, à la médisance, à la calomnie, au lansquenet rival de la bourse, associé de la ruine, du désespoir et souteneur de la Morgue. Musard, le roi des danses folles, a repris

son sceptre et son trône au bal du Grand-Opéra, la salle
Valentino a remonté son enseigne de lampions, les théâtres
ont rappelé l'élite de leurs artistes en congé, les gourmets
ont retrouvé leur place accoutumée à la table de Véfour et
des frères Provençaux, la folie a repris sa marotte et ses
grelots; tout est joie et fête à la surface de cette grande
Babylone qu'on appelle Paris. Voyez comme les brillants
équipages éclaboussent bien à cette heure la misère livide,
jaune et terne qui s'en va mettre son dernier haillon en gage
au mont-de-piété, pour ne pas mourir ce soir de faim, ou
pour acheter le peu de charbon qui doit mettre fin à ses
angoisses. Peu à peu le silence de la nuit a fait place aux
bruits du jour, les boutiques des marchands se sont fermées,
les torrents du gaz, éclairage aristocratique, ont fait place
à des ombres épaisses. Dans les rues désertes les passants
marchent vite, on dirait qu'ils ont peur du bruit de leurs
pas. Des êtres fantastiques, des formes indécises se glissent
le long des murs, des toilettes bizarres, vigoureusement
teintées, meublent certains coins de rue devant lesquels
toute femme honnête doit abaisser son voile et passer en
détournant les yeux. Certaines portes entrebâillées se
mettent à rire aux éclats, ainsi que le dit Balzac, le grand
peintre de la comédie humaine, et il tombe dans l'oreille
de ces paroles que Rabelais prétend s'être gelées et qui
fondent... Voici l'aspect que présente Paris au mois de
janvier.

Il est minuit... Voyez-vous cette femme qui marche
comme Diogène cherchant un homme? Son dos est courbé

sous une hotte, réceptacle d'objets sans nom. Elle tient un
crochet de fer d'une main, et de l'autre elle porte une lanterne. A la clarté de ce luminaire blafard, remarquez son
visage et sa toilette, le malheur plutôt que les années a ridé
ses traits. Cependant, sous l'empreinte d'une vieillesse anti-
cipée, elle a conservé les traces d'une de ces beautés rebelles
qui résistent à tout, même à l'incessante question de la
misère. Ses cheveux d'un blond cendré n'accusent pas une
seule marguerite, et ses grands yeux noirs, signes particuliers d'un type rare mais fort estimé, sont encore pleins
d'éclat. Elle est coiffée d'un chapeau de paille dont les
grands bords déformés doivent lui servir de parapluie quand
il pleut ou quand il neige. Son vieux tartan gris noué autour
de sa taille, souple encore, effleure avec ses pointes les
angles saillants des trottoirs; sa robe qui se cache dessous
est tellement usée, fripée, qu'on ne saurait dire à quelle
espèce d'étoffe elle appartient ou plutôt elle a appartenu.
Des bas de laine noire enfouis dans d'énormes souliers complètent l'ensemble de cette toilette dépourvue de forme et
de couleur...

Quelle est cette femme? une chiffonnière. Comment
s'appelle-t-elle? autrefois elle se faisait appeler madame de
Saint-Martin; aujourd'hui on la nomme tout simplement la
mère Martin. Autrefois elle avait des chevaux remarqués
à la promenade de Longchamps, une loge aux Italiens,
des diamants à payer la rançon d'une reine. Aujourd'hui
elle cherche chaque nuit dans les immondices de la rue
son pain de chaque jour, elle *écrème* les débris immondes

jetés aux heures indues au milieu de la voie publique.

Autrefois elle avait un brillant hôtel, une table recherchée, des laquais et des courtisans; aujourd'hui elle occupe un sombre réduit dans une sombre maison d'une sombre rue du sombre faubourg Saint-Marceau. Le jour, couchée sur un grabat qui suinte la misère à pleine couture, elle se repose des fatigues de la nuit... Du faîte des jouissances humaines elle est descendue au dernier échelon de la société, elle est chiffonnière enfin.

Mais elle supporte avec courage les épreuves de sa position infime, elle honore même par des vertus écloses à l'ombre de ses haillons son rude métier; que dis-je, elle le sanctifie par le repentir, l'expiation et la pratique des vertus cachées.

Cette femme, dans sa misère, trouve encore le secret de faire du bien à de plus misérables qu'elle; cette femme, telle que vous la voyez, a recueilli dans son humble réduit deux pauvres petits enfants, deux jumeaux orphelins par la mort de leurs parents; elle leur prodigue avec amour les soins et les caresses de la plus tendre des mères; elle les élève dans la crainte du Seigneur, que trop tard elle-même elle a appris à craindre, à aimer et à servir. Chaque matin, l'hiver, quand elle rentre avec un manteau de neige ou de glace sur les épaules, elle les envoie sous la sauvegarde de la charité publique dans une salle d'asile, d'où elle les retire le soir pour les coucher avant de reprendre l'exercice de son pénible métier. On ne la voit jamais jeter sur le comptoir du marchand de vin les pièces de monnaie qu'elle a gagnées à la sueur de son front courbé; chaque fois qu'elle passe devant l'établissement de Paul Niquet, elle détourne la tête avec le même dégoût qu'elle éprouve à la vue d'une de ces femmes à la mode qui lui rappellent sa splendeur passée; elle a conservé dans sa chute les nobles instincts d'une âme d'élite, elle s'est relevée dans la dégradation, et avec la boue du ruisseau elle a purifié les souillures de sa jeunesse luxurieuse et désordonnée. Son repentir a trouvé pardon et son péché miséricorde. Cette femme a beaucoup péché, mais il lui a été beaucoup pardonné!

Fille d'un officier de l'Empire tombé glorieusement sur un champ de bataille, Noémi ***, surnommée la mère Martin, avait reçu une certaine éducation; mais abandonnée fort jeune à elle-même, livrée aux séductions, compagnes ordinaires d'une rare beauté; exposée sans défense à tous les entraînements du cœur et d'une imagination ardente, elle avait été fatalement précipitée dans une vie d'erreurs et de débordements, jusqu'au jour où, réveillée dans son rêve de bonheur éphémère, elle s'était trouvée face à face avec une sinistre réalité, celle de l'abandon et de la misère.

Entre une place d'ouvreuse de loges à un théâtre, d'ouvreuse de porte à un *cabinet d'eau* et le métier de chiffonnière, elle avait le choix; elle opta énergiquement pour cette dernière position sociale, sans y être poussée par un autre mobile que celui de l'expiation.

Ce jour-là, elle se rendit chez le respectable curé de Saint-Médard : « Mon père, lui dit-elle, *j'ai été perdue par l'orgueil, je veux me sauver par l'humiliation...* » Touché

par l'énergie de sa foi, de sa confiance en Dieu et surtout
la sincérité de son repentir manifesté par d'abondantes
larmes, le digne ministre du Seigneur lui promit de lui
procurer une condition moins avilissante; elle persista dans
ses résolutions...

Elle fit plus encore, elle poussa l'héroïsme du sacrifice
jusqu'à vendre quelques bijoux, précieux débris de son opu-
lence passée, elle en remit le montant au vénérable prêtre
pour qu'il en fit deux parts, l'une pour ses pauvres, l'autre
pour les filles repentantes.

Il n'y a véritablement que les enfants du peuple pour
trouver à une heure donnée l'inspiration et le courage des
grandes immolations!

II

La mère Martin poursuivait depuis cinq années, sans
autre trêve que celle du repos du jour consacré au Seigneur,
sa vie de lutte et d'expiations : elle la poursuivait avec tant
de courage et de dignité, que dans ses mains le crochet de
fer de chiffonnier paraissait être un sceptre avec lequel,
simple et pauvre femme, elle semblait régner elle-même sur
la mauvaise fortune.

Par une nuit humide et froide du mois de mars 1856,
une pluie intermittente, entremêlée de giboulées précur-
seurs du printemps, était tombée toute la journée précédente et avait fait des rues de Paris de vastes cloaques. La
pauvre reine du repentir, enveloppée dans son vieux tartan

gris, explorait selon son habitude les tas d'immondices
amoncelées de distance en distance sur la voie publique.
Tout à coup, elle aperçut au bout de son crochet un objet
étincelant qu'elle reconnut de suite pour une broche de
diamants d'une grande valeur. Elle l'enferma soi · · .se-
ment dans son mouchoir en se promettant de faire toutes
les recherches nécessaires pour retrouver la personne qui
l'avait perdue. La pensée ne lui vint pas de la porter au
bureau de la préfecture, où sont déposés par les mains
fidèles les objets trouvés. Un secret pressentiment lui disait
que la Providence lui ferait bientôt rencontrer le propriétaire des diamants qu'elle conservait comme un précieux
dépôt. A cet effet, prélevant pendant plusieurs jours de
longues heures sur son sommeil, elle explora tous les murs
de Paris réservés à la pose des affiches. Le neuvième jour,
après des recherches restées infructueuses tout ce temps-là,
elle finit par découvrir à l'angle d'une muraille, sur la place
des Petits-Pères, vis-à-vis de l'église de ce nom, un placard
ainsi conçu :

« Il a été perdu dans la soirée du 14 mars une broche en
diamants; la personne qui l'aurait trouvée est priée de la
remettre au suisse de l'hôtel, rue de Lille, 34. Il y aura une
récompense honnête. »

La mère Martin rentra dans son réduit, revêtit sa toilette
des jours de fête, et le front rayonnant de joie, elle courut
à l'hôtel indiqué. A la vue de cette femme dont les vêtements propres mais délabrés trahissaient la position infime
qu'elle occupait dans la hiérarchie sociale, la comtesse de***

13

ne put s'empêcher de manifester un certain étonnement, surtout lorsque cette femme lui dit : « Madame, je suis heureuse de vous rapporter les diamants que vous avez perdus. »

Au point de vue de la probité, l'action de la mère Martin était logique, toute naturelle, mais il y avait dans la manière dont elle l'exécutait une délicatesse de forme qui ne pouvait échapper à l'analyse d'un cœur d'élite. La comtesse de *** comprit avec son cœur tout ce qu'il y avait de grandeur dans cette simple expression : *je suis heureuse* de vous rapporter les diamants que vous avez perdus. Ce fut moins l'acte de restitution qu'elle admira que la nuance exquise avec laquelle cet acte était commis par une femme du peuple, par une pauvre déshéritée qui, sous la livrée de la misère, cachait une élévation de sentiments qui ne se trouvent pas toujours sous des jabots de dentelle et des corsages de velours.

— Comment vous appelez-vous, ma bonne femme? lui demanda la comtesse en remettant ces diamants dans leur écrin.

— L'on m'appelle la mère Martin.

— Eh bien! madame Martin, vous êtes une noble et digne femme.

La mère Martin s'inclina pendant qu'une légère rougeur passait sur son front.

— Vous venez de faire une belle action, reprit la comtesse.

— Vous vous trompez, madame la comtesse.

— Expliquez-vous.

— J'en ai évité une mauvaise en ne conservant point ce qui ne m'appartenait pas.

— C'est juste, mais combien de gens dans votre position n'eussent point agi comme vous !

— Ils auraient eu tort, et j'ai eu raison de ne point faire comme, selon vous, ils auraient fait peut-être à ma place.

— C'est pour cela que je vous félicite.

— Qui fait son devoir ne mérite point de félicitations... Mais je ne veux pas abuser plus longtemps de vos instants, madame la comtesse, mon intention n'était point de me présenter devant vous, c'est votre suisse qui l'a exigé.

— Et je l'en remercierai puisqu'il m'a procuré le plaisir de serrer la main d'une brave femme. Votre main, madame Martin...

Et dans la main que la mère Martin lui tendit, elle déposa rapidement un billet de banque de cinq cents francs... Mais la mère Martin retirant aussitôt sa main comme si un fer chaud l'eût brûlée, ou comme si elle eût été mordue par une vipère, laissa tomber aux pieds de la généreuse comtesse le billet de banque en s'écriant : « Que faites-vous, Madame ?...

— Je vous imite en faisant mon devoir... J'ai promis une récompense à la personne qui me rapporterait mes diamants perdus, vous m'avez rapporté mes diamants, je vous dois la récompense promise.

— Et moi je la refuse, Madame, s'écria la mère Martin avec un air plein de dignité; je la refuse, car, encore une fois, celui qui fait son devoir n'a pas besoin d'autre récompense que la satisfaction de sa conscience. L'offre d'une récompense faite à une personne parce que cette personne n'a pas volé, savez-vous ce que c'est, Madame?

— C'est...

— Une insulte, rien de plus, rien de moins.

Elle parlait admirablement bien, cette femme que souvent, sans le savoir, vous avez rencontrée le soir, la nuit, à la sortie d'un concert ou d'un bal; que vous avez aperçue le crochet de fer à la main, la hotte sur le dos; et que vous avez évitée avec dégoût peut-être... Belle à cette heure de cette beauté mystérieuse que la vertu communique aux anges déchus mais repentants, elle écrasait, pour ainsi dire, sous l'éclat de ses grands yeux, sous l'éloquence de son argumentation, et, disons-le, sous la supériorité de sa logique incisive, elle écrasait la haute et grande dame du faubourg Saint-Germain...

— Mais, au nom de Dieu, qui êtes-vous donc, Madame? lui demanda la comtesse en joignant les mains; qui êtes-vous donc, ô vous qui pensez, parlez et faites si bien! qui êtes-vous?

— Ce que je suis? répondit lentement la mère Martin, avec un sourire amer...

— Oui, dites, Madame, dites vite...

— Je suis une chiffonnière du faubourg Saint-Marceau.

. . . .

— Vous êtes une femme admirable, répliqua la comtesse de ***; et elle ajouta : Honneur et gloire au peuple qui voit éclore en son sein de semblables vertus!

Il y eut alors entre ces deux femmes un moment de silence... de religieux recueillement. La mère Martin le rompit la première.

— Madame, dit-elle à la comtesse, en lui rendant le billet de cinq cents francs qu'elle avait ramassé, je ne peux et ne dois accepter que neuf francs, si vous me reconnaissez le droit de vous demander cette rémunération comme le gage d'avances faites pour découvrir le propriétaire des diamants que j'ai trouvés.

Ces avances consistent en une neuvaine que j'ai suivie et neuf messes que j'ai fait dire à cette intention.

— Comment, Madame! s'écria la comtesse, vous avez songé à faire intervenir Dieu dans cette affaire?

— N'est-ce pas la meilleure intervention à laquelle nous puissions avoir recours dans toutes les situations de notre vie? répondit la mère Martin.

— Votre conduite est sublime en tout, ajouta la comtesse. Attendez-moi dix minutes, je vais vous chercher de la monnaie.

Un instant après elle revint et remit à la mère Martin neuf pièces d'un franc toutes neuves.

— Maintenant, Madame, fit la pauvre femme, permettez-moi de me retirer.

— A la condition, répliqua la comtesse, que vous me permettrez de vous accompagner jusque sur le seuil de ma porte; puis, sans attendre une réponse qui peut-être eût été négative, elle s'empara d'un bras qu'on n'osa lui refuser, et descendit un escalier recouvert d'un riche tapis.

Par son ordre, tous les gens de son hôtel, en grande
livrée, s'étaient rangés sur deux lignes dans le vestibule.
« Mes amis, leur dit-elle en s'engageant dans cette double
haie vivante, inclinez-vous devant cette femme pour rendre
hommage à la vertu qui passe. »

A la voix de la comtesse, tous les fronts se courbèrent
à l'unisson du sien devant la chiffonnière du faubourg
Saint-Marceau.

Sur ces entrefaites, la nuit était venue chargée d'ombre
et de vapeur.

— Où allez-vous, Madame? lui demanda la comtesse en
lui serrant une dernière fois la main.

— Je vais, répondit la mère Martin, je vais reprendre ma
hotte et mon crochet.

III

A peine la mère Martin eut-elle franchi les portes du
somptueux hôtel et disparu dans les vapeurs de la nuit, que
la comtesse donna l'ordre à son chasseur de suivre ses pas,
et de prendre note de la maison qu'elle habitait dans une rue
du faubourg Saint-Marceau. Cet ordre fut fidèlement exécuté.

Le lendemain, la mère Martin reçut une lettre ainsi
conçue.

          « Madame,

» Hier, vous m'avez refusé la juste récompense qui vous
était due; permettez-moi de vous offrir aujourd'hui, en

témoignage de ma reconnaissance et de mon admiration pour votre noble conduite, une somme de cinq mille francs. Cette somme représente à peine le quart des diamants que vous m'avez rendus. Je vous laisse libre d'en faire l'usage que vous désirerez. Acceptez-la donc, sinon pour vous, du moins pour les misères cachées que vous pourrez découvrir dans les tristes régions que vous habitez. Dieu, qui de la charité a fait la plus belle vertu du catholicisme, a créé les pauvres pour les besoins des riches, mais il a fait les riches pour l'assistance des pauvres.

» Signé, Comtesse de *°*. »

Cinq mille francs en billets de banque étaient renfermés sous le pli cacheté de cette lettre.

Le premier mouvement de la mère Martin fut de les renvoyer à la généreuse comtesse; c'était un mouvement d'orgueil qu'elle réprima aussitôt en pensant qu'elle n'avait pas le droit de deshériter les pauvres d'un secours dont, au refus de son acceptation personnelle, on les constituait héritiers...

Elle en fit deux parts : elle conserva la première pour les enfants jumeaux qu'elle avait adoptés; et porta la seconde à la sœur Rosalie, cette autre sainte femme, la providence des pauvres et la patronne des affligés.

— C'est la Providence qui vous amène en ce moment, lui dit la sœur Rosalie en l'embrassant avec une effusion pleine de larmes. Ce matin je suis allée vous chercher à votre domicile, mais vous veniez d'en sortir.

— Qui donc, ma sœur, vous a procuré mon adresse? lui demanda la mère Martin.

— Vous ne devinez pas?

— La comtesse de***.

— Elle-même, qui ce matin est venue partager avec moi l'admiration qu'elle éprouve pour vous, pour vos sentiments, pour votre conduite.

— Je suis indigne, ma sœur, de tant de bontés... de tant de sympathies; je ne mérite tout au plus qu'un peu de pitié... La sœur Rosalie l'attira une seconde fois sur sa poitrine, et pressant ses deux mains dans les siennes, lui dit :

— Les trois mille francs que vous m'apportez complètent la somme dont j'avais besoin pour fonder une nouvelle salle d'asile dans notre malheureux faubourg : voulez-vous en être la directrice?

— Non, ma sœur.

— Pourquoi?

— Parce que je me reconnais indigne et incapable de cet honneur... parce que j'ai fait un serment.

— Lequel?

— Celui de ne déposer ma hotte et mon crochet que le jour où Dieu m'ordonnera de les remettre aux mains de la mort.

— Vous avez fait ce serment devant Dieu?

— Oui, ma sœur.

— La puissance de Dieu est infinie comme sa miséricorde; celui qui délie des péchés peut délier des serments.

— Je le sais, ma sœur; mais je ne le veux pas.

— Le métier que vous faites a donc bien des charmes pour vous?

— Oui, ma sœur, le charme que le repentir trouve dans l'expiation...

— Que peut vous reprocher un cœur si noble, si droit que le vôtre?

— Les plus belles années de ma jeunesse livrées au vent des passions... l'innocence de mon cœur et de mes lèvres étiolée sous le souffle du déshonneur, le bouquet de ma première communion, flétri d'abord, puis effeuillé sous des haleines empoisonnées... l'amour effréné du luxe et des plaisirs... l'ambition de briller au premier rang de ces femmes sans nom que Satan a choisies pour complices et auxiliaires dans ses œuvres de tentation.

L'orgueil m'a perdue, ma sœur, l'humiliation me sauvera... vous voyez donc bien que, pour le salut de mon âme, je dois rester chiffonnière.

La sœur Rosalie écoutait en silence cette confession ardente, réminiscence d'une jeunesse égarée, mais non perdue pour Dieu.

Lorsque la femme déchue, mais relevée par le repentir dans l'expiation, eut cessé de parler, la sœur Rosalie leva majestueusement sa main droite et la laissant tomber sur le front courbé de la *Madeleine* repentante, elle s'écria d'une voix pleine de larmes : « Que votre volonté soit faite ainsi que celle du Seigneur notre Dieu. Celui qui s'abaisse sur la terre s'élèvera dans le ciel. »

IV

Nous sommes au mois de janvier, à l'époque des plus
grandes nuits d'hiver. Reconnaissez-vous cette femme che-
minant au milieu des rues, à la lueur d'une lanterne bla-
farde qu'elle tient à la main et courbant son dos sous le
poids d'une hotte remplie d'immondices?... c'est elle. O vous
tous qui sortez des salons où sa place était marquée par
l'esprit, le cœur et la beauté pour en être la reine... découvrez-vous respectueusement devant la chiffonnière du faubourg Saint-Marceau!

DIXIÈME RÉCIT

QUI DONNE AUX PAUVRES PRÊTE A DIEU

I

Qui donne aux pauvres prête à Dieu... et Dieu tôt ou tard, soit dans ce monde soit dans l'autre, mais le plus souvent dans celui-ci, sans préjudice de celui promis à ses élus, rend toujours au centuple ce qu'on lui a prêté. Il est rare qu'un vigneron offrant un verre de vin au nom de Dieu au pauvre altéré qui lui dit : J'ai soif, ne voit pas l'automne suivante, ses celliers remplis d'un vin abondant et corsé... La grêle passera sur sa vigne sans la toucher, pour aller brûler celle du mauvais riche son voisin, dont le cœur est fermé, comme son verre, à la soif du pauvre nécessiteux.

Un cultivateur disait un jour à un fermier fort avare : Je connais un moyen infaillible de récolter chaque année une moisson *grasse* et dorée.

— Quel est-il? demanda l'avare fermier.

— C'est de prélever chaque année sur mes gerbes une large dîme pour la donner aux pauvres de mon village.

Le fermier devenant généreux par calcul, imita son exemple et s'en trouva bien.

— Comment faites-vous, demandait une fois Masson, le célèbre horticulteur, à un maraîcher des environs de Paris, pour avoir les plus beaux fruits et les plus beaux légumes de la contrée?

— Je ne refuse jamais, répondit celui-ci, des choux et des pommes de terre aux indigents du pays.

Qui donne aux pauvres prête à Dieu. Les divers exemples que nous venons de citer sont autant de preuves à l'appui de cette proposition. La nouvelle suivante nous en fournira une de plus.

II

Madame Blain, riche boulangère du faubourg Saint-Honoré, retirée depuis peu des affaires, eut le malheur de perdre son mari enlevé à la fleur de son âge par une fièvre typhoïde. Restée veuve et sans enfants dans la fleur de son vingt-huitième printemps, elle forma la résolution de demeurer fidèle à la mémoire de son époux, qu'elle avait tendrement aimé, et de ne pas contracter d'union nouvelle. Vainement sa fortune, la réputation de sa beauté et la renommée de ses vertus, lui attirèrent les offres les plus brillantes; elle les refusa toutes. Elle refusa même les hommages d'un jeune gentilhomme du faubourg Saint-Germain, qui lui proposait d'unir son grand nom à sa grande fortune.

Depuis que la noblesse française convertit ses palais et ses hôtels en boutiques, depuis qu'elle joue à la bourse et se lance dans l'industrie, les nobles ne craignent plus de se mésallier avec la roture. Il est question en ce moment du mariage d'un descendant direct d'un connétable de France avec la fille d'un apothicaire qui, à force de dorer des pilules, a fini par amasser beaucoup d'or.

Madame Blain, élevée modestement et bourgeoisement par sa mère, honnête fermière de la Picardie, tenait fort peu à l'orgueil des races. La véritable noblesse à ses yeux se trouvait dans le cœur plus que dans le nom.

Décidée à finir sa vie dans le veuvage, elle se consacra tout entière à faire le bonheur de ses parents et à soulager l'infortune des pauvres, ces membres militants de la famille du divin Sauveur des hommes.

Mais semblables à des semailles sur une terre ingrate, les bontés de madame Blain, répandues sur des cœurs stériles, n'avaient produit que des résultats négatifs de la part de ceux des siens qu'elle s'était efforcée de rendre heureux.

Elle s'était d'abord chargée de pourvoir aux frais de l'éducation de ses neveux et de ses nièces, puis, leur éducation finie, elle avait pourvu généreusement à ceux de leur établissement; elle avait marié ses nièces ou facilité leur mariage, en leur donnant une dot conforme à leur position. Elle avait, avec des arguments sonores empruntés au métal que le philosophe appelle une chimère, et par la protection

de quelques puissantes pratiques du boulanger, son mari
défunt, ouvert la carrière des armes à l'aîné de ses neveux,
placé le second dans l'administration au ministère de l'intérieur, et lancé le troisième dans le barreau; mais le premier, devenu sous-lieutenant de cavalerie, le second sous-
chef de division, et le troisième admis au tableau des avocats,
avaient bien vite oublié les éléments primitifs de leur avan-
cement dans les positions respectives qu'ils devaient à la
générosité de leur tante... Ils ne se ressouvenaient d'elle qu'à
de rares intervalles, à des époques intéressantes et inté-
ressées, le premier janvier, par exemple; car ils savaient que,
ce jour-là, de belles étrennes les attendaient en forme de
péroraison à leurs compliments de bonne année.

Les bienfaits de madame Blain n'avaient pu lui procurer
l'affection sincère et active d'un seul d'entre eux; tous
semblaient les recevoir comme une faible partie de l'héritage qui devait un jour leur revenir. Envieux de ce qu'elle
donnait aux indigents, ils semblaient lui reprocher jusqu'à
ses aumônes; il était évident que les héritiers ingrats de
cette femme si bonne n'aspiraient qu'à sa succession et
verraient arriver sans le moindre regret le jour qui les
mettraient en possession de ses biens; l'un d'eux même, le
brillant officier de cavalerie, poussait l'inconvenance de
l'ingratitude jusqu'à tourner en dérision l'ancien métier
de sa tante. Chaque fois qu'il parlait d'elle, il fredonnait ce
vieux refrain qui avait bercé son enfance : *La boulangère a
des écus*, etc., etc.

Le cœur aimant de madame Blain souffrait énormément

de ce manque de cœur, de cette dureté d'âme; mais en offrant ses chagrins à Dieu, elle espérait, à force de bienveillance, inspirer une affection et finalement une reconnaissance qui eût fait le bonheur de sa vie solitaire.

Une affaire importante l'obligeant à se rendre à Rouen, elle voulut emmener une de ses nièces; toutes s'y refusèrent sous divers prétextes, non pas qu'elles n'eussent le désir de voir la capitale de la Normandie, mais le plaisir de voir une ville intéressante par ses souvenirs et par ses monuments eût été, pensaient-elles, absorbé par l'ennui d'un tête-à-tête forcé pendant plusieurs mois avec une femme dévote. Madame Blain partit donc seule et fut se loger chez une vieille parente de son mari. Elle termina ses affaires beaucoup plus tôt qu'elle ne l'avait espéré. Comme ses dispositions étaient prises pour repartir à jour fixe, il lui restait près d'une semaine qu'elle résolut d'employer à visiter les beautés architecturales de la vieille cité normande.

Tout d'abord elle voulut voir l'église de Saint-Ouen, cette merveille de l'architecture gothique; elle l'examina dans tous ses détails, se promettant bien d'y revenir, car son admiration n'était pas épuisée et parce que les belles choses gagnent à être vues plusieurs fois.

Aussi la veille du jour fixé pour son départ, elle se rendit dans le quartier où l'église gothique semble être enchâssée comme dans un vieil écrin.

Remarquant, alors, quelques petites églises qui sont comme perdues dans les rues tortueuses de cette partie de la ville, elle gémit en pensant que ces édifices consacrés, précieux pour l'art et pour l'histoire, étaient devenus des propriétés privées et servaient aux usages les plus vulgaires.

C'est dans ces tristes dispositions d'esprit qu'elle arriva devant le parvis de Saint-Ouen. Elle fit une seconde fois et extérieurement le tour de l'église, en admirant de nouveau l'élégance, la hardiesse de sa construction et le fini de ses ornements nombreux. Revenue devant le grand portail, elle jeta encore les yeux sur les sculptures répandues à profusion sur les galeries aériennes, sur la magnifique rosace, sur les vitraux dont le soleil couchant faisait briller comme autant de rubis, de topazes et de saphirs, les mille verres coloriés, puis elle entra dans l'intérieur du monument.

C'était presque le soir; déjà l'obscurité commençait à se répandre dans cette vaste basilique, qui ne reçoit le jour qu'à travers ses vitraux peints. Il y régnait un profond et religieux silence, et les fidèles recueillis qui successivement quittaient l'église semblaient craindre de faire le moindre bruit et passaient comme des ombres le long des murailles ou au milieu de la grande nef, sans être entendus.

Peu à peu, l'église de Saint-Ouen devint à peu près déserte. Quelques rares croyants plongés dans une contemplation rêveuse, à genoux sur les larges dalles, ressemblaient à des statues sculptées sur la pierre des tombeaux. Après avoir prié comme ils priaient et joint ses méditations aux leurs, madame Blain put visiter dans tous leurs détails le chœur, la nef, les bas côtés, la chaire, les chapelles et leurs peintures, sans craindre de troubler ou de distraire qui que ce fût dans ses dévotions.

Au moment de quitter l'antique basilique, elle s'agenouilla de nouveau ; elle pria pour l'époux qu'elle avait perdu, mais qu'elle n'avait point oublié dans ses regrets ; elle recommanda à la protection divine ses parents. Alors ses pensées suivant la direction qu'elle venait de leur donner, elle songea combien il était cruel de ne pouvoir compter sur l'affection d'aucun de ceux qui, lui appartenant par les liens du sang, refusaient de s'unir à elle par ceux de la reconnaissance.

Elle fut arrachée à ses réflexions amères par un léger bruit ; elle retourna la tête et aperçut une petite fille, âgée de huit à neuf ans, qui venait de s'agenouiller devant la chapelle où elle se trouvait elle-même. Elle n'en avait point été vue parce qu'elle était cachée, en quelque sorte, par l'ombre d'un confessionnal et peut-être aussi par les ténèbres qui augmentaient.

La petite fille, belle comme un petit ange, avait les yeux fixés sur l'image de la sainte Vierge, placée au-dessus de l'autel, et laissait tomber de grosses larmes sur ses mains jointes pieusement sur sa poitrine. Sa charmante et blonde figure exprimait à la fois la douleur, la confiance et la résignation. Elle priait avec une onction si profonde, qu'elle semblait être en contemplation. A la vue de ce beau petit ange, qu'on aurait cru descendu du ciel pour venir ap-

14

prendre au doute le secret de la prière et de la foi, madame
Blain ressentit une vive émotion. La piété ne nous touche
jamais plus que lorsqu'elle est unie à l'enfance. Elle s'approcha doucement de la jeune fille, et attendit en silence
qu'elle eût fini sa prière.

Dès que l'enfant se leva pour se retirer, madame Blain,
apparaissant tout à coup à ses yeux, lui adressa la parole :

— Qu'avez-vous, ma chère enfant? vous paraissez bien
affligée. Comment êtes-vous seule et pourquoi pleurez-vous?

— Je pleure parce que je suis bien à plaindre, bien malheureuse, répondit l'enfant.

— Malheureuse, vous? déjà, à votre âge.

— C'est aujourd'hui l'anniversaire de la mort de mon
pauvre père, et la semaine dernière ma mère chérie est
allée le rejoindre au ciel.

— C'était pour eux que vous venez de prier avec tant de
piété?

— C'était pour eux et pour moi; pour eux, afin que Dieu
leur donne une bonne place en son paradis; pour moi, afin
qu'ils intercèdent en ma faveur la sainte Vierge dont voici
l'image... car, encore une fois, je vous le dis, madame, je
suis bien malheureuse.

— Comment cela, mon enfant? vos vêtements n'indiquent
pas la misère, votre frais visage ne révèle pas la souffrance.

— Mon Dieu, ma bonne dame, je n'ai manqué de rien
tant que mes parents ont vécu; ils travaillaient, et le fruit
de leur labeur suffisait pour m'entretenir et m'élever chré-
tiennement. Après la mort de papa, ma mère, que je pou-

vais aider un peu, continua à gagner suffisamment pour
nous faire vivre toutes deux; aujourd'hui je possède encore,
comme son héritière, quelques effets et un modeste mobilier, mais je ne trouve personne qui veuille s'occuper de
moi.

— Pourquoi, mon enfant?

— Parce que l'on dit que la garde d'un enfant doué d'un
peu de beauté est chose délicate et difficile *au jour d'au-*
jourd'hui. Est-ce ma faute à moi si Dieu ne m'a pas fait la
grâce d'être laide, puisque la beauté est une chose dange-
reuse?

Madame Blain, ravie de la naïveté de cette enfant, lui
assura que la beauté soutenue par la vertu n'avait aucun
inconvénient, puis elle lui demanda si elle n'avait point de
parents.

— J'ai deux oncles, répondit la jeune fille, et j'espérais
que l'un d'eux me prendrait en pitié et me recueillerait
chez lui, ne fût-ce que pour le servir et l'aider dans son travail, car je suis forte pour mon âge, et, Dieu merci, je ne
suis point paresseuse; mais il paraît qu'ils ne peuvent pas
me prendre chez eux; ils ont tous de la famille et se pré-
tendent pas assez riches pour se charger d'un enfant de
plus.

— Pauvre enfant! mais ne pourriez-vous pas vous adresser
à quelques amis de vos parents, à des personnes pieuses?

— Les amis de mes parents m'ont renvoyée à mes oncles.
M. Dumoulin, l'un des vicaires de cette église, celui qui a
consolé ma mère pendant sa maladie et béni son dernier

soupir, est allé trouver ce matin mes oncles et leur a dit qu'ils ne devaient pas m'abandonner.

— Et vos oncles, que lui ont-ils répondu ?

— Qu'ils ne pouvaient se charger de moi.

— Pauvre chère petite ! il faut qu'ils soient dans une bien grande gêne ou qu'ils aient un bien mauvais cœur, vos oncles, pour refuser ainsi de vous secourir ! Maintenant, qu'allez-vous faire ?

— Je suis venue ici pour le demander à Dieu. J'étais bien affligée en arrivant, mais j'ai tant prié la bonne Sainte Vierge de me prendre sous sa protection qu'elle ne m'abandonnera pas, j'en suis certaine. Maintenant que je me sens plus tranquille, je vais aller trouver M. Dumoulin et je ferai ce qu'il me dira de faire. Je veux travailler, être sage et pieuse, et suivre en toutes choses les conseils que ma pauvre mère m'a donnés en mourant, n'importe où l'on me placera, fût-ce dans un hospice. . . . .

. . . .

Madame Blain, à mesure que cet enfant parlait, sentait succéder à sa pitié une véritable affection pour lui. « Heureux les affligés qui croient et qui prient ! s'écria-t-elle, car ils seront exaucés dans leurs prières et consolés dans leur affliction... ; puis s'adressant à la jeune fille elle ajouta : Je crois que Dieu et la Sainte Vierge ont entendu votre prière et sont venus à votre assistance ; conduisez-moi chez M. l'abbé Dumoulin.

— Pourquoi voulez-vous m'accompagner chez le confesseur de ma pauvre mère ? lui demanda l'enfant.

— Parce que je pourrai peut-être, répondit madame Blain, lui indiquer un moyen prompt de vous rendre à une autre mère ; en tout cas, soyez sûre que vous ne resterez pas dans l'abandon.

Madame Blain et sa petite protégée furent bientôt chez le digne ecclésiastique. C'était un vieillard, qui, depuis quarante ans, vivait dans cette paroisse, aimé, respecté, vénéré pour le bien qu'il faisait en personne et pour celui qu'il faisait faire par les âmes pieuses et charitables placées sous sa direction spirituelle. Il avait le front élevé et saillant, une chevelure épaisse et d'une entière blancheur, des petits yeux gris-clair cachés sous de longs cils noirs, respectés par la teinte de la vieillesse, et qui donnaient à sa physionomie un caractère dur, tempéré néanmoins par la bienveillance de son sourire. En raison de son excessive bonté, ses paroissiens l'avaient surnommé la *pâte* des hommes. Ce titre, ajouté à tant d'autres, devait infailliblement lui gagner le cœur et la sympathie de l'ancienne boulangère du faubourg Saint-Honoré. Le bon abbé la salua avec un empressement de bon goût, et lui exprima son étonnement de la voir avec la petite fille qu'il appela *sa chère petite Sophie*.

Madame Blain lui demanda à l'entretenir en particulier. Quand elle fut seule avec lui dans son cabinet de travail, empiétant sur les prérogatives du confessionnal, elle lui raconta ce qui venait de se passer entre elle et Sophie à l'église de Saint-Ouen, l'affection soudaine que cette enfant lui avait inspirée, les craintes que lui faisait éprouver son abandon, etc., etc., etc. Elle lui fit connaître aussi sa posi-

tion, puis, confidence pour confidence, elle lui demanda
quels avaient été les parents de l'orpheline, la situation des
autres membres de sa famille; enfin, elle fit mille questions
sur le caractère, les habitudes et les qualités de Sophie.

M. Dumoulin, qui lisait comme dans un livre ouvert tous
les secrets du cœur humain, avait deviné à la première question ses intentions pieuses; il la satisfit sur tous les points.
Alors madame Blain lui exprima son désir d'adopter Sophie,
de l'élever et de se charger de sa fortune à venir. « Monsieur
l'abbé, ajouta-t-elle en terminant, je vous ai fait connaître
ma position vis-à-vis de mes parents; dites-moi sincèrement
si j'ai le droit, sans m'exposer à de justes griefs de leur part,
de placer auprès de moi un enfant étranger. »

Le pieux casuiste rassura sa conscience timorée, et répondit que ses parents se trouvant tous dans une belle situation de fortune, l'adoption de Sophie par elle serait une
bonne action dont personne n'aurait droit de se plaindre et
qui lui vaudrait les bénédictions du ciel. Madame Blain déclara alors qu'elle se chargeait entièrement de l'orpheline,
et elle autorisa l'abbé à le faire savoir à ses oncles.

— Ah! Madame, s'écria le bon prêtre au comble de la
joie, votre noble conduite est un motif nouveau pour moi
d'admirer les voies mystérieuses de la Providence. Sophie,
je puis le dire maintenant que mes paroles ne peuvent plus
avoir une influence intéressée sur vos dispositions, Sophie
est la plus sage, la plus douce, la plus pure, la plus innocente, la plus vertueuse, la plus modeste, la plus intéressante jeune fille que je connaisse. Elle doit ses bonnes

qualités à sa nature privilégiée d'abord, puis à l'excellente
éducation que ses parents, quoique simples ouvriers, lui
ont donnée. Sa mère mourante m'a dit, quelques heures
avant celle de son agonie : « Je suis malheureuse à la
pensée que je vais quitter Sophie, ma fille bien tendrement
aimée, mais je n'éprouve aucune inquiétude sur son avenir.
Qui maintiendra cette chère enfant dans la bonne voie? je
l'ignore; mais je suis bien sûre que Dieu ne laissera pas
son ouvrage imparfait; je suis certaine qu'il lui rendra bientôt, dans la personne d'une de ses futures élues, la mère
dont il la prive aujourd'hui... Cette pensée, que dis-je? cette
assurance que j'emporte dans la tombe, est comme un
baume céleste répandu sur mes derniers moments. »

— Vous voyez, Madame, continua l'abbé, que la prédiction de la mourante s'est accomplie; vous êtes la femme
qu'à travers les teintes sombres de l'agonie elle a aperçue,
conduite par la main de Dieu dans son temple saint pour y
recueillir l'enfant de la pauvre veuve.

Cet entretien terminé, le bon prêtre rappela Sophie et lui
dit : « Rends grâces à Dieu, mon enfant; il signale dans ce
moment son incommensurable bonté en ta faveur. Voici
une dame pieuse, respectable, bonne et riche, qui veut
remplacer ta mère en en devenant une seconde pour toi.
Consens-tu à la suivre et à devenir pour elle une fille tendre,
soumise et dévouée?

— Oh! oui, s'écria Sophie au comble de la joie, oh! oui,
je savais bien que la Sainte Vierge ne m'abandonnerait pas!
Soyez mille fois béni, mon Dieu!

Elle voulut aussi remercier madame Blain, mais elle était tellement émue qu'elle ne put trouver une seule parole, le bonheur étouffait sa voix; elle ne sut que lever vers elle ses yeux pleins de larmes et s'emparer de sa main qu'elle couvrit de baisers. Madame Blain, l'attirant dans ses bras, lui dit : « Viens, viens, mon enfant, viens sur mon cœur; une fille doit embrasser sa mère. »

III

L'abbé Dumoulin, avant de quitter Sophie, lui donna les plus sages conseils; il lui recommanda surtout d'être humble et charitable dans sa prospérité, de conserver dans son cœur, comme dans un sanctuaire, l'esprit de piété qui lui avait concilié l'affection de sa protectrice, et de reconnaître chaque jour par des élans de reconnaissance vers Dieu les bienfaits dont la Providence se plaisait à la combler en ce moment.

— Oh! oui, répondit Sophie, je n'oublierai jamais combien tous vous avez été bons pour moi!

— Peut-être, ajouta l'abbé, l'avenir te réserve-t-il d'autres malheurs; la fortune est inconstante et nul n'est à l'abri de ses caprices; mais au jour des épreuves, sois telle que tu t'es montrée ce matin, pleine de résignation et de confiance en Dieu, et Dieu ne t'abandonnera pas.

Le soir même, le digne vicaire alla trouver les oncles de Sophie; il leur annonça l'heureux changement qui s'était produit dans l'existence de leur nièce, et leur apprit qu'elle

leur abandonnait, du consentement de sa bienfaitrice, le
mobilier et les autres objets qui lui revenaient de l'héritage
de sa mère; elle ne se réservait que les livres de piété, souvenir touchant de celle qui n'était plus.

De ce moment, madame Blain s'empara de Sophie. Le
lendemain, toutes deux montèrent en voiture pour se rendre
dans une jolie maison de campagne que madame Blain
possédait à Bougival, dans les environs de Paris. Elles y
arrivèrent le même jour dans la soirée.

Après un instant de repos, madame Blain prit l'enfant
par la main et lui fit visiter les appartements de sa maison
de campagne qu'elle appelait *Montplaisir*. A chaque pièce
élégamment décorée, celle-ci en bleu, celle-là en vert, cette
autre en lilas, Sophie poussait des cris de joie qui ravis-
saient sa bienfaitrice.

— Oh! la charmante petite chambre! fit-elle en entrant
dans une pièce toute tendue de blanc, avec un lit caché dans
une touffe de mousseline blanche...

— Tu la trouves à ton gré? lui demanda madame Blain...

— Oui, madame... répondit Sophie.

— Depuis quand les enfants disent-ils *madame* à leur
mère?

— Oui, ma bonne mère, ma chère bienfaitrice.

— Eh bien! puisqu'elle te plaît, elle est à toi...

— Oh! quel bonheur! ma bonne petite mère; et qui
dormira dans cette chambre voisine?

— La personne qui doit veiller sur toi; ta mère...

Sophie prit aussitôt possession de la chambre qui lui

était destinée; elle fit sa prière et s'endormit en remerciant Dieu.

Dès le matin, réveillée par le chant des oiseaux, elle se leva et sa joie égala sa surprise. La pauvre enfant, habituée aux tristes demeures qui sont occupées par les gens pauvres dans les quartiers les plus populeux d'une ville industrielle, n'apercevait le soleil que lorsque sa mère la menait dans une promenade publique ou bien dans les environs de Rouen. En ce moment, le soleil dorait à pleins rayons la fenêtre de sa chambre, elle l'ouvrit et ne put retenir un cri d'admiration à la vue du charmant paysage qui se dessinait à ses pieds.

On était au printemps, elle aperçut devant elle un grand jardin dessiné à l'anglaise. Une petite rivière arrêtée parfois par des accidents de terrain qui produisaient de ravissantes cascades serpentait au milieu du gazon, dans un lit bordé de pâquerettes et frangé de boutons d'or. Plus loin le regard se perdait dans des allées plantées d'arbres et d'arbustes verts, touffus, diaprés de fleurs; çà et là c'étaient des ébéniers aux grappes jaunes, des acacias roses et blancs, de magnifiques lilas, des marronniers couverts de leurs girandoles et de leurs panaches blancs, des arbres de Judée avec leurs délicieuses fleurs bleues; des buissons de jasmins, des myrtes et des lauriers-roses.

Sophie respirait à pleine poitrine les doux parfums de ces fleurs, suaves haleines que la brise du matin portait jusqu'à elle; de l'autre côté, c'était un beau potager où les plantes utiles et les légumes étaient rangés dans un ordre si parfait

qu'ils ne semblaient être là que pour le plaisir des yeux.
Sur le second plan, à la droite du potager, s'étendait un
beau verger où quelques arbres étaient encore en fleurs,
tandis que d'autres moins paresseux portaient déjà des
fruits qui commençaient à rougir. Sur la gauche s'abritait
sous une toiture de cristal le jardin d'hiver avec ses fleurs
rares encadrées l'hiver par une double haie d'orangers.
Sophie n'avait jamais vu de serres, tout était nouveau pour
elle. Des champs de blé verdoyants, des prairies peuplées
de génisses blanches et de cavales bondissantes, des pâtu-
rages sillonnés par de nombreux troupeaux, des bouquets
d'arbres remplis d'ombre et d'oiseaux, des clochers pointus
s'élevant au-dessus des cimes de ces grands arbres, tout cela
formait un ravissant paysage animé par les chants du la-
boureur, les cris joyeux des fauvettes et le son des cloches
retentissant au loin.

En présence de ces merveilles inconnues à elle, Sophie
éleva de nouveau son âme à Dieu, son cœur à sa protectrice, et promit de mériter par une conduite irréprochable
les bienfaits dont elle était comblée.

IV

Madame Blain avait reçu une éducation plus solide que
brillante; cependant, de toutes choses utiles ou agréables,
elle savait assez pour en apprendre les éléments à sa fille
adoptive. Elle prit un grand plaisir à lui transmettre toutes
les connaissances dont sa mémoire et son esprit étaient

ornés; elle veilla avec une vive sollicitude à ce que son instruction religieuse, qu'elle considérait avec raison comme la clef de toutes les sciences, ne fût pas négligée; enfin elle s'appliquait avec un soin extrême à cultiver les semences de vertu et de piété que l'abbé Dumoulin et ses parents avaient jetées dans la jeune âme de l'orpheline.

Entre les heures de travail, car sa vie était réglée comme celle d'une pensionnaire, Sophie s'occupait avec goût de tous les détails du ménage. Elle connut bientôt les soins qu'une femme doit s'imposer pour bien diriger l'intérieur d'une maison... Elle apprit à la cuisine le talent de faire un excellent ordinaire, et, si elle n'était point de force à disputer le prix du *cordon bleu*, elle pouvait hardiment concourir pour le premier accessit. Elle savait comment on doit surveiller la lingerie, l'office, la buanderie, la basse-cour pour la volaille, le jardin pour les fruits; enfin, aucun détail de la vie domestique, aucun devoir d'une bonne ménagère ne lui étaient étrangers.

Aux heures consacrées au repos, madame Blain la faisait rester auprès d'elle, ou lui faisait faire de longues promenades rendues instructives par des conversations solides, qui développaient de plus en plus l'esprit et le cœur de Sophie.

Chaque jour, madame Blain remerciait Dieu de lui avoir inspiré la bonne action dont elle recueillait tant de fruits, car chaque jour elle obtenait en amour filial, en reconnaissance, respect et dévouement, tout ce qu'elle donnait en tendresse maternelle; chaque jour, dans cet échange

d'affection mutuelle et sans ombrage, elle trouva, ainsi
que sa chère, sa bien-aimante et bien-aimée Sophie, le plus
grand bonheur que l'on puisse goûter sur la terre.

En grandissant, Sophie, à l'abri des orages de la vie,
devint une fort jolie personne. Sa beauté prit un caractère
d'innocence et de simplicité que faisait ressortir la modeste
élégance de ses parures. La vertu se peignait sur son front,
sa belle âme se réfléchissait sur son visage dont les traits
charmants exprimaient la candeur et la bonté.

V

Les parents de madame Blain, en apprenant qu'elle avait
installé dans sa maison une orpheline qu'elle traitait avec
toute la tendre sollicitude d'une mère, éprouvèrent une
grande jalousie.

Ce sentiment des âmes vulgaires se traduisit bientôt par
de sourdes menées... Des tentatives de rapprochement
furent faites, mais l'ex-boulangère répondit qu'il était trop
tard; que, ne pouvant plus compter sur l'affection de ses
proches, elle avait arrangé différemment sa vie.

De nouvelles et pressantes démarches furent faites pour
la décider à admettre près d'elle la plus jeune de ses nièces.
Madame Blain refusa, disant qu'une jeune fille ne saurait
s'accommoder des habitudes d'une vieille femme dévote.

De la prière, ses neveux passèrent alors aux plaintes,
puis aux menaces; mais madame Blain repoussant les
unes et les autres, la loi en main leur fit dire que, si un

charbonnier était maître chez lui, une boulangère pouvait bien avoir le même droit chez elle. L'argument était sans réplique.

Plusieurs années se passèrent ainsi, et Sophie atteignit l'âge de dix-huit ans. La fréquentation d'une société d'élite à Paris, pendant un séjour annuel de trois mois chaque hiver, lui avait donné une aisance et une distinction de manières qui rehaussaient encore sa beauté. Alors madame Blain, voulant couronner son œuvre d'adoption, songea sérieusement à lui procurer un établissement avantageux. Elle voulait, avant tout, lui trouver un mari honnête et qui par sa position ne fût pas placé trop au-dessus de la classe où se trouvaient les parents de la jeune fille. Elle pensait, avec raison, que ce ne sont ni les titres, ni les honneurs, ni les richesses qui donnent le bonheur : on ne le doit qu'à la pratique de la vertu, de la morale, de la religion, et c'est dans une honnête médiocrité que cette pratique devient douce et facile.

Sur ces entrefaites, la Providence, dont les desseins sont impénétrables, s'apprêtait à visiter par de cruelles épreuves la prospérité relative de ces deux femmes unies par tant d'affection. A la stérilité qui depuis plusieurs années frappait successivement ses terres et ruinait ses fermiers, vint se joindre un épouvantable sinistre. Sa maison devint la proie des flammes; l'action du feu, éclatant sans cause connue, au milieu de la nuit, fut si rapide que madame Blain et Sophie eurent à peine le temps de se sauver elles-mêmes; tout ce qui se trouvait dans l'intérieur de la maison fut dévoré par l'incendie; aucune épave ne surnagea dans cette tempête de feu. Le naufrage d'une grande partie de la fortune de madame Blain fut complet. Sa maison n'était pas assurée.

Cette pieuse femme, trouvant dans sa foi ardente et dans l'amour filial de Sophie le calme de la résignation, offrit à Dieu le sacrifice de ses richesses compromises et se retira, pour y attendre des jours meilleurs, dans une ferme voisine qui lui appartenait.

Le reste de sa fortune, se montant à 250 000 fr., était dans les mains d'un banquier de Paris qui lui en servait les intérêts à raison de quatre et demi pour cent. « C'est la moitié plus qu'il ne m'en faut pour vivre sans privations, dit-elle un jour à Sophie... l'autre moitié servira à ta dot.

— Ne me parlez pas de mariage, répondit la jeune fille, ne m'en parlez jamais, ma bonne mère; car je ne veux pas me marier; je veux rester toujours auprès de vous.

— Tu ne veux pas te marier? répliqua en riant madame Blain; toutes les jeunes filles *chantent la même chanson,* sur le même air, jusqu'au jour où l'époux de leur choix les conduit à l'autel.

— Vous avez déjà beaucoup trop fait pour moi, ma mère.

— Allons donc, mon enfant, une mère saurait-elle jamais trop en faire pour sa fille, quand sa fille surtout ressemble à ma bonne Sophie... Je me suis mis dans la tête de te marier... je te marierai avant six mois.

— D'ici là, ma mère, que d'événements peuvent venir déranger vos projets!... Quelques heures ont suffi pour faire

disparaître votre belle maison de campagne de Montplaisir..... »

On aurait dit que la jeune fille parlait sous le mirage
d'un mystérieux et fatal pressentiment... Le son de sa voix
semblait un écho de ruine et de malheur; il fit tressaillir
madame Blain qui, pour la première fois, comprit la domi-
nation des idées superstitieuses. « Dieu veuille, ma chère
enfant, lui dit-elle, Dieu veuille que tes paroles ne soient
pas justifiées bientôt par quelque nouvel et fatal événement! » Sophie, se jetant dans les bras de sa bienfaitrice,
chercha à dissiper, à force de baisers, le nuage de tristesse
répandu sur son front. Pour la première fois aussi, madame
Blain eut peur de l'avenir.

Les chambres où dormaient madame Blain et sa fille
adoptive étaient contiguës et n'étaient séparées que par une
simple porte restant toujours ouverte; Sophie, inquiète de
l'impression qu'involontairement elle avait produite sur
l'esprit de sa bienfaitrice, se releva plusieurs fois pendant la
nuit pour veiller sur son sommeil. Tout en dormant, madame Blain était dans une agitation extrême; une sueur
moite découlait goutte à goutte de son front; son visage,
parfois couleur de pourpre, devenait en d'autres moments
d'une pâleur extrême; des sons inintelligibles, des mots
inarticulés, des phrases sans suite erraient sur ses lèvres.
Un seul instant sa voix devint plus distincte : elle appelait
Sophie, qui se trouvait près d'elle et qu'elle ne voyait
point. « Ma chère enfant, lui disait-elle, tu ne m'abandonneras pas, toi, oh ! je le sais, car tu es bonne comme du

pain bénit; tu ne feras pas comme eux, car je t'ai choisie dans ta misère pour les remplacer dans mon affection. Ils n'ont pas voulu de ma prospérité... tu accepteras, toi, mon infortune, car tu es généreuse autant que tu es bonne. Le malheur supporté par deux cœurs qui s'aiment est moins lourd et moins amer... oh! tu ne m'abandonneras pas... »

— Jamais! répondait mentalement Sophie; jamais! car je vous aime autant que vous m'avez aimée... ma reconnaissance ne vous faillira point.

Le lendemain matin, madame Blain voulut se lever à son heure accoutumée, mais un mal de cœur suivi d'un étourdissement, la força de se recoucher. « Je souffre », dit-elle. Un médecin fut aussitôt appelé et reconnut, à la première inspection de la maladie, les symptômes d'une fièvre typhoïde. Il déclara que des soins très-attentifs étaient nécessaires; il prescrivit un traitement compliqué, minutieux à suivre, et se retira, disant que le cas était fort grave.

Sophie, à cette nouvelle, fut plongée dans une extrême angoisse; elle voulut soigner seule sa seconde mère; elle s'attacha au chevet de son lit et lui prodigua jour et nuit les soins les plus tendres. Sa surveillance incessante et attentive s'étendait aux plus petits détails; elle parlait toujours à voix basse; elle marchait d'un pas si léger, qu'elle semblait voler avec des ailes, et se conformait avec un scrupule religieux à toutes les ordonnances du médecin. La nuit, elle dormait dans un fauteuil près du lit de douleur de sa mère adoptive; mais au plus léger mouvement, au moindre appel, elle était près d'elle, debout et prête à exé-

15

cuter, et souvent même à deviner ses désirs. Le jour la retrouvait à ce poste de la piété filiale.

La maladie dura près de six semaines. Sophie, éprouvée par des veilles incessantes, voyait aussi sa santé s'altérer; son courage et son affection seuls la soutenaient. Elle était pâle, maigre et défaite, mais elle était infatigable.

— Ma fille, lui dit un jour la malade, ma chère Sophie, je suis trop récompensée du bien que j'ai voulu te faire avant de te connaître... Dieu te rendra tout ce que tu fais pour moi. Dès ce moment, tu as acquitté ta dette de reconnaissance, et je me regarde comme étant ta débitrice.

Sophie ne put lui répondre que par ses larmes. Elle avait tant prié pendant la longue maladie de sa bienfaitrice, que Dieu finit par exaucer ses vœux. Madame Blain entra en convalescence, et bientôt après recouvra sa belle et florissante santé. Cependant les paroles prophétiques prononcées un soir par Sophie revenaient sans cesse à son esprit et résonnaient comme un son de tocsin à ses oreilles. Hélas! elles ne devaient que trop tôt se réaliser, car elle n'avait point vidé jusqu'au fond le calice des épreuves.

Le banquier dépositaire de toute sa fortune déposa son bilan. Madame Blain supporta ce dernier coup avec le courage d'une âme vigoureusement trempée par la religion. « Vous m'aviez donné des richesses, dit-elle en tombant à genoux devant le crucifix qui avait reçu le dernier soupir de son mari, vous me les avez reprises; mon Dieu, que votre sainte volonté soit faite ! »

Sophie accepta ce nouveau malheur avec un égal cou-

rage ; elle le bénit même, car il la rapprochait davantage
de sa bienfaitrice. Son cœur en l'acceptant dominait le
sacrifice. Lorsque madame Blain, s'effaçant dans ses appréhensions pour ne songer qu'à l'avenir de sa fille adoptive,
lui disait : « Que vas-tu devenir, ma chère enfant? » Sophie
lui répondait : « Ce que vous deviendrez vous-même, ce
qu'il plaira à Dieu; mais soyez-en sûre, ma mère, comme
je le suis, Dieu ne nous abandonnera pas. »

Madame Blain vendit à un marchand de biens les terres
de sa propriété de Bougival, seules épaves échappées au
naufrage de sa fortune. Elle en retira une somme de
63 000 francs qu'elle plaça immédiatement chez un notaire :
63 000 francs pour deux femmes qui ne fréquentaient pas
le monde, qui fuyaient le luxe, l'éclat et les plaisirs dispen-
dieux avec le même empressement que les femmes à la
mode mettent à les rechercher, qui ne voulaient enfin d'autres pompes que celles d'un beau lever du soleil pendant
l'été, d'un beau ciel bleu semé d'étoiles par une froide nuit
d'hiver, de la nature avec son manteau de fleurs au printemps et sa ceinture de fruits durant l'automne; 63 000 fr.
constituaient encore, sinon une fortune, du moins une honnête aisance. Combien de familles vivent à moins de
2 520 francs de revenu? Or, le produit de la vente de Montplaisir, placé à 4 pour 100 chez un notaire, rapportait exactement cette rente.

Madame Blain, forcée de revenir à Paris, la ville en définitive qui offre le plus de ressources aux fortunes médiocres
comme aux fortunes les plus exagérées, de même qu'aux

fortunes qui n'existent que par le travail de chaque jour,
loua un petit appartement dans la rue Saint-Louis, aux
Batignolles, dans une maison ayant cour et jardin à la jouissance des locataires.

C'est là que, pendant dix-huit mois, madame Blain et
Sophie, dont la tendresse active l'entourait des attentions
et des prévenances les plus délicates, vécurent dans une
douce quiétude qui les empêchait d'ouvrir dans leur cœur
un accès aux regrets du passé, aux espérances même de
l'avenir. Le bonheur du présent suffit à l'horizon de leurs
désirs. Leur vie toute contemplative, concentrée dans l'union
intime d'une tendresse réciproque, s'écoulait délicieusement
dans les pratiques d'une religion bien comprise et bien
suivie... Elles trouvaient encore dans leurs ressources modestes le secret de prélever une dîme sur des économies
pour exercer la charité, cette vertu sublime née dans la
divine étable de Bethléem. Elles avaient leurs pauvres, leurs
malades, voire même leurs prisonniers; trois fois par semaine, elles allaient assister les pauvres ouvrières sans
travail et délaissées dans leurs mansardes sous les toits,
près du ciel, dans le vent; les pauvres malades confiés au
zèle chrétien des bonnes sœurs dans les hôpitaux, les pauvres prisonniers expiant leurs crimes sur la paille humide
dans les cachots.

Ces vertus modestes et cachées s'exerçant dans l'ombre
et le mystère, *incognito*, pour ainsi dire, semblaient devoir
préserver madame Blain et Sophie contre toutes les éven-
tualités de l'avenir. Mais il était écrit dans le livre de.

sacrifices que, moins l'érection de la croix, elles connaî-
traient, flagellées par le malheur, toutes les stations du
Calvaire. Ruiné par des spéculations hasardeuses et surtout
par des opérations de bourse, le notaire chez lequel madame Blain avait déposé les débris de sa fortune quitta clan-
destinement la France pour se réfugier en Amérique.

Ce fut Sophie qui, la première, apprit cette désastreuse
nouvelle; elle aurait bien voulu pouvoir la cacher à sa bienfaitrice, mais c'était chose impossible; la disparition, la
fuite du notaire prévaricateur faisaient trop de sensation à
Paris pour que les échos de ce bruit n'arrivassent point à
madame Blain. Elle la disposa par les plus grands ménagements à recevoir cette dernière et cruelle épreuve.

Madame Blain apprit avec un courage héroïque la fuite
de son notaire qui la réduisait à la plus profonde misère.

— Ce malheureux notaire, demanda-t-elle en riant à
Sophie, a-t-il emporté les clefs du Paradis?

— Je ne pense pas, répondit en riant aussi Sophie.

— Eh bien! ma fille, remercions Dieu puisqu'il nous a
laissé le premier des biens sur la terre, l'espérance des
richesses qui nous attendent au ciel; celles-là, mon enfant,
sont à l'abri des incendies, des sinistres financiers, des
tripots de bourse.

— Remercions Dieu, répéta Sophie, et toutes deux à
genoux devant le crucifix qui résume toutes les douleurs
humaines, elles prièrent longtemps en silence et offrirent
sans regret à Dieu le sacrifice du bonheur tranquille qu'elles
avaient rêvé dans leur retraite des Batignolles.

Quand elles se relevèrent, leur front était serein et radieux comme un ciel sans nuages au mois de mai..., et cependant... cependant 17 francs 50 centimes, voilà tout ce qui restait à madame Blain d'une fortune de plus d'un demi-million.

IV

Sophie avait alors vingt et un ans accomplis. Malgré les signes d'un précoce embonpoint, elle pouvait passer pour une beauté parfaite; il était impossible de la voir sans l'admirer; mais elle seule ignorait qu'elle fût belle; d'ailleurs, nous l'avons dit, elle n'attachait à la grâce des traits, à la perfection des lignes qu'une valeur relative.

En présence du désastre qui les réduisait à la misère, son parti fut bientôt pris... Un matin, sans en rien dire à madame Blain, elle sortit de bonne heure, et descendit à Paris pour entendre la messe à Notre-Dame-des-Victoires. C'est dans une église que madame Blain m'a sauvée, disait-elle; c'est dans une église que je dois la sauver à mon tour. La messe terminée, elle suivit dans la sacristie le prêtre qui l'avait dite; là elle attendit qu'il eût fini son action de grâces. Alors lui demandant un moment d'entretien, le prêtre la conduisit dans une pièce destinée à recevoir les confessions et lui dit : « Parlez, mon enfant, je vous écoute. »

Sophie lui raconta, d'un bout à l'autre, sans oublier un seul détail, son histoire, si intimement unie à celle de sa bienfaitrice; leurs jours de bonheur, leurs épreuves, leurs revers et leur ruine complète.

— Ce sont des secours que vous désirez? lui demanda le prêtre quand elle eut cessé de parler.

A ces mots, Sophie, relevant sa belle tête avec fierté, répondit : — Non, mon père... La plus petite charité que j'accepterais, me semblerait un vol fait aux pauvres.

— Mais votre bienfaitrice...

— Ma bienfaitrice... c'est moi, et c'est par la voix de son cœur que je vous parle.

— Que voulez-vous donc, mon enfant? ajouta le prêtre, saisi d'admiration pour la fierté de la jeune fille.

— Du travail... mon père...

— Mais vous n'y êtes point accoutumée.

— Je m'y habituerai, il y a un commencement à tout.

— Mais le contact des gens auxquels le travail vous assujettira, vous exposera à de grands dangers, jeune et belle comme vous êtes.

— Le travail sanctifie et Dieu me préservera.

— Que savez-vous faire?

— On prétend que je ne brode point trop mal... la tapisserie surtout...

Le bon prêtre réfléchit un instant, puis sans proférer un mot de plus, il prit une plume et écrivit un petit billet qu'il ferma, cacheta et remit à Sophie, en lui disant : « Portez cette lettre à la personne à qui elle est adressée, et si le désir que j'exprime ne se réalise point, revenez me voir demain matin; je dis chaque jour ma messe à la même heure... Maintenant désirez-vous encore quelque chose?

— Oui, mon père...

— Parlez, mon enfant.

— Votre bénédiction.

Disant ainsi, Sophie s'inclina devant le ministre de Dieu. Celui-ci se recueillit, leva les yeux vers le ciel et traçant sur le front courbé de la jeune fille le signe de la rédemption, il dit : « Au nom du Père, du Fils et du Saint-Esprit, je vous bénis. »

La lettre que le bon prêtre avait remise à Sophie devait lui servir d'introduction auprès d'une de ses pénitentes qui protégeait particulièrement les patrons d'un grand magasin de broderies en tout genre, situé dans la rue Vivienne, sous l'enseigne du *Rosier fleuri*. Le prêtre ne doutait pas que, présentée par cette dame, Sophie n'obtînt immédiatement la place qu'elle cherchait pour gagner sa vie et celle de sa bienfaitrice. Ainsi qu'il l'avait prévu, sa pénitente conduisit elle-même Sophie dans la rue Vivienne, et la recommanda particulièrement aux patrons du magasin de broderies.

« Si vous avez une place vacante, vous la donnerez de suite à ma jeune protégée... Si vous n'en avez point, ajouta-t-elle en riant, vous en *fabriquerez* une à mon intention... »

Sophie brodait comme une fée. A la vue des ouvrages qu'elle avait apportés avec elle pour échantillons de son savoir-faire, la patronne du *Rosier fleuri* lui offrit de suite huit cents francs, la table et le logement.

— Combien estimez-vous, demanda en rougissant la jolie brodeuse, la table et le logement que vous m'offrez?

— 1 200 francs, répondit la patronne.

— Eh bien! Madame, assurez-moi la moitié de cette

somme, et dès demain j'entre à votre service... je me nourrirai et logerai chez moi, si vous daignez m'accorder cette autorisation, que je vous demande à titre de faveur.

La patronne du *Rosier fleuri* était une excellente femme, douée d'un cœur parfait...Je vous donnerai 1 500 francs par an, dit-elle à Sophie, et vous serez libre de vous nourrir et de vous loger à votre guise.

A ces conditions acceptées avec empressement et reconnaissance par Sophie, le traité fut aussitôt conclu moyennant une avance inespérée de 200 francs.

Pendant ce temps madame Blain, inquiète de l'absence prolongée de sa fille adoptive, comptait avec un indicible effroi les heures qui ne la ramenaient point. Le malheur est prompt à s'alarmer... Son imagination errant dans le domaine des conjectures, ne savait à quel point s'arrêter, lorsque Sophie, rayonnant de joie, revint au logis... Il était près de onze heures... Elle se jeta dans les bras de sa mère, en disant : « Je savais bien que le bon Dieu ne nous abandonnerait pas dans notre détresse. Voyez, ma bonne mère ; voici 200 francs qu'il nous a envoyés ce matin... » Madame Blain ne pouvait en croire ses yeux. Sophie, lui racontant alors sa visite à Notre-Dame des Victoires, sa rencontre avec un prêtre de cette église, l'intervention bienveillante de celui-ci pour lui faire obtenir une position lucrative, le succès de sa démarche au *Rosier fleuri*, la rassura complétement sur l'avenir.

— Ma chère enfant, lui dit madame Blain, tu me rends plus que ne t'ai donné : sois à jamais bénie.

, VII

Le lendemain matin, Sophie partit à sept heures et demie; elle devait être à huit heures au magasin, où sa nouvelle maîtresse l'attendait avec empressement. Celle-ci avait su par sa protectrice, qui l'avait apprise par le prêtre de Notre-Dame des Victoires, la touchante histoire de sa nouvelle ouvrière. Elle l'accueillit avec tous les égards dus à sa position, à ses mérites, à ses vertus.

C'était pour la première fois, depuis qu'elle l'avait adoptée, que madame Blain se trouvait séparée de sa chère enfant... Elle considéra cette séparation de dix heures seulement par jour comme le plus grand de ses malheurs... Elle aimait tant Sophie, elle était si accoutumée à la voir, à l'entendre, à lire dans son cœur et dans ses yeux les sentiments d'amour, de reconnaissance, de piété filiale qu'elle lui avait inspirés! Pauvre madame Blain, elle fut bien à plaindre alors! Et puis sa chère enfant était si jeune, si belle! et Paris avait tant de séductions pour les jeunes et belles filles! Ces pensées l'assiégeant dans son isolement, apparaissait comme des fantômes dans sa solitude, ne lui laissaient aucun repos jusqu'au moment où Sophie, revenant de son travail, ramenait la paix dans son âme craintive et désolée.

La vie de Sophie, gagnant péniblement à la pointe de son aiguille le pain de chaque jour qu'elle partageait avec sa bienfaitrice, fut celle de toutes les ouvrières de Paris. Le matin, elle partait de bonne heure; le soir, elle revenait

tard; le jour, elle travaillait énormément, mais elle était
libre comme l'oiseau des airs le dimanche et les jours de fête.

Les dangers prévus par la tendresse de sa mère existaient
réellement; mais Sophie était trop élévée dans sa vertu
pour qu'ils pussent l'atteindre. Douce et modeste dans la vie
habituelle, elle savait au besoin prendre un accent et un
regard qui en auraient inspiré aux plus audacieux... D'ailleurs un bon ange semblait veiller sur elle.

Un soir, qu'une commande pressée l'avait retenue plus
tard que de coutume au magasin, elle se mit courageusement en route sans vouloir qu'on l'accompagnât. La nuit
était noire, et une pluie fine avait détrempé les chemins. La
rapidité de sa marche ne lui permit pas de remarquer qu'elle
était suivie par trois rôdeurs de barrière, porteurs de physionomies peu faites pour inspirer la confiance.

Un jeune homme enveloppé dans un long burnous bleu
s'approcha d'elle, et lui dit : « Mademoiselle, je vois qu'un
danger vous menace, me permettriez-vous de vous offrir
mon bras pour vous protéger ou vous défendre au besoin?

— Je vous remercie, répondit-elle brièvement, je n'ai pas
l'habitude de donner mon bras à des gens que je ne connais pas. »

Le jeune homme s'inclina et resta en arrière. Sophie dou-
bla l'allure de sa marche sans s'apercevoir qu'elle était
toujours suivie par trois hommes animés sans doute par de
mauvaises intentions, car ils la serraient de près, et n'attendaient pour agir qu'un moment propice. Il ne tarda pas à
se présenter. Quelques instants avant d'arriver à la barrière

des Batignolles, la rue paraissant complétement déserte, ces hommes s'élancèrent sur Sophie en lui disant : « Pas un cri ou vous êtes morte... » La vue d'un poignard tourné contre elle refoula dans sa poitrine les cris de détresse qu'elle allait faire entendre. Maîtres de leur victime, les trois complices l'entraînaient rapidement dans le chemin de ronde, lorsque tout à coup un jeune officier s'élança sur eux le sabre à la main, et les força de prendre la fuite... Il était temps... L'officier remit son sabre au fourreau, se drapa dans son burnous, et s'approchant de Sophie, pâle et tremblante de terreur, lui dit : « Maintenant me permettrez-vous de vous offrir de nouveau le bras que vous avez refusé tout à l'heure ?... Oh! rassurez-vous, mademoiselle, vous n'avez plus aucun danger à craindre.

— C'est pour cela, monsieur, que je refuse encore le bras d'une personne que je ne connais pas... Mais je dois vous remercier du service que vous venez de me rendre : vous m'avez sauvé la vie.

— Plus encore peut-être, murmura l'officier.

— Qui que vous soyez, reprit Sophie, je ne vous oublierai pas dans mes prières. »

L'officier la suivit de loin jusqu'à sa porte.

Sophie embrassa sa mère adoptive avec plus d'effusion que d'habitude, mais elle se garda bien de lui raconter le danger qu'elle venait de courir; elle aurait craint de troubler son apparente sécurité au sujet des longues courses qu'elle faisait toujours seule, et souvent à des heures fort avancées dans la soirée.

Huit jours de suite elle crut reconnaître dans une ombre qui la suivait de loin, en se glissant le long des maisons, son mystérieux libérateur.

Il y avait près de dix mois que Sophie travaillait au *Rosier fleuri :* sa maîtresse ravie de son courage lui dit un soir qu'elle porterait au bout du douzième mois ses honoraires à 2000 francs... Sophie s'empressa d'annoncer cette bonne nouvelle à sa mère adoptive.

— Il paraît, lui répondit madame Blain, que la fortune veut nous rendre ses faveurs... j'ai moi-même à t'annoncer une meilleure nouvelle encore.

— Laquelle? ô ma bonne mère...

— J'ai reçu une lettre de l'abbé Dumoulin.

— C'est alors du bonheur qu'elle renferme comme tout ce qui nous vient de ce saint homme, s'écria Sophie.

Et vous lui avez répondu?

— Pas encore, mon enfant, car c'est toi qui dois le faire; tiens, lis la lettre. Sophie prit la missive de son vieil ami, et lut en rougissant et pâlissant tour à tour les lignes suivantes :

« Chère Madame,

» Un gentilhomme de nos contrées, possesseur d'un beau nom et d'une grande fortune, fidèle en toutes choses à la belle devise de l'aristocratie française : *Noblesse oblige*, a l'intention de marier son fils; par une bizarrerie que je ne m'explique point, mais que je comprends et respecte, il veut pour belle-fille une personne sans titre, sans naissance

sans fortune; son fils partage les mêmes idées. Il veut que
cette jeune personne ait été élevée à l'école du malheur,
qu'elle ait cependant reçu de l'éducation, qu'elle possède
enfin les qualités qui, prenant leur source dans la religion,
sont les plus rares garanties du bonheur en mariage.

» Le gentilhomme m'a prié instamment de lui chercher
dans ces conditions la jeune fille qu'il doit conduire à
l'autel... Je l'ai trouvée en cherchant à vos côtés... Sophie
est la seule personne qui convienne à nos projets... Sondez
ses intentions et engagez-la, au besoin, à ne point refuser
la nouvelle grâce que Dieu semble lui envoyer par mon en-
tremise. Dites-lui bien que pour une jeune fille chrétienne
le mariage est une grande et belle mission...

» Je ne vous dis pas adieu, car demain, chère madame,
j'irai chercher moi-même la réponse à cette lettre. »

Signé, l'abbé DUMOULIN.

— Eh bien! mon enfant, quelles sont vos intentions, lui
demanda madame Blain, lorsque Sophie eut achevé la lecture de cette singulière lettre... que répondrez-vous à notre
cher abbé, demain?

— Que je refuse...

— Pourquoi, mon enfant?

— Je vous l'ai déjà dit une fois, parce que je ne veux pas
me marier, parce que je ne veux, ne dois ni ne peux vous
quitter...

— Et moi, répliqua madame Blain en prenant pour la

première fois, vis-à-vis de sa fille adoptive, un ton d'autorité, et moi, je ne puis, je ne veux et je ne dois accepter un
pareil sacrifice... demain vous recevrez l'abbé Dumoulin,
vous écouterez ses propositions, vous suivrez ses conseils,
et si l'époux qu'on vous propose est digne de vous, entendez-
vous bien, vous l'épouserez.

Sophie se jeta dans les bras de madame Blain, en fondant
en larmes : — Ne me dites plus vous, ne me grondez pas,
ajouta-t-elle, je ferai tout ce que vous désirerez...

— Méchants enfants, reprit madame Blain en couvrant
de baisers le joli front de Sophie, il faut les rendre heureux
malgré eux-mêmes.

Le lendemain matin, Sophie écrivit à sa patronne qu'une
affaire de famille l'empêcherait de se rendre au magasin.
L'abbé Dumoulin se fit annoncer à dix heures... Pardonnez-
moi, mesdames, leur dit-il, si je me présente à une heure
matinale, mais le gentilhomme, son fils et moi, nous sommes
pressés de connaître les intentions de mademoiselle... de
ma chère Sophie... veux-je dire... Oh! comme tu as grandi,
mon enfant! *Peste! le beau brin de fille...* Eh bien! ma
chère Sophie, as-tu bien réfléchi, bien examiné, bien con-
sulté ton cœur... le parti que je te propose est digne de toi;
je suis sûr que tu seras la plus heureuse des femmes, comme
tu as été la plus heureuse des jeunes filles, depuis que cette
excellente dame t'a recueillie. Voyons, réponds-moi : oui ou
non : Veux-tu te marier?

Sophie regarda sa mère, étudia le regard de ses yeux, et
répondit en tremblant :

— Je ferai ce que ma mère, et vous, monsieur, vous déciderez.

Le bon prêtre interrogea à son tour les yeux de madame Blain et répliqua :

— Eh bien! nous nous marions dans trois semaines... à moins que... les *deux jeunes gens* ne se conviennent pas... c'est ce que nous saurons ce soir après la présentation.

Puis, faisant allusion aux épreuves que ces deux femmes fortes avaient énergiquement traversées, il ajouta en riant :

— Et toujours après l'orage, on voit renaître le beau temps. Ainsi donc c'est convenu, à ce soir... fit l'abbé au moment de se retirer... Mais, à propos, j'oubliais la chose la plus importante, c'est de vous indiquer le lieu du rendez-vous... C'est dans l'appartement mis à ma disposition par le curé de Saint-Roch, au presbytère, que M. le comte de*** viendra, madame, vous demander la main de votre fille... vous daignerez pardonner cette infraction aux usages, en faveur de mes pauvres jambes; elles n'auraient pu faire deux fois le voyage des Batignolles, et que diraient mes pauvres si je prenais une voiture? D'ailleurs ne suis-je pas le second père de cette chère enfant!

VIII

A huit heures, le bon vieux prêtre de l'église de Saint-Ouen reçut dans son appartement madame Blain et sa fille adoptive. Sophie avait une toilette simple, mais de fort bon goût. Sa figure était légèrement pâle, mais cette teinte s'harmonisait parfaitement à la situation.

— N'aie pas peur, lui dit l'abbé, ton futur n'est pas un *Turc*, mais un excellent chrétien.

A neuf heures moins un quart, le comte de'", exact comme une consigne militaire, arriva à son tour et présenta son fils à madame Blain... puis saluant avec affection Sophie, il fut frappé autant de son air modeste que de sa beauté... « Mon cher abbé, dit-il tout bas à l'oreille du curé, cette jeune personne ferait la conquête d'un archange.

— Oui, répondit l'abbé, si les anges pouvaient se marier.

Pendant ce temps, le fils du comte, rappelant ses souvenirs, tremblait comme un enfant à la vue de Sophie... Sophie de son côté éprouvait une émotion indéfinissable à la vue du jeune homme... la situation devenait de plus en plus étrange... Vieux soldat, le comte de'" s'entendait fort peu en affaires matrimoniales, le bon prêtre ne s'y connaissait pas davantage... Enfin le comte prit son parti, comme s'il se fût agi d'enlever une redoute... Madame, dit-il à madame Blain en élevant la voix sur le diapason d'un commandant militaire, j'ai l'honneur de vous demander la main de mademoiselle votre fille pour mon fils Édouard.

— Je serai heureuse de vous l'accorder, monsieur le comte, si nos enfants ratifient notre consentement.

— Ils seraient l'un et l'autre bien difficiles, s'écria l'abbé, car on dirait qu'ils ont été coulés dans le même moule. Voyons, monsieur Édouard, je n'y vais pas par quatre chemins moi. — Mademoiselle Sophie vous plaît-elle?

16

— Demandez-moi plutôt si je serais assez heureux de lui plaire.

Au son de la voix du jeune homme, Sophie a tressailli... plus de doute, c'est lui... c'est son libérateur, c'est le brave officier auquel elle doit plus que la vie...

— Vous avez entendu, mademoiselle, tu as entendu, veux-je dire. Chère enfant... réponds à ton tour...

— La volonté de ma mère sera la mienne, murmure Sophie d'une voix qui fait tressaillir Édouard à son tour... Édouard a reconnu la jeune fille vertueuse qu'il a sauvée...

— Oh! mademoiselle, s'écrie-t-il, l'autre jour vous m'avez refusé votre bras, accordez-moi ce soir votre main...

Tout le monde se trouvant alors parfaitement à son aise, il raconta l'aventure dont dernièrement il avait été le héros sur le chemin de ronde des Batignolles.

Madame Blain faillit se trouver mal en apprenant le danger qu'avait couru sa fille...

Le bon curé, prenant à son tour la parole, dit gravement à Sophie :

— Ma chère enfant, tu dois la vie à M. Édouard, c'est une dette que tu ne peux acquitter que d'une manière.

— Laquelle?

— En le forçant de te devoir le bonheur.

Le mariage fut arrêté séance tenante, et sa célébration fixée à trois semaines de là.

— C'est le premier mariage que j'aurai fait de ma vie, ajouta l'abbé ; je demande la faveur de le bénir.

— Accordée, répliquèrent ensemble le comte de *** et madame Blain.

IX

En mariant son fils, le comte de *** a donné à sa belle-fille une dot de 200 000 francs, dont il lui a laissé la libre jouissance. Avec une partie de cette somme, Sophie a racheté Montplaisir; elle a fait rebâtir la maison dévorée par les flammes, et l'a fait meubler telle qu'elle l'était avant le sinistre. Elle est parfaitement heureuse, car elle a fait le bonheur de trois personnes unies par une profonde et sincère sympathie. Elle avait mis pour condition à son mariage qu'elle ne quitterait jamais sa mère.

Édouard a donné sa démission d'officier de cavalerie, il prétend qu'il a renoncé aux lauriers pour cultiver les roses... Il espère avoir beaucoup d'enfants.

Le bon curé de Saint-Ouen vient chaque année passer quelques jours au sein de cette heureuse famille, et, chaque fois qu'il passe en revue les événements que nous venons de raconter, il dit en admirant les desseins de la Providence qui s'est servie de Sophie pour relever la fortune de madame Blain : QUI DONNE AUX PAUVRES PRÊTE A DIEU.

ONZIÈME RÉCIT

LE BAHUT DE LA BELLE CORDIÈRE

I

Quelques années avant la grande révolution, celle qui devait faire connaître à la plus brave nation du monde un sentiment jusqu'alors inconnu d'elle, celui de la *terreur*, un gentilhomme dauphinois, dont nous taisons le nom porté de nos jours par un fils qui n'aura pas le plus beau rôle de ce récit, fit un voyage à Lyon.

Ce gentilhomme était un grand amateur d'antiquités; il avait la maladie des tableaux, de toutes les vieilleries qui rappelaient une époque intéressante. L'intérieur de son château, placé, comme un nid d'aigle, au sommet d'une roche escarpée, sur les bords de l'Isère, ressemblait à la boutique d'un marchand de bric à brac : c'étaient çà et là

de lourdes armures bien sombres, bien rouillées, bien
couleur du temps auquel, brillantes alors, elles avaient
appartenu ; c'étaient des armes offensives et défensives,
des épées à deux mains, des haches d'armes, des poignards
ciselés par Benvenuto Cellini, des cottes de mailles, des
hallebardes, des lances, des casques ; c'étaient encore des
tapisseries illustrées par des artistes habiles, de riches
tentures, des meubles sculptés, des lits, où, en dormant,
l'on devait rêver renaissance et moyen âge... C'était fort curieux et très-intéressant à voir, je vous assure. Notre amateur avait dépensé plus de 100 000 francs pour cette collection unique peut-être en France à cette époque.

Le gentilhomme dauphinois, auquel nous donnerons le
pseudonyme de marquis de Saint-Médard, pour imprimer
plus de rapidité à la marche de notre récit, resta une semaine à Lyon. La plus grande partie de ce temps fut consacrée à la recherche des objets d'arts et d'antiquité. La
veille de son départ, il remarqua, en passant dans une des
rues du quartier Saint-Jean, la rue Tramassac, je crois, un
vieux bahut en chêne, en fort mauvais état, il est vrai, mais
dont le style et les ornements rappelaient l'époque de François Ier. Les trois fleurs de lis sculptées au-dessus des treillis
de la serrure, d'autres indices étudiés avec soin, la figure
d'une jeune et belle femme formant saillie dans un médail-
lon enguirlandé de lis et de roses, lui firent supposer que,
des mains du glorieux vaincu de Pavie, ce vieux meuble
avait passé dans celles de Louise Labbé, surnommée la *belle
Cordière*.

Le marquis de Saint-Médard aurait donné son pesant
d'or pour cette rare et précieuse trouvaille, exposée sans
prétention parmi de vieux souliers et de vieilles défroques à
la porte d'un vieux marchand de galons. Il la marchanda
sans avoir l'air d'y attacher une grande valeur, et l'obtint
pour sept écus de six livres... Le bois seul, matière première,
était payé !

Plus heureux qu'un avare qui aurait découvert un trésor,
il retourna triomphalement avec son bahut dans le château
de ses ancêtres.

A cette époque, les collectionneurs respectaient religieusement ces reliques du temps passé ; ils auraient craint de
leur enlever, par des retouches et par des réparations, le
caractère et l'*odeur* antiques dont elles étaient empreintes.
Le marquis de Saint-Médard accorda, parmi les merveilles
de sa collection, une place d'honneur au bahut présumé de
la Belle Cordière : mais il se garda bien de toucher aux ravages que les siècles y avaient imprimés.

La semaine suivante, il donna à ses nobles amis et illustres voisins une grande fête dont le bahut de la Belle Cordière eut tous les honneurs. Dès son retour dans son manoir,
le gentilhomme antiquaire avait acquis la conviction profonde, nous ingnorons sur quelles preuves, que François Ier,
dans ses royales munificences, avait offert à la belle Lyonnaise ce meuble accompagné sans doute de riches et précieux présents ; mais comme la lumière lui manquait pour
éclaircir ce dernier point, il n'osait encore formuler d'une
manière précise son opinion.

Quoi qu'il en soit, l'heureux bahut, silencieux témoin du splendide repas donné à son intention, vit passer devant lui un menu qui aurait fait honneur au Chevet du temps, et entendit sauter énormément de bouchons. Il paraît qu'à toutes les époques le vin de Champagne a été l'accompagnement obligé de toutes les fêtes.

Je ne sais trop pourquoi, mais ce vin, tout de convention, éphémère comme le feu d'artifice dont il est l'emblème, ne mérite vraiment pas, à mon avis, la réputation suprême que la mode lui a faite. Je lui préfère vingt fois le Château-Laffitte, voire même le chambertin, celui-ci n'eût-il que cinq ans... Enfin, je vous le dis franchement, j'aimerais mieux dix bouteilles du Clos-Vougeot qu'un seul verre d'Aï. — Et vous, cher lecteurs?

Ce jour-là, il y avait parmi les convives du noble amphitryon un jeune homme arrivé la veille de Grenoble pour annoncer verbalement de la part d'un intime ami du marquis de Saint-Médard, le mariage de sa fille... Le marquis avait cru devoir, en considération de son ami, offrir l'hospitalité au jeune homme, qui cependant avait oublié de prendre des titres de noblesse dans les entrailles de sa mère.

Le roturier, relégué au bout de la table, mangeait peu, ne buvait pas, était silencieux comme son verre; mais en revanche écoutait beaucoup.

La conversation, entretenue, chauffée par d'abondantes libations champagnisées, roula d'abord sur des généralités... Les chasseurs racontèrent leurs exploits : l'un d'eux, la

veille, ayant par mégarde bourré son fusil avec l'enveloppe
d'une lettre, avait eu le rare bonheur de tirer un lièvre, et la
chance plus grande encore de le clouer contre le tronc
d'un chêne au moyen de la cire à cacheter rallumée par le
coup de feu...

Un amateur de la pêche à la ligne raconta à son tour que,
la semaine précédente, il avait pris dans un lac, au-dessus
de Voiron, une truite pesant vingt-cinq livres et marquée à
la tête par une fleur de lis parfaitement dessinée avec des
diamants. Il avait eu l'honneur de l'envoyer à Versailles
pour la table de Sa Majesté le roi Louis XVI... Pour preuve
de la vérité de cette histoire, il montra, attaché au jabot de
sa chemise, un superbe brillant qu'il avait fait monter en
épingle à Grenoble... Ce brillant provenait de sa pêche mi-
raculeuse.

Un savant horticulteur narra qu'un seul cep de vigne taillé
de ses mains venait de lui produire cinq pièces de vin
muscat.

Le marquis de Saint-Médard, ne voulant pas être dis-
tancé par ses convives, sortit d'une des poches de son gilet
de brocart, tissé d'or, un morceau de parchemin et dit :
« Voici, Messeigneurs, une petite pièce de vers que je veux
vous servir pour le rôti... Écoutez.

> Oh ! vraiment vos yeux
> Tout lumineux
> Sont des étoiles
> Brillant sans voiles
> Au haut des cieux.

Ange à l'église,
Bonne Louise,
Que le Seigneur
Pour ta sagesse
T'octroie liesse,
Moult bonheur.

Dedans mon âme,
Par Notre-Dame
Et saint Denys,
Je veux qu'on dise,
Bonne Louise
A Paradis.

» Vous le voyez, Messeigneurs, s'écria l'antiquaire, ravi de
l'effet produit par sa lecture, vous le voyez... ces beaux
vers inspirés par le cœur du roi chevalier et tracés par sa
main royale sur de parchemin n'ont pu être adressés qu'à
Louise Labbé... *Ergo*-donc, mon bahut, la merveille sculptu-
rale, historique et artistique que voici ayant appartenu à la
fameuse Lyonnaise, devient aujourd'hui d'un prix inestimable, comme ce royal et chevaleresque autographe... Vive
François Premier!... et vive Louise Labbé, répondirent en
élevant et choquant leurs verres les joyeux invités du marquis de Saint-Médard. Un seul d'entre eux ne fit point raison
à cette santé... Ce fut le jeune homme silencieux et relégué
à l'extrémité de la table.

— Pourquoi, mon petit monsieur, lui dit un grand, vieux
et sec personnage décoré d'une multitude d'ordres pendus
à son habit de velours grenat comme des grelots à la tête
d'une mule espagnole..., pourquoi ne nous faites-vous pas
raison?

— Parce que, mon grand monsieur, répondit le petit jeune homme, je hais les anachronismes.

— Je ne comprends pas.

— Je veux dire que je bois quelquefois à la mémoire des illustres morts, mais jamais à leur santé...

— Monsieur, répliqua solennellement le marquis de Saint-Médard... les grands hommes enterrés dans l'histoire ne meurent point...

— A la condition cependant, fit le jeune homme avec un admirable sang-froid, que l'amour et la reconnaissance des peuples se chargent de leur épitaphe.

Les causeries avaient par ce brusque mouvement de transition tourné à la politique, thème varié qui commençait à devenir fort à la mode en France.

Le jeune homme inconnu, soit qu'il se trouvât trop jeune, soit qu'il ne crût pas devoir prendre part aux discussions, retomba dans un profond silence.

Ainsi que tous les festins de campagne, celui du marquis de Saint-Médard, commencé à deux heures, se prolongea fort avant dans la soirée... Nos pères posaient bien à table. Tous les convives ayant pris congé de leur amphitryon, le jeune Grenoblois, lui faisant à son tour ses adieux, lui demanda s'il tenait beaucoup à la conservation de sa collection d'antiques.

— Comme à celle de mon existence, répondit l'antiquaire.

— Eh bien! monsieur le marquis, en reconnaissance de l'hospitalité que vous m'avez si gracieusement octroyée, je vous prierai de me permettre de vous donner un conseil.

— Vous êtes bien neuf encore aux choses du monde, monsieur, pour donner des avis, et moi peut-être suis-je déjà trop vieux pour en recevoir.

— Monsieur le marquis, on en donne et on en reçoit à tout âge. David prit conseil de son courage et de son patriotisme quand il tua Goliath...

— C'est de l'histoire ancienne que vous faites là.

— Pour mieux abonder dans vos goûts d'antiquaire.

— Vous avez de l'esprit et la riposte facile, jeune homme... Parlez..., je vous écoute.

— Eh bien! monsieur le marquis, si vous m'en croyez, vous transporterez votre collection à l'étranger.

— Ce serait une injure ou un vol fait à la France.

— Les arts n'ont point de patrie..., le bien, le bon et le beau se localisent, ils ne se concentrent pas.

— Fort bien dit; mais pourquoi me conseillez-vous de déplacer ma collection en faveur de l'étranger?

— Parce qu'à l'étranger elle sera à l'abri de la dévastation qui la menace.

— Expliquez-vous plus clairement.

— Volontiers. » Le Grenoblois se recueillit un instant, et d'une voix qui avait des accents prophétiques il reprit: « La foudre qui seule peut atteindre l'aigle en son nid se prépare à frapper la noblesse française dans ses châteaux.

— La foudre du ciel? demanda le marquis.

— Non; la foudre du peuple, répondit le jeune homme, et il ajouta: « Avant qu'il soit deux ans, aussi vrai que je

vous le dis, l'oiseau des ruines nichera à la place où nous
sommes; les herbes parasites croîtront à la place de vos
parterres en fleurs... Tout à l'heure, lorsque les vins et la
gaieté du vieil esprit gaulois pétillaient à flots à votre table,
j'ai cru voir une main tracer en caractères de feu sur vos
riches tentures ces six mots : *Laissez passer la vengeance du
peuple.*

— Que voulez-vous que la vengeance du peuple vienne
faire ici ?...

— Passer son niveau sur de longs siècles de tyrannie et
d'oppression... alors, monsieur le marquis, ajouta le prophète en précipitant ses paroles, alors il y aura de terribles
catastrophes, de sanglantes représailles en France... le poignard, éclairé par la torche de l'incendie, faisant l'office de
la charrue, creusera de profonds sillons dans les populations
de notre malheureuse patrie... Les enfants, les vieillards, les
femmes, rien ne sera épargné; la noblesse française, le clergé, le trône, l'autel même, tout sera mis en question. Les
horreurs de la guerre civile se mêleront aux calamités de
la guerre étrangère; les peuples en travail d'enfantement
se rueront les uns contre les autres..., il y aura de grandes
luttes et d'épouvantables chocs..., les eaux des fleuves se
teindront de sang; le nombre des victimes lassera la patience des bourreaux... le roi, la reine elle-même disparaî-
tront dans la tourmente; car, moi qui vous parle, je n'aurai
pas la puissance de les sauver : ce sera une bien lamentable
époque que celle-là, et cette époque inévitable s'appellera :
la *Révolution.*

Le marquis de Saint-Médard écoutait avec un air d'incrédulité... Le prophète reprit :

— Vous voyez donc bien que vous devez mettre en sûreté
vos trésors artistiques, si vous désirez les sauver du naufrage.

— Nous y aviserons, répondit le marquis, nous y pense-
rons plus tard...

— Si la Révolution vous en laisse le temps. Adieu, monsieur le marquis.

— Adieu, prophète de malheur...

— Vous n'avez plus rien à me dire, à me demander?...

— Une seule chose... votre nom.

— Barnave.

II

« De trois choses l'une, dit le marquis de Saint-Médard,
lorsque Barnave, au galop d'un excellent cheval, eut disparu
derrière la petite avenue d'arbres séculaires qui reliait son
château à la pente rapide de son rocher, ce Barnave est un
illuminé, un fou, ou un imposteur... Dans le premier cas,
on ne doit attacher aucun sens à ses paroles .. Dans le
second, on doit charitablement lui souhaiter l'hospitalité
des Petites-Maisons..... Dans le troisième, qu'il aille se faire
pendre ailleurs, ce n'est pas mon affaire. »

Après avoir fait ce raisonnement qui le rassurait sur le
sort de sa collection, formée avec tant de sollicitude, il vécut
comme par le passé, sans prêter l'oreille aux bruits précur-

seurs de la tempête qui grondait au loin...... Il y a des gens
qui dormiraient aux éclats du tonnerre sur le parapet d'un
pont... Le vieil antiquaire était de ces gens-là. Aussi, lorsque
Germain, son frère de lait, son compagnon d'enfance et alors
son intendant, lui remit une lettre cachetée, contenant dans
ses plis cette seule ligne signée Barnave :

« Monsieur le marquis,

» *Les temps sont proches... sauvez votre collection,* »
il dit : « Il paraît que la folie de cet homme n'était pas dan-
gereuse, puisqu'on lui a laissé sa liberté. »

Les temps étaient proches en effet... Les bruits les plus
sinistres couraient d'un bout de la France à l'autre avec la
rapidité de l'éclair. Une effervescence fiévreuse succédant
bientôt à la réaction de la peur, les paysans coururent aux
armes, aux cris de : Mort aux seigneurs! guerre aux châteaux... L'une des premières, la province du Dauphiné donna
le signal de ce soulèvement des masses. Les châteaux qui
avaient résisté aux luttes de la féodalité, au niveau de
Louis XI et de Richelieu, aux coups de main des guerres de
religion, à l'action des siècles, s'écroulèrent sous la torche
du peuple comme des édifices de cartes sous le souffle d'un
enfant.

Le marquis de Saint-Médard, se rappelant trop tard le
conseil de Barnave, n'eut que le temps de recommander le
bahut de la Belle Cordière à son intendant, et de fuir en
Savoie, où sa femme et son fils, retirés depuis un mois, lui
préparaient l'abri de l'exil.

Deux années ne s'étaient pas écoulées depuis la prédiction de Barnave, que le château du gentilhomme dauphinois n'existait plus. L'oiseau des ruines nichait parmi les débris de marbre et les ciselures dorées; les herbes parasites qui servent aux nids des oiseaux, des ruines remplaçaient les fleurs des parterres dévastés, et la riche collection de l'antiquaire était, comme tout le reste, devenue la proie des flammes. Seul le bahut de la Belle Cordière avait été mis en lieu de sûreté par les soins du bon Germain.

Germain, vigoureux enfant du peuple, n'avait pas une goutte de sang noble dans ses veines; cependant, soit par tradition de famille, soit par les sentiments d'une conviction profonde, il était resté fidèle à la religion du trône et de l'autel. Il n'avait pu voir, sans en éprouver une douleur amère, la dispersion de la noblesse dans l'émigration, la vente de ses biens, la proscription en masse des prêtres, le culte de ses pères remplacé par celui de la raison, la plus absurde de toutes les folies humaines; la mort du roi Louis XVI, le plus vertueux des rois, celle de la reine Marie-Antoinette, la plus innocente, la plus belle et la plus infortunée des reines; en un mot, le triomphe de la révolution.

Germain était un homme de cœur et d'expédient. Un instant il avait conçu la pensée de rejoindre ses maîtres dans leur exil, mais il pensa qu'il leur serait plus utile en restant en France. Il vit dans cette résolution l'accomplissement d'un grand devoir placé bien au-dessus des considérations personnelles et des périls auxquels cette révolution devait l'exposer..... Pour mieux arriver à ses fins, il ne

hurla point, comme on le dit, avec les loups, mais il ne se
montra point trop systématiquement hostile aux idées nouvelles..... Tout en conservant religieusement dans son cœur
le culte de la fleur de lis, il portait une énorme cocarde
tricolore à son chapeau. D'un autre côté, comme il faisait
parfaitement bien son service de capitaine des trente hommes
qui formaient la garde nationale de sa commune, comme il
avait une belle prestance sous le hausse-col, une belle
tournure dans son habit militaire, une belle voix dans le
commandement et un grand zèle pour le maintien de l'ordre
public, il pouvait passer au besoin pour un bon patriote.
Somme toute, il était aimé, estimé, respecté même dans le
pays à vingt lieues à la ronde. Personne ne songeait à lui
faire un crime de son attachement à ses anciens maîtres.

Ce fut grâce à la position qu'il avait prise dans sa commune, et au moyen de ses économies, qu'il put, sans trop
d'obstacles, acheter les biens du marquis de Saint-Médard,
lorsque la nation les eut mis en vente. Il obtint alors pour
25000 francs ce qui en vaudrait bien aujourd'hui 800000.

. . . . , . . .

Pendant ce temps, le pauvre antiquaire versait des larmes
de Jérémie sur le triste sort de sa collection... Les Vanda-
les, disait-il à l'heure de ses récriminations, ils n'ont rien
respecté... ils ont tout détruit, tout nivelé... ils ont profané
les tombes de Saint-Denis, ils ont jeté au vent la poussière
de leurs anciens rois, ils ont violé la Majesté d'Henri IV, le
père du peuple; celle de Louis XIV, l'Agamemnon des rois;
celle de Turenne, le modèle des grands capitaines. Les in-

fûmes!... s'ils avaient au moins, au lieu de la détruire, placé ma collection sous la sauvegarde de l'honneur français.

Telle était la force de son désespoir, qu'il en serait mort sans les douces consolations de sa femme et les tendres soins de ses enfants.

Les ressources que la marquise de Saint-Médard avait emportées en Savoie ne tardèrent pas à s'épuiser, car, de Chambéry, la première étape de son exil, elle avait dû, ainsi que sa famille, se rendre par la Suisse dans les provinces Rhénanes, pour fuir le voisinage trop rapproché de la révolution... Elle se vit obligée de se défaire de ses diamants à Cologne; ce fut un grand sacrifice, car elle tenait à ses parures, presque autant que son mari avait tenu à sa collection d'antiques.

Le produit de cette vente devait permettre aux exilés d'attendre le retour des jours meilleurs que la justice apaisée de Dieu et la force des choses devaient infailliblement ramener en France. Sans cette heureuse circonstance, ils seraient tombés dans un état voisin de la misère, car il eût été bien difficile, impossible même au fidèle Germain de leur faire passer le moindre secours.

Les décrets de la Convention sur les émigrés étaient terribles, ils se résumaient tous par un seul mot : la mort.

III

Le 18 avril 1816, par une belle matinée pleine de brises et de soleil, une berline pesamment chargée, couverte de

17

poussière, s'arrêta au pied du chemin creux et suspendu
aux flancs de la colline, qui conduit aux ruines du château
de Saint-Médard. On en vit descendre un vieillard portant
une cocarde blanche à son chapeau et une large croix de
Saint-Louis à sa boutonnière... puis une femme âgée aussi,
qui s'empressa de passer le bras de son mari sous le sien,
puis une jeune fille n'ayant rien de remarquable, pas même
ce qu'on est convenu d'appeler la beauté du diable... puis
finalement, un jeune homme, grand, pâle et sec, mis au
dernier goût de la mode du jour.

Le vieillard poussa un profond soupir en n'apercevant
point devant lui, pour célébrer son retour, l'historique bailli
avec sa classique perruque et son emphatique discours, les
notabilités du pays, les jeunes garçons en habits de fête, les
jeunes filles vêtues de blanc avec des corbeilles de fleurs et
des paniers de fruits... Son oreille souffrait autant que ses
regards, de même que la solitude, le silence... le silence des
ruines régnait autour de lui : les cloches de l'église étaient
muettes, elles qui souvent jadis avaient eu de si joyeuses volées en honneur des hauts et puissants seigneurs de Saint-
Médard! Les fusils des jeunes garçons, appendus contre la
muraille, étaient silencieux comme les cloches, eux qui souvent aussi autrefois avaient salué par de bruyantes détona-
tions les hauts et puissants seigneurs... Les choses avaient
étrangement changé en France depuis le départ de la noblesse française pour l'émigration.

Dans le Dauphiné, que le marquis de Saint-Médard, car
ce vieillard suspendu au bras de sa femme, qu'il appelait

son Antigone, n'était autre que notre antiquaire; dans le Dauphiné, qu'il revoyait après un long exil, Barnave avait passé pour se rendre, sur l'appel de la révolution prévue et annoncée par lui, à Paris, puis à Versailles, puis à Varennes de sinistre mémoire, puis à la place du 21 janvier, puis enfin à l'échafaud pour mourir là où la Reine qu'il n'avait pu sauver était morte. Aussi le Dauphiné, comme le reste de la France, n'était plus le Dauphiné d'autrefois, depuis le passage du jeune tribun. Les idées nouvelles qu'il y avait semées avec sa mâle éloquence et sa conviction peut-être avaient poussé de profondes racines... Il n'était donc pas étonnant que les seigneurs y eussent perdu en prestige et en puissance ce que le peuple, dans le douloureux travail de la révolution, avait gagné en franchise et en liberté.

Au lieu du son des cloches et de la mousqueterie, il n'entendit à ses côtés que le cri d'une chouette paresseuse. Tressaillant à ce cri comme devant un signe de lugubre présage, il dit à sa femme : « De nouveaux malheurs planent sur notre maison. »

Cependant Germain, le fidèle serviteur, prévenu de l'arrivée de ses maîtres, descendit à leur rencontre et les rejoignit à mi-chemin. Ses larmes entrecoupées de sanglots, plus éloquentes que les plus beaux discours, remplacèrent la harangue du bailli.

— Qu'as-tu fait du bahut de la Belle Cordière? Telle fut la première parole que lui adressa le marquis.

— Je l'ai mis en lieu sûr, répondit Germain.

— Dieu soit loué! ajouta l'antiquaire.

. . . .

Malgré les soins du fidèle serviteur qui avait tout mis en œuvre pour la faire disparaître, l'image de la désolation régnait partout dans la seigneuriale demeure... Sur les murs démantelés du château la dévastation avait jeté son manteau de deuil.

La ronce et le lierre, les mauves sauvages et les giroflées croissaient en abondance là où naguère les tableaux, les armures, les reliques de l'antiquité pompeusement exposés semblaient défier l'avenir... Rien n'était resté debout, tout avait disparu dans la tourmente populaire. Les révolutions n'ont jamais aimé les arts.

Le fidèle Germain conduisit ses anciens maîtres dans une petite maison qu'il avait fait construire à l'extrémité du jardin, sur l'emplacement d'un pigeonnier, tombé comme le château sous les coups de ce que Barnave avait appelé un jour la vengeance de longs siècles d'oppression. Cette maison, coquette à l'extérieur, confortable en dedans, rappelait en petit les dispositions du manoir en ruine; elle en était l'exacte miniature. La décoration intérieure était à peu près la même; elle ne différait que par la qualité, la valeur de la matière. C'est ainsi que les tentures, au lieu d'être en brocart et en velours, étaient simplement en laine... etc., etc.

A la vue du bahut de la Belle Cordière, échappé au sac de sa maison, le vieux marquis consolé s'écria en prenant une ¡ose de François Ier : Dieu soit béni! je n'ai pas tout perdu.

. . . .

Dans la soirée du même jour, Germain alla trouver le marquis dans son cabinet et lui dit :

— Si M. le Marquis veut bien me le permettre, j'aurai l'honneur de lui rendre mes comptes.

— Il me semble que tes comptes sont tout rendus, répliqua l'antiquaire : n'as-tu pas acheté mes biens à la Nation ?

— Oui, monsieur le Marquis...

— De tes propres deniers...

— Que j'ai gagnés à votre service...

— Ces biens en bonne justice sont à toi.

— Permettez, monsieur le Marquis... la nation a-t-elle eu le droit de vous dépouiller de vos propriétés ?

— Non, mon ami...

— C'est donc un vol ?

— Sanctionné par la loi du lion, la force ; par celle du renard, la raison d'État.

— Ça n'en est pas moins un vol. Or comment appelle-t-on celui qui bénéficie du vol ? un recéleur, je crois... Monsieur le Marquis ! de grand-père à père, de père en fils, il n'y a jamais eu de tache dans ma famille... probité comme noblesse oblige... je suis le dernier de ma famille, je ne veux pas être le premier à déroger. Tenez, Monsieur, voici l'acte de vente du château, de ses ruines, veux-je dire ; voici celui de ses terres et dépendances ; voici le relevé exact des revenus que j'ai touchés pendant votre absence, ils se montent à 100000 francs, que j'ai versés à votre crédit dans la maison Périer, à Grenoble... ce n'est pas beaucoup, mais nous avons été tellement accablés d'impôts en ces derniers temps !...

Maintenant, monsieur le Marquis, si vous êtes content de la manière dont j'ai conduit vos affaires et géré vos biens, je vous demanderai une récompense, une seule.

— Laquelle ? mon vieil et fidèle ami.

— Celle de continuer à vous servir comme je vous ai servi.

Le marquis de Saint-Médard, vous l'avez remarqué sans doute, chers lecteurs, était ce qu'on appelle un *bonhomme* au fond : il n'aurait pas donné une chiquenaude à un chien hargneux ; mais l'amour exclusif qu'il avait voué toute sa vie au culte des *antiquités*, l'avait rendu égoïste, comme le sont toutes les personnes qui s'abandonnent systématiquement à une seule passion. Le joueur de profession n'aime que les cartes ; l'ivrogne par goût ne chérit que la bouteille ; la vieille femme, par abandon ou par oisiveté, n'adore que son petit chien ; la vieille fille dirait volontiers, à l'imitation de Louis XIV : *Mon chat c'est moi.*

Malgré le sentiment d'égoïsme qui, dans sa nature *bon-enfant*, mais étroite, dominait tous les nobles instincts, le marquis ne put s'empêcher d'apprécier la généreuse conduite de son fidèle Germain. Un autre, à sa place, l'eût admirée ; n'importe, il ne faut pas demander aux gens plus qu'ils ne peuvent donner : « Mon cher Germain, » dit le marquis au modèle des serviteurs, « je suis content, très-content de toi... désormais entre nous, c'est à la vie et à la mort. Nous ne nous quitterons plus, que lorsque Dieu rappellera l'un de nous, moi le premier, sans doute, car je suis bien vieux, bien usé, et si ce n'est le bahut de la Belle Cordière, que me reste-t-il en ce monde ?

— Votre femme, vos enfants, Germain, répondit celui-ci sans se douter qu'il donnait une leçon de cœur à son maître.

— C'est beaucoup, j'en conviens, ajouta le vieil antiquaire... mais vous ne rendrez pas mes tableaux, mes armures, mes reliques, mes chères reliques du moyen âge... enfin ce qui est fait est fait... n'en parlons plus...

— Quelle heure est-il, Germain?

— Dix heures sonneraient, dans ce moment, à l'horloge du château, si...

— La révolution ne s'en était point emparée n'est-ce pas... il est temps... de nous coucher... appelle mon valet de chambre.

— Votre valet de chambre a été mitraillé, avec les deux cent neuf, aux Brotteaux, après le siége de Lyon.

— Triste genre de mort que celui-là... je ne le connaissais pas... il faut avouer que la révolution a eu le génie des inventions... C'est bien! je me coucherai seul. Bonsoir, Germain...

— Adieu, monsieur le marquis...

Le marquis resta quelques instants en contemplation devant le Bahut de la Belle Cordière, se coucha, s'endormit et rêva toute la nuit vieilles armures, vieux bahuts et vieux tableaux...

De son côté, Germain s'endormit en songeant aux moyens de rendre à son vieux maître la vie plus douce et plus facile.

C'est une bien riche et bien admirable nature que celle

de Germain... Ce brave serviteur, type qui n'existe plus aujourd'hui, aurait pu servir de modèle à l'abnégation et au dévouement. Il avait porté ces deux vertus jusqu'à l'héroïsme du sacrifice. En effet, par dévouement et abnégation pour se consacrer tout entier au service de ses maîtres, il s'était, bien jeune encore, condamné à un célibat perpétuel.

Pour s'empêcher de l'entendre quand il parlait trop, il avait mis une sourdine à son cœur aimant; pendant plus de quinze mois, il porta un bandeau sur l'œil pour ne point voir. combien Catherine, la fille d'un fermier voisin, était belle et jolie.

La marquise de Saint-Médard était le seul membre de la famille qui savait apprécier à leur juste valeur les mérites de Germain, mérites d'autant plus grands qu'ils étaient moins intéressés.

Mademoiselle Stéphanie de Saint-Médard, jeune personne complétement nulle, considérait les services de Germain comme des choses dues, comme la conséquence de sa position; quant à son frère Elric, la sottise et l'orgueil en personne, il vivait en dehors de Germain, comme s'il n'existait pas. Il évitait de passer dans son ombre, et jamais, lorsque les exigences du service de l'un le mettaient en présence de l'autre, il ne lui adressait une parole aimable et polie... En un mot, il feignait d'ignorer, par un inqualifiable calcul d'amour-propre, qu'il lui devrait un jour, comme son père la lui devait déjà, la conservation de sa fortune.

IV

En l'an de grâce 1817, un an après son retour en France,
le marquis de Saint-Médard maria sa fille à un fournisseur
des armées retiré des affaires avec une belle fortune... les
beaux yeux de la cassette de mademoiselle Stéphanie l'a-
vaient séduit... Pour la première fois de sa vie, Germain fit, le
jour du mariage, une sérieuse opposition à la volonté de
ses maîtres. Le marquis, poussé par son fils inspiré lui-même
par une pensée d'orgueil, avait commandé au meilleur tailleur de Grenoble une livrée qu'il aurait désiré voir endosser
par Germain. Mais celui-ci, la repoussant avec un noble
sentiment de fierté, et devinant d'où le coup partait, s'é-
cria : « Monsieur le marquis, vous direz à M. Elric que les
livrées sont faites pour les laquais; or, je ne suis pas du bois
dont on fabrique ces gens-là. »

Comme tout cœur bien né, n'importe dans quelle position
sociale, sous une jupe de bure, aussi bien que sous une robe
de velours, Germain possédait au suprême degré le sentiment de sa dignité personnelle... il voulait bien servir...
toujours, mais s'avilir... jamais.

Le lendemain du mariage de sa sœur, Elric partit pour
Paris, afin d'occuper en qualité de surnuméraire la place
que des amis de son père lui avaient fait obtenir au ministère des affaires extérieures... il se croyait appelé à suivre
la carrière de la diplomatie, car il avait toutes les conditions
voulues pour faire un excellent diplomate... Sec de corps

comme de cœur, doué d'un estomac fort élastique et prêt à
volonté, causant peu, n'en pensant pas plus, cachant l'insuffisance de son esprit sous la suffisance de son faux col, prenant l'effronterie pour de l'habileté, se croyant de la force
de Metternich, parce qu'il savait bien conduire une partie
de whist le soir, un tilburi le matin, une intrigue hasardée
à midi, il n'était, en définitive, qu'une belle enseigne de boutique... la première vue plaisait, séduisait, elle était enga-
geante; mais si, sur ces trompeuses apparences, vous entriez
dans la boutique, vous analysiez le fond, veux-je dire, vous
étiez volé... comme dans un bois. Tel était M. le comte Elric
de Saint-Médard.

Il y avait deux ans que le futur ambassadeur... dans la
lune ou dans un autre royaume quelconque, étudiait à
l'école de M. de Talleyrand, lorsqu'un courrier tout de noir
habillé, comme le page de madame Marlborough, vint lui
annoncer une triste nouvelle. Son père, frappé d'un coup
d'indigestion à la suite d'un repas invité, était mort sans
avoir eu le temps de faire ses dernières dispositions. Une
lettre de la marquise de Saint-Médard, dont le courrier était
porteur, le rappelait en Dauphiné pour régler ses affaires,
car le chef de la famille était mort sans faire de testament,
et sa sœur ayant reçu en avance d'hoiries toute sa légitime,
il devenait l'unique héritier des biens de l'illustre défunt.

Le comte Elric, devenu marquis, avait, ainsi que nous
l'avons dit, toutes les qualités requises pour faire son chemin dans la diplomatie et vivre longtemps : il avait un mauvais cœur et un bon estomac. Après avoir donné deux larmes

à la mémoire du respectable auteur de ses jours et commandé deux toilettes de deuil à Chevreuil, il adressa une
lettre au ministre des affaires étrangères pour solliciter un
congé. Le ministre lui répondit au bout de quinze jours
qu'en sa qualité d'héritier du nom de Saint-Médard, il se devait entièrement à sa famille ; il pensait donc, lui ministre,
aller au-devant de ses vœux en lui accordant un congé dé-
finitif, etc., etc., etc.

Le nouveau marquis mit trois jours à comprendre que
cette faveur équivalait à une démission bien en règle. Il remercia le ministre par une seconde lettre, et partit pour le
Dauphiné.

Sa position d'héritier unique et direct était si parfaitement en règle qu'une semaine lui suffit au delà pour arranger
ses affa'·· et se reconnaître possesseur de 40 000 bonnes
livres de rentes. Sur cette somme, il fit une pension de
6 000 francs à sa mère, augmenta de 100 écus les gages de
Germain, et repartit immédiatement pour Paris, la seule ville
du monde où, selon lui, un marquis de Saint-Médard pouvait vivre honorablement.

La douleur de sa mère fut plus sincère ; ses regrets de
veuve furent plus durables. Elle fut bien à plaindre alors,
car il ne lui restait plus au monde qu'un seul ami, le bon,
le fidèle et désintéressé Germain. Elle ne comprenait point
comment son mari avait pu oublier de son vivant ce modèle des serviteurs ; mais elle se consolait en pensant qu'un
jour le fils acquitterait la dette de reconnaissance du père.
Hélas ! elle connaissait bien peu le cœur du fils.

Le jeune marquis de Saint-Médard revenait chaque année, à l'époque des chasses, passer deux mois dans le Dauphiné. Une fois, c'était en 1824, sa mère, avertie par de secrets pressentiments de sa fin prochaine, lui recommanda instamment Germain. « Quand je ne serai plus, lui dit-elle, n'oubliez pas, mon fils, que si vous possédez encore de la fortune, vous la devez à la probité de Germain. Sa conduite envers nous a été sublime. »

— Je ne pense pas comme vous sur ce point, ma mère, répondit Elric; Germain, en nous rendant les biens de mon père, n'a fait que remplir son devoir... D'ailleurs, il est vieux, et avec ses économies, il en aura toujours assez pour vivre.

— Je désire, ajouta la marquise, que vous lui assuriez au moins 3 000 francs de rente... Si votre père n'avait point été surpris par la mort, il lui en aurait accordé certaine-ment davantage.

— 3 000 francs! y pensez-vous, ma mère? s'écria Elric. Avec ses goûts et ses besoins, Germain serait relativement plus riche que moi... D'ailleurs, ajouta-t-il en voyant qu'il déplaisait à la marquise, nous avons tout le temps de songer à cela... Jamais vous ne vous êtes mieux portée... Vous vivrez autant que nous.

— Non, mon fils, répliqua la marquise, je sens que mes jours sont comptés... et je vous avoue que je descendrais avec un profond chagrin dans la tombe, si j'emportais avec moi la pensée que mon fils serait ingrat envers celui qui pour nous fut plus qu'un serviteur fidèle, mais un sincère et loyal ami.

Elric rompit la conversation, disant qu'à son premier voyage en Dauphiné, il traiterait cette question.

— Ce sera sur ma tombe alors, ajouta la marquise.

Le lendemain, Elric partit pour Paris. Trois mois après, il n'avait plus de mère.

V

Il y avait six jours à peine que la marquise de Saint-Médard, accompagnée à sa dernière demeure par le fidèle Germain et par les regrets de tout le pays, dormait en paix sous les ombrages du cimetière du village, son dernier sommeil, lorsque Germain reçut la lettre suivante :

« Mon cher Germain,

» Ayant l'intention de quitter définitivement le Dauphiné, je vous prie de mettre en vente tous mes meubles et immeubles. Vous aurez soin de me prévenir aussitôt qu'il se présentera un acquéreur sérieux. Adressez-moi votre lettre, n° 27, rue de l'Université, à Paris.

» ELRIC, marquis de SAINT-MÉDARD. »

Germain s'empressa d'exécuter les ordres qu'il venait de recevoir... La propriété de Saint-Médard, avec toutes ses dépendances, fut mise en vente, et plusieurs acquéreurs sérieux se présentèrent presque instantanément. Germain s'empressa de le mander à Elric, qui se mit aussitôt en route pour le Dauphiné, afin de régulariser les actes de

cession. Le vendeur et les acheteurs furent bientôt d'accord
sur tous les points, excepté sur celui du mobilier mis hors
de service par la vétusté; question fort peu importante, qui
devait être résolue par une mise à l'encan.

Germain fut encore chargé de cette mission, mais ce ne
fut pas sans un profond sentiment de douleur qu'il l'accepta. Tout ce qui avait servi à ses maîtres devait être offert
au dernier enchérisseur, tout, jusqu'aux meubles, au bahut
de la Belle-Cordière, jusqu'aux portraits du marquis et de
la marquise de Saint-Médard!

A une réflexion faite avec convenance par Germain, au
sujet des portraits de famille, Elric avait répondu : « Que
diable voulez-vous que je fasse de ces croûtes-là? mon salon
n'est pas une devanture de boulanger. »

Ces deux portraits, sans être d'un grand maître, étaient
cependant d'une ressemblance parfaite.

Le jour de la vente étant arrivé, Germain prisa, su-
renchérit, et devint en définitive acquéreur des deux portraits et du bahut de la Belle Cordière. Ce vieux coffre,
appelé bahut par le commissaire-priseur et bon, selon
lui, à être mis au feu, avait été acquis au prix de 3 livres
10 sols.

Le lendemain, le nouveau propriétaire devait entrer en
jouissance de Saint-Médard. Le marquis congédia Germain,
sans songer seulement à le remercier de ses longs et loyaux
services, à lui demander quelles étaient ses ressources pour
vivre et faire face aux infirmités, aux besoins de la vieillesse. Il avait de singulières distractions le marquis de Saint-

Médard, il n'avait pas même songé à visiter la tombe récente de sa mère.

Sans être précisément réduit à la misère, Germain, âgé de soixante-dix ans, mais parfaitement conservé, droit comme un peuplier et fort comme un chêne, pouvait au besoin, sans travailler et avec beaucoup d'économie, attendre en paix le jour qui devait le réunir à ses anciens maîtres. Il se résigna donc parfaitement à son sort, sans proférer une seule plainte, tout en déplorant dans son for intérieur l'ingratitude du marquis, non pour les privations qui pour lui devaient en être la conséquence, mais pour l'honneur du nom de Saint-Médard.

Cependant, comme à toute faute il faut qu'il y ait expiation, il résolut, pour unique vengeance, de punir Elric par où il avait péché. Il avait été ingrat, il voulut le dominer par la générosité; il s'était montré orgueilleux, il se proposa de le châtier par une humiliation publique.

La veille du départ du marquis pour Paris, il y avait une nombreuse société dans le salon du nouveau propriétaire, qui, ce jour-là, avait fait bénir la *crémaillère...* Germain, sans se faire annoncer, se présente tout à coup au milieu du cercle devant Elric. Il était entièrement vêtu de noir, un grand air de dignité parait sa figure essentiellement honnête.

— Monsieur le marquis, lui dit-il, j'ai acheté l'autre jour, avec les portraits de vos parents, un bahut que feu monsieur votre père affectionnait particulièrement... Mais, depuis, j'ai pensé qu'il vous serait agréable de le posséder en souvenir du marquis défunt... Vous avez refusé les portraits, acceptez le bahut.

— Je ne saurais qu'en faire, répondit Elric. Vous l'avez acheté, gardez-le; il vous appartient.

— Avec tout ce qu'il contenait?

— Sans doute... de la poussière et des grillons...

— Vous le désirez.

— Je le veux.

— Eh bien! je ne le veux pas, moi...

Il se fit alors dans le salon un silence si grand qu'on aurait entendu voler une mouche.

Germain reprit : Un jour, monsieur Elric, les biens de feu Monsieur le marquis, votre père, que le bon Dieu ait son âme! furent mis en vente par la nation qui s'en était emparée; je les ai rachetés moyennant 25 000 fr. qui constituaient toute ma fortune... plus tard, lorsque votre famille est revenue en France... je lui ai rendu fidèlement ses biens sans lui demander le remboursement de la somme qui leur en avait assuré la possession... Est-ce vrai, monsieur Elric?

— Je vous ai déjà dit que vous n'aviez fait que votre devoir...

— Il y a tant de gens qui ne font pas le leur, répliqua Germain... N'importe, dans le bahut que j'ai acheté l'autre jour et dont vous me reconnaissez le seul et unique propriétaire, n'est-il pas vrai, monsieur Elric?

Elric inclina la tête en signe d'assentiment.

— Avec tout son contenu? je vous le demande de nouveau.

— Et son contenant, fit Elric...

— Dans ce bahut, dis-je, j'ai trouvé en pièces d'or et billets de banque une somme de 37 000 francs 45 centimes... je vous les rapporte, monsieur Elric,... les voici, regardez si votre compte est exact...

Disant ainsi, il jeta sur une table devant Elric un sac et un portefeuille. Dans le portefeuille se trouvaient les billets de banque, dans le sac les pièces d'or.

Un cri d'admiration s'échappa de toutes les lèvres. Elric reconnut le compte et dit : Il est exact... Germain se retira comme il était venu, le front haut, avec dignité, mais sans ostentation.

. . . .

Plus tard, Germain a loué fort bon marché, en raison de sa proximité du cimetière, une petite maison... Le voisinage du champ d'asile lui est agréable, parce que là, dit-il en souriant, il se trouve plus rapproché de ses chers morts. Tous les samedis de chaque semaine il va prier sur les deux tombes et soigner les fleurs qu'il y a plantées.

DOUZIÈME RÉCIT

HISTOIRE D'UNE PIÈCE DE DEUX SOUS,

D'UN KÉPI ROUGE,

ET D'UNE CAISSE A CIRER LES BOTTES

I

Mon père, le meilleur, le plus honnête, le plus généreux, le plus probe, le plus vertueux des hommes, qu'il me soit permis de rendre ce juste et respectueux hommage à sa mémoire chérie, se rendit un jour à pied de Crozat à Valence, situé à environ douze kilomètres de la campagne de ma mère. Comme toutes les routes du Midi, celle de Valence, brûlée par un ardent soleil, était poudreuse; mon père arriva donc à Valence couvert de poussière de la tête aux pieds. Il allait, autant que je me le rappelle, rendre une visite au vicaire général de l'évêché de la Drôme; pardonnez-moi ce détail, chers lecteurs, le moindre détail a de la valeur quand il se rattache à des souvenirs de piété filiale.

Aux portes de la ville se trouvait un petit enfant âgé de sept ou huit ans à peine et criant à pleins poumons sur la même note : « Cirez bottes, Messieurs, cirez bottes pour un sou. » Il lui eût été difficile de faire personnellement honneur à son cirage, car il marchait nu-pieds ; en revanche, il était porteur d'une de ces bonnes figures roses et blanches qu'on aime à voir sur les épaules d'un enfant, et qui lui donnait une grande ressemblance avec une pomme d'api.

Mon père, touché de sa bonne mine, miroir d'innocence et de candeur, l'examinait avec cette air de bonté qui ne l'abandonnait jamais... « Accordez-moi votre pratique, mon bon Monsieur, lui dit l'enfant... je n'ai pas encore étrenné d'aujourd'hui, vous me porterez bonheur.

— Volontiers, mon ami...

— Mettez votre pied sur ce banc, Monsieur, et vous allez voir comme ça va briller.

— Que fait ton père ? lui demanda le mien, tandis que l'enfant brossait avec ses deux petites mains sa chaussure.

— Il est journalier dans la plaine de Livron.

— Et ta mère ?

— Elle prie au ciel pour ses enfants ; elle nous l'a promis le jour où le bon Dieu l'a rappelée vers lui.

— Vous êtes plusieurs enfants ?

— Je suis l'aîné de sept.

— Depuis combien de temps fais-tu le métier de décrotteur ?

— Depuis huit jours... J'aurais voulu commencer plus tôt, pour décharger d'autant mon pauvre père ; mais il ne l'a pas voulu... encore m'a-t-il bien fallu le prier pour qu'il me permit de gagner ma vie à moi tout seul.

— Ton gain suffit-il à ta vie de chaque jour?

— Ça dépend, un jour oui et un jour non.

— Comment fais-tu lorsque c'est non?

— Je me contente d'un morceau de pain sec que je demande au nom du bon Dieu, d'un verre d'eau fraîche que la fontaine ne me refuse jamais, et je m'endors sur la paille, dans mon écurie, en me disant : Console-toi, Jean-Claude, demain tu auras plus de chance; il est rare en effet que le lendemain je ne fasse pas une bonne recette.

— Qu'appelles-tu une bonne recette?

— Quinze, dix-sept, vingt sous.

— Tu ne la réalises pas tous les jours?

— Non, monsieur, je deviendrais trop riche.

— As-tu déjà fait quelques économies?

— Oh! oui, Monsieur, répondit l'enfant en faisant sonner dans sa poche quelques gros sous de cuivre mis en garenne.

— Combien?

— Sept sous; quand j'en aurai treize de plus, je monterai mon petit commerce.

— Comment cela, mon ami?

— D'abord je m'achèterai une boîte et puis de meilleures brosses, puis du cirage Jacquand. Avec ce cirage-là faut moins souffler sur la chaussure; vous comprenez, Monsieur?

— Oui, mon ami, je comprends que tu es un bon petit garçon... continue à conserver dans ton cœur l'amour de

Dieu et celui du travail, le bon Dieu te bénira et tu feras ton chemin. En attendant, tiens, mon ami, voilà cinq francs; auras-tu assez pour bien monter ta petite boutique?

L'enfant prit la pièce d'argent entre ses doigts, la porta à ses lèvres, fit ensuite avec elle le signe de la croix et dit : « Oh! merci, merci, merci, mon bon monsieur, que le bon Dieu vous le rende... je le prierai bien pour vous. »

— Tu n'as pas répondu à ma question, lui fit observer mon père...

— Vous m'avez demandé, je crois, si cette somme suffirait pour me faire une belle boutique?

— Oui, mon ami.

— Je le crois bien! j'aurai trois francs de reste.

— Qu'en feras-tu?

— Je les porterai dimanche prochain à mon père, pour qu'il achète des chaussons de laine à mes petites sœurs pour cet hiver.

— Brave et excellent enfant! s'écria mon père, et il se retira les larmes aux yeux.

. . . .

Quelques heures plus tard, lorsque mon père reprit le chemin de Crozat, il fut accosté devant les portes de Valence par le petit décrotteur, qui, rayonnant de joie, lui dit : « Je savais bien, mon bon monsieur, que vous me porteriez bonheur... Voyez, et il porta sa main droite pour montrer son képi rouge qui parait son chef.

— Qui t'a donné ce képi? lui demanda mon père.

— Le petit garçon du capitaine dont Claude cirait les

bottes pendant que je cirais les vôtres, vous savez. Son père
lui a dit de me le donner et q' il lui en achèterait un tout
neuf...

— Es-tu bien content d'avoir cette coiffure?

— Oh! oui, monsieur; la pluie, quand elle tombera, ne
mouillera plus mes cheveux. Ce n'est pas tout, regardez encore, et sa main quittant la visière du képi pour prendre la
direction des pieds fit voir une paire de souliers un peu écu-
lés, à la vérité, et rapiécés sur les empeignes, mais qui pouvaient encore faire un certain usage. « C'est le même petit
garçon qui me les a apportés un peu plus tard, quand son
père lui eut acheté son képi neuf... il paraît que nos têtes et
nos pieds ont la même mesure.

— Es-tu bien content? lui demanda à nouveau mon père

— Oh! oui, mon bon monsieur, je ne pataugerai plus
comme un canard dans la boue quand il pleuvra.

— Et ta boîte, tes belles brosses, quand les auras-tu?

— Le marchand me les a promis pour demain.

— C'est bien, adieu... mon petit ami, conserve toujours
les bons sentiments que tu m'as témoignés ce matin, et avec
l'aide de Dieu, je te le répète, tu feras ton chemin. »

II

Cet enfant m'intéresse, nous dit un jour notre père, et je
compte bien ne pas le perdre de vue; je suis certain qu'il
réussira... Mais l'homme propose et Dieu dispose.

A cette époque, les ouvriers de la ville de Lyon, se réveillant un matin au son du tocsin, se levèrent en armes et firent de la seconde ville de France un vaste champ de bataille. La lutte... lutte sanglante, acharnée, impie, puisque c'était des frères qui combattaient contre des frères; les uns, soldats sous le drapeau tricolore de l'armée : les autres, manœuvres sous la bannière noire de l'insurrection, dura trois jours. Héroïques dans la bataille, les ouvriers furent sublimes dans la victoire; ils étaient les maîtres de la ville, ils la tenaient consternée sous l'épée de Brennus et pouvaient dire comme le fier Gaulois *væ victis*, ils pouvaient mettre la ville à feu et à sang et pouvaient en l'imposant demander à l'or des riches le pain qui leur avait servi de cri de ralliement pendant le combat; ils pouvaient enfin, cédant à l'égarement de la vengeance, faire de sanglantes funérailles à leurs morts... Rien au monde n'aurait pu les arrêter dans la fatale inspiration de la colère et l'œuvre de la dévastation. L'armée décimée, mise en fuite, chassée de la ville, avait semé de ses cadavres les quais du Rhône, tous les chemins de la retraite; le Rhône lui-même avait servi de sépulture à de nombreux martyrs de la foi et de la discipline militaire... Les débris de l'armée, en pleine déroute, avaient pris position sur les hauteurs de Montessuy pour y attendre les renforts que le maréchal Soult et le duc d'Orléans lui-même devaient leur amener.

Que firent alors les ouvriers victorieux?... Ils mirent sous la protection du droit des gens et sous la sauvegarde de l'humanité les biens, la fortune, la propriété, la vie des citoyens lyonnais; ils placèrent des sentinelles aux portes des maisons menacées; ils fusillèrent les voleurs, qui, cachés à l'heure

de la bataille, étaient sortis de dessous terre à celle du triomphe pour s'enrichir des dépouilles des vaincus... ils inaugu-
rèrent enfin le fameux système employé seize ans plus tard
par Caussidière faisant de l'ordre avec du désordre. Pas un
acte de veangeance ne fut exercé, pas un excès ne fut commis. Les ouvriers lyonnais donnèrent à cette époque un grand
exemple de modération et d'humanité.

Les provinces du Midi, ébranlées par la commotion de la
seconde ville du royaume, se trouvèrent dans un tel état de
fermentation que nous dûmes, par mesure de sûreté, quitter
momentanément Crozat et nous retirer en des régions plus
paisibles. Mon père perdit de vue le petit décrotteur de Valence.

. . . .

Plus tard, lorsque l'ordre fut entièrement rétabli à Lyon,
nous revînmes à la campagne; mais le débarquement de la
duchesse de Berry à Marseille, sa descente en Vendée, la
mort du général Lamarque, servant de prologue au drame
des journées de Juin, les tressaillements de la France
entière, absorbaient tellement les esprits, que la pensée de
son jeune protégé ne revint pas davantage à celui de mon
père.

A l'abri des bruits du monde, retirés des affaires, en
dehors de la politique, nous continuâmes à vivre, jusqu'en 1833, dans la paix et le recueillement... Nous avions
de délicieuses promenades dans les environs, sur les bords
du Rhône, vis-à-vis du château de Lavoute, dont les hautes
tours semblent des sentinelles de géants placées entre les

frontières du moyen âge et de l'âge nouveau; aux abords
du pont de la Drôme, dont les parapets marqués de balles
rappellent encore le courage héroïque d'un fils de l'illustre
maison de Bourbon. Nous avions aussi dans la plaine de Livron et de Loriol de charmants voisinages et de chères inti-
mités. Que de belles soirées passées sous les frais ombrages
du château de la Gardette, le Chantilly du Midi! Facile et
douce vie que celle-là!

Un soir, notre père nous dit : « J'irai demain à Valence »;
mais il n'ajouta pas : « J'y chercherai mon petit décrotteur. »
Le souvenir de cet enfant s'était complétement échappé de
sa mémoire.

. . . .

« Faites-moi rappeler, nous dit-il en revenant le lendemain de Valence, de vous raconter ce soir une touchante
histoire. » Le soir, en effet, nous lui rappelâmes sa promesse, et il prit la parole de ces termes :

« La route de Livron à Valence est si poudreuse que la
poussière trouverait le moyen pour voyager avec vous de
vous atteindre dans une boîte doublée de zinc ou de coton.
Or, comment la voiture de Parpaillat, ouverte à jour comme
une cage à poulets, aurait-elle pu m'en préserver? Je fus
donc forcé de recourir de nouveau aux brosses d'un décrotteur, afin de pouvoir décemment faire mes visites. Cette
opération de toilette terminée, je remis dans les mains de
l'artiste en cirage une pièce de deux sous; mais celui-ci
voulant me les rendre, me dit?

— Vous ne me reconnaissez donc pas?

— Non, mon petit, lui répondis-je, car il ne me souvient pas de vous avoir jamais vu.

— Comment vous ne vous rappelez pas du petit décrotteur à qui vous avez donné, un jour, près des portes de la ville une pièce de 5 francs?... Vous oubliez ainsi le bien que vous faites?...

— Je te remets à présent, mon ami... Mais pourquoi n'as-tu plus ton képi rouge? Il m'aurait servi de signe de reconnaissance.

— Je l'ai toujours.

— Pourquoi ne le portes-tu pas?

— Parce qu'il s'usait trop vite.

— Tu veux donc en faire des reliques? lui demandai-je sans me rendre compte de son amour d'économie.

— Oh! que nenni, Monsieur, répliqua l'enfant; je le conserve pour les dimanches et les jours de fête?...

— Le métier, comment va-t-il maintenant?

— Par bénédiction, depuis que j'ai cette belle caisse avec une forme en bois dessus pour les pieds de la pratique, depuis que j'ai de belles brosses, du cirage Jacquand, et cette position sur la plus belle place de la ville.

— Quel est maintenant le gain de tes journées en moyenne?

— De 25 à 30 sous... C'est gentil! n'est-ce pas?

— C'est bien gentil, même pour un enfant de ton âge! Et tu ne joues jamais au bouchon avec tes petits camarades?

— Plus souvent... pas si bête... Je pourrais gagner, c'est vrai; mais on dit que le gain du jeu ne profite pas.

— Tu dois faire des économies?...

— Environ 3 francs 10 sous par semaine, 4 francs même, que je suis bien content de porter à mon pauvre père pour l'aider à élever mes petites sœurs, dont l'une est ma filleule, Je croirais les voler en dépensant un liard mal à propos... Vous comprenez...

» *Vous comprenez* est le mot favori de cet honnête petit garçon; il le met à toute phrase. Je l'engageai à persévérer dans ses bons sentiments, me promettant bien, cette fois, de ne plus oublier cette excellente nature...

» Je venais de le quitter, et j'avais déjà parcouru une centaine de mètres dans la rue, lorsque tout à coup j'entendis des pas précipités derrière moi... C'était le petit Jean-Claude qui courait de toute la vitesse de ses petites jambes pour me rattraper.

» Je lui demandai ce qu'il me voulait.

— Vous rendre, me dit-il, les deux sous que vous m'avez donnés... C'est à vous que je dois le commencement de ma petite fortune, ajouta-t-il, et toutes les fois que vous aurez besoin de mes petits services, je vous les rendrai pour le plaisir de m'acquitter envers vous, Monsieur, vous comprenez, et il insista si pressamment pour que je reprisse mes deux sous, que je dus me rendre à ses désirs, pour ne point l'humilier. J'en conserve deux, me dit-il, sur ceux que vous m'avez déjà donnés. . . . . »

Depuis, et chaque fois que cet enfant rencontrait mon père dans les rues de Valence, il s'emparait malgré lui de ses jambes pour cirer ses bottes.

III

Nous avions besoin d'un petit domestique pour aller chercher et porter nos lettres à la poste, pour faire les commissions de la maison et remplir en quelque sorte l'office d'un
valet de chambre. Mon père offrit cette position à Jean-
Claude, qui l'accepta avec empressement, à raison d'un
gage de 30 francs par mois, plus la nourriture, le logement
et le blanchissage. Nos défroques devant largement suffire
à son entretien, tout serait pour lui bénéfice. Le même jour,
il fut installé à Crozat avec sa caisse, ses brosses et sa provi-
sion de cirage.

Jean-Claude fut bientôt au fait du service. Il s'acquittait
de ses commissions avec zèle, intelligence, et une grande
probité. Il servait à table comme s'il n'eût jamais fait que
cela toute sa vie. Il cherchait, pour ainsi dire, à deviner nos
désirs, pour les prévenir avant qu'ils eussent été formulés.
Il était d'une attention, d'une prévenance, d'une exactitude, d'une ponctualité à remplir ses devoirs qui auraient
pu servir de modèle au meilleur des serviteurs.

Aux camarades du voisinage, aux enfants du fermier, qui
cherchaient à l'entraîner au jeu, il répondait : « Laissez-
moi, je n'ai pas le temps. »

Ma mère, dont le cœur est aussi bon que l'était celui de
mon père, lui portait un vif intérêt. Il était si bon fils, il
aimait tant ses petits frères et ses petites sœurs, il était si
heureux quand, le premier dimanche de chaque mois, il

leur portait, sans en détacher un centime, le montant de
ses gages!

C'était en vérité, je vous le dis, une riche et belle nature
que celle de cet enfant du peuple!... Sans avoir reçu la
moindre éducation, il possédait l'intuition des plus nobles
sentiments.

Ma mère voulut lui apprendre à lire; il connut ses lettres
à la troisième leçon. Six semaines après, il lisait couram-
ment dans tous les livres. Un de mes frères lui enseigna les
premiers principes de la calligraphie et de l'arithmétique;
en moins de six mois, il calligraphiait comme un professeur
d'écritures, et calculait comme un marchand juif d'Am-
sterdam.

Dévoré du désir d'apprendre, de se *décrasser* ainsi qu'il
le disait lui-même, Jean-Claude consacrait à l'étude tous les
loisirs que lui laissait son service toujours parfaitement et
très-exactement fait. Tels étaient la force, l'entraînement
de ce désir, qu'il passait une partie des nuits le front courbé
sur les livres élémentaires que nous avions mis à sa disposition. Il était doué d'une telle intelligence, et cette intelligence elle-même était secondée par une si grande énergie
de volonté, qu'il suffisait de lui indiquer la clef d'une chose
pour qu'il la saisît dans son ensemble et dans ses moindres
détails avec une promptitude et une facilité admirables. A
dix ans, il écrivait l'orthographe comme un académicien; il
avait compris du premier coup la règle des participes et les
difficultés non moins grandes du subjonctif.

A onze ans, il demanda de lui-même à faire sa première

communion. Ma mère aurait désiré qu'il n'accomplît cette *grande affaire*, la première, la plus solennelle de toutes, qu'à douze ans. En France, on permet généralement l'accomplissement de cet acte trop tôt aux enfants qui n'ont pas toujours assez de raison pour en comprendre l'importance. En Russie, les enfants de l'Église grecque communient à la mamelle de leurs nourrices, en venant au monde : aussi il en résulte que plus tard dans la vie ils s'acquittent de ce devoir de chrétien comme s'il agissait d'un simple devoir de convenance, de convention. Ma mère dit à Jean-Claude qu'avant de songer à faire sa première communion il devait apprendre le catéchisme.

— Je le sais, répondit l'enfant, je le sais tout entier. Ma mère l'interrogea, et Jean-Claude répondit à toutes ses questions avec un aplomb de séminariste; il le savait en effet d'un bout à l'autre, et il l'avait appris seul en prélevant de longues heures sur le sommeil de ses nuits.

L'abbé Girard, l'un des vicaires de Livron spécialement chargé de préparer les enfants à la première communion, reconnut que Jean-Claude était admirablement disposé à recevoir le sacrement de l'Eucharistie. Jean-Claude fut donc aussitôt admis à la sainte table.

Ce jour-là, mon père, dont l'intérêt pour cet enfant avait pris le caractère d'une sérieuse affection, lui dit : « Jean-Claude, je suis content, très-content de toi; tu as rempli tes devoirs avec un zèle, une aptitude, une fidélité digne des plus grands éloges; aussi nous t'aimons tous beaucoup; nous voudrions pouvoir te garder toujours auprès de nous;

cependant, mon ami, nous devons nous séparer... tu nous quitteras demain matin. »

Jean-Claude, qui de son côté s'était attaché de cœur à nous, fut atterré à cette nouvelle; une douleur instantanée se manifesta par des larmes. Mon père reprit :

« Nous ne te conservons point près de nous, mon cher enfant, parce que tu n'es point né pour la domesticité; tes nobles instincts, ton intelligence réclament un plus vaste horizon que celui de la position infime que tu occupes en ce moment dans notre maison. C'est donc pour ton bien, que je me vois, à regret, forcé de renoncer à tes services.

— Que deviendrai-je? mon Dieu! s'écria l'enfant en joignant ses mains, que vais-je devenir si vous me renvoyez!

— Je ne te renvoie pas, mon enfant, lui répondit mon père; au contraire... si je me décide, bien à contre-cœur, je le répète, à te séparer de nous, c'est pour ton bien... c'est pour celui de ton père, de ta famille que tu aimes tant. Je t'ai trouvé une place de commis chez un négociant de Paris, un de mes anciens correspondants, un digne et excellent homme, auquel je t'ai recommandé d'une manière particulière... Tu commenceras par copier des lettres, puis tu passeras aux comptes-courants, puis tu feras des bordereaux, plus tard peut-être on te confiera les clefs de la caisse, et qui sait l'avenir que la Providence te conserve dans la carrière du commerce?... Tu vas débuter dans cette partie honorable, comme y a débuté Jacques Laffitte, un grand banquier de ce temps... tu deviendras riche un jour sans cesser d'être un honnête homme, car tu te rappelleras ton point de départ au seuil de la vie... Plus la Providence aura été douce et miséricordieuse pour toi, plus tu lui devras de la reconnaissance... Promets-moi de rester toujours un bon chrétien, de pratiquer fidèlement tous les devoirs de religion, afin qu'un jour je n'aie pas à déplorer celui, où pour la première fois, je t'ai rencontré près des portes de Valence.

— Je vous le promets, s'écria l'enfant avec une chaleur de conviction qui répondait à sa volonté de rester fidèle à sa promesse... non jamais vous n'aurez à vous reprocher le bien que vous avez fait au petit décrotteur...

— Souviens-toi, ajouta mon père, dans toutes les circonstances de la vie, dans tes joies, dans tes tristesses, aux jours de la prospérité comme à l'heure des épreuves, souviens-toi que la religion est la mère de toutes les vertus, et que dans la vertu se trouve le bonheur en ce monde.

IV

Le lendemain, Jean-Claude nanti d'une somme petite, mais suffisante aux frais de son voyage, partit pour Valence, où il devait prendre une voiture faisant le service de Lyon; mon père avait organisé cet itinéraire de manière à ce qu'il pût arriver sans encombre à Paris.

Jean-Claude, malgré ses regrets de quitter sa famille avec laquelle il avait passé la soirée de la veille, la nôtre qu'il aimait comme la sienne, était joyeux comme un oiseau qui va mesurer ses ailes à des régions inconnues; comme un en-

fant qui voit s'ouvrir devant lui des horizons nouveaux...
Cependant son cœur battit bien fort dans sa poitrine et ses
yeux se remplirent de larmes à la vue de la tour de Livron
qui semblait fuir derrière lui, à la vue de Crozat, de la maison blanche, des peupliers qui, agités par le vent, semblaient
de loin lui tendre les bras en signe d'adieu.

C'était à Crozat que, dans l'affection et les sympathies de
la famille qui l'avait recueilli sur le pavé des rues, il avait
passé les plus beaux jours de son enfance et avait trouvé
dans le caractère d'élite de mon vertueux père l'exemple
des vertus qui devaient le conduire à bien... C'était à Crozat, enfin, que l'enfant avait appris à devenir homme.

Ainsi que mon père le lui avait recommandé, Jean-Claude,
oubliant les fatigues d'un premier long voyage, se rendit à
la petite chapelle de Notre-Dame de Fourvières pour se
mettre sous la protection spéciale de la Vierge immaculée,
si chère aux Lyonnais. Là, dans cet humble sanctuaire,
source abondante de grâces accordées à ceux qui croient et
qui prient, le petit voyageur pria avec toute la ferveur de
son âme, et se recommanda à la céleste intercession de la
Mère du Sauveur. Le soir même, il se remit en route pour
Paris.

Dès son arrivée dans la grande ville, il se présenta au négociant pour lequel mon père lui avait remis une chaude
lettre de recommandation. Celui-ci l'accueillit avec beaucoup de bienveillance. Ce que par correspondance mon
père lui avait mandé au sujet de son jeune recommandé lui
avait acquis d'avance toutes ses sympathies.

Jean-Claude avait alors onze ans et demi, mais il était très-grand pour son âge; on lui aurait donné à première vue quatorze ans au moins. Sa physionomie franche et ouverte, ne manquant pas d'un certain air de distinction, prévenait tout d'abord en sa faveur. On n'aurait jamais cru que cet enfant était entré dans la vie, pour ainsi dire, avec une boîte de cirage à la main; son écriture était splendide, le négociant en fut émerveillé la première fois qu'il inspecta le livre des copies de lettres. Ce livre était tenu avec un ordre parfait; pas une tache d'encre n'en maculait les pages; les lignes étaient droites comme des portées de musique, les marges parfaitement indiquées.

Malgré ses appointements fixés à 50 francs par mois, Jean-Claude était considéré comme le bisto du comptoir (1); mais il était si prévenant, si empressé à rendre service, si obligeant, que ses collaborateurs ne lui rendirent pas trop amers les commencements, l'apprentissage du métier.

Pour le garantir des dangers auxquels son excessive jeunesse pouvait être exposée à Paris, son patron l'avait établi dans une petite chambre, située sous les toits de la maison occupée par ses comptoirs et ses appartements; il lui avait indiqué un crémier voisin, chez lequel il pouvait prendre ses repas. Il y avait six mois que Jean-Claude se trouvait à Paris, qu'il n'en connaissait que les principales églises. A quinze ans il n'avait pas encore mis les pieds dans une salle de spectacle. Il avait conservé dans toute leur ferveur

(1) Bisto, sobriquet donné au dernier venu dans un bureau; un comptoir de commerce.

ses sentiments de foi et de piété. Il se confessait tous les
mois et s'approchait souvent de la sainte table. En toutes
choses sa conduite était exemplaire. Ses appointements,
portés la seconde année à 1 800 francs, à 2 500 la troisième,
s'élevaient alors à 1 000 écus. Il se réjouissait de cette position pécuniaire, non pour la somme de plaisir qu'elle pouvait lui rapporter, mais pour le bien qu'elle lui permettait
de faire à sa famille. Chaque année, il partageait ses appointements avec son père, devenu, grâce à ses libéralités, propriétaire d'un petit champ et d'une petite maison dans la
plaine de Livron. Le pauvre journalier ne travaillait plus
que pour son propre compte.

À vingt-cinq ans, Jean-Claude, dont l'intelligence et l'aptitude aux affaires s'étaient accrues avec l'âge, était caissier ;
à vingt-sept ans il obtint la signature et un traitement de
dix mille francs... Toutes les prévisions de mon père s'é-
taient réalisées... Enfin, lorsqu'il eut atteint sa trentième
année, son patron voulant se débarrasser en partie du poids
des affaires qu'il avait porté seul pendant près d'un demi-
siècle et reconnaissant par une expérience de vingt années
les qualités hors ligne de son premier commis, lui proposa
de l'associer dans toutes ses opérations. Jean-Claude parvint
alors au dernier échelon de sa fortune. Sans jamais rien livrer au hasard et sans demander au jeu de la Bourse des bénéfices scandaleux, il réalisa chaque année des inventaires
considérables ; il est aujourd'hui l'un des plus riches com-
merçants de la place de Paris.

Il a marié ses sœurs à d'honnêtes fermiers, il a établi

avantageusement ses frères et mis son vieux père dans une
position indépendante. Devenu plus indépendant lui-même
par le choix de ses employés, par la sage organisation de
ses magasins, il retourne chaque année au pays et chacun de
ses voyages est marqué par un acte de bienfaisance.

Il n'oublie jamais d'aller faire une visite à Crozat, qui a
changé de maître sans changer de physionomie. La croix
de bois plantée sur le pont du ruisseau qui arrose le jardin
de l'ancienne habitation de ma famille est toujours debout
sur son piédestal de pierre; Jean-Claude ne manque jamais
de s'agenouiller devant le signe de notre rédemption et
d'adresser à Dieu une prière à l'intention de l'homme vertueux qui n'est plus, hélas! mais qu'il considère toujours
comme son bienfaiteur.

Jean-Claude a conservé dans la prospérité et la fortune
les sentiments de sa pieuse enfance; son nom figure parmi
ceux des fabriciens de l'église de Livron, il va à la messe
tous les dimanches et s'approche des sacrements une fois
au moins tous les ans.

Sans avoir un goût prononcé pour le mariage, il a con-
senti l'année dernière, sur les instances réitérées de son
vieux père, à épouser une jeune personne parfaitement élevée,
mais sans fortune; car il prétend avec raison qu'il en a assez
pour quatre... prétention vraie qui témoigne son désir, son
intention d'avoir des enfants. Il les a toujours beaucoup
aimés.

Il garde précieusement dans un étui de velours grenat
brodé d'or, pour la leur montrer un jour, une caisse en bois

de sapin. Dans cette caisse il y a des brosses à cirer, une petite boîte à moitié pleine de cirage en poudre, un képi rouge et une pièce de deux sous. Il appelle la caisse son écrin, et les objets qu'elle renferme les bijoux de son enfance.

Jean-Claude ne rougit point de sa condition première ; car il sait qu'il n'y a point de sots métiers : selon lui, il n'y a que de sottes gens.

TREIZIÈME RÉCIT

NOÉLIE ET MARIE

I

Si quelquefois levés et sortis de grand matin, ô vous, chers lecteurs, que la fortune caresse de ses faveurs, vous rencontrez dans les rues silencieuses de Paris un homme *collé* dans son paletot gris d'hiver, agencé dans son frac noir l'été, réglant en toutes saisons son pas sur l'allure d'un personnage dont les minutes sont comptées; si vous rencontrez dans les mêmes conditions et aux mêmes heures une jeune femme, une jeune fille, vêtues l'hiver et l'été avec une simplicité qui n'est pas dépourvue d'élégance, inclinez-vous, car, devant vous, c'est la misère en habit noir et en robe de soie qui passe, misère cent fois plus poignante que la misère en blouse, soyez-en sûrs.

Cet homme est un artiste de talent qui s'en va donner des leçons à 20 sous le cachet, car la concurrence est grande, et le talent aujourd'hui est coté comme une action industrielle à la Bourse. Cette jeune femme est une mère de famille qui s'en va chaque jour gagner péniblement aussi le pain de ses enfants, ou bien c'est une jeune fille qui consacre les talents dont la nature et l'éducation l'ont douée a l'entretien d'un père infirme et vieux... Oh! oui, découvrez-vous devant l'abnégation et la vertu, compagnes de la misère en robe de soie et en habit noir.

Noélie, ainsi nommée parce qu'elle était née par une belle nuit de Noël, le 25 décembre 1804. — Marie, ainsi nommée parce qu'elle était venue au monde en 1806, le 15 août, jour consacré à la fête de la Sainte Vierge, étaient sœurs par les liens du sang et par les affinités du cœur, qui en faisaient deux ravissantes jeunes filles. Elles avaient perdu, fort jeunes encore, leur mère tendrement chérie. Leur père, lieutenant-colonel retiré du service militaire en 1815, avec de nombreuses blessures et des rhumatismes, devait se trouver dans l'impossibilité absolue non-seulement de pourvoir par le travail à leur existence, mais encore d'assurer la sienne contre les servitudes de la misère, le jour où les 12 000 francs de fortune laissés par sa femme auraient été épuisés.

Ce jour n'arriva que trop tôt. Un matin, le vieux soldat reconnut avec effroi qu'il ne possédait plus que 50 francs en caisse. Noélie avait alors dix-neuf ans; Marie, sa sœur, en avait donc dix-sept. Toutes les deux avaient reçu à la maison impériale, redevenue maison royale de Saint-Denis, une éducation soignée.

La première, parfaite musicienne, était d'une grande force sur le piano; la seconde, douée d'un goût exquis pour la peinture de genre, dessinait comme un ange, en supposant toutefois que les anges savent dessiner. Leur parti fut bientôt pris. Ce jour-là elles placardèrent à la porte de leur maison, située au Marais sur la Place Royale, un avis ainsi conçu : « Ici on donne des leçons de piano et de dessin à 1 franc le cachet. S'adresser au second au-dessus de l'entre-sol, la porte à gauche. »

La fille de leur concierge fut la première élève de la pianiste, celle de l'épicier voisin demanda des leçons à la maîtresse de dessin; la femme d'un marchand de bas, retiré des affaires, voulut également prendre des leçons de solfége, parce qu'on lui avait dit qu'elle avait une belle qualité de voix... Sa voix, en effet, était vibrante, étendue, mais elle chantait faux... faux à faire battre en retraite un escadron de lanciers.

Ces trois leçons réunies à la fin de la journée produisirent une recette de trois francs; c'était peu de chose pour des personnes accoutumées à une certaine aisance. Mais avec 3 francs par jour on ne meurt de faim nulle part, surtout à Paris, la ville des ressources et des expédients économiques. Combien de gens à Paris que sur leur toilette vous prendriez pour des millionnaires, et qui se contentent à leur dîner de carottes et de pommes de terre frites!

En attendant d'autres leçons, qui n'arrivaient point, Noélie copiait de la musique à tant la page ; Marie faisait de petits tableaux de genre qu'elle exposait chez Susse et Alphonse Giroux, mais dont personne ne voulait, parce qu'ils n'étaient pas signés par un nom connu. Les Parisiens sont ainsi faits ; ils achèteront au poids de l'or une croûte brossée par un peintre renommé, et ils ne donneront pas quatre sous d'un chef-d'œuvre créé par un artiste ignoré. Ce n'est pas seulement le bourgeois de Paris qui fait ainsi preuve de mauvais goût et d'ignorance dans l'appréciation des arts ; ceux-là qui, par leur éducation, leur position de fortune, sembleraient devoir distinguer le beau du laid, végètent dans les mêmes errements.

Un grand orateur qui a été député, ministre, et qui est un grand écrivain, se trouvant un jour à Rome dans la chapelle Sixtine, et regardant avec la plus complète indifférence les peintures de la chapelle, dit à Horace Vernet : « Nous perdons notre temps ici... allons voir le *Jugement dernier* de Michel-Ange. — Malheureux que vous êtes ! lui répondit le célèbre artiste avec cette liberté de franchise qui le caractérise, vous êtes depuis dix minutes devant cet incomparable chef-d'œuvre des chefs-d'œuvre ! »

Revenons à nos intéressantes jeunes filles... Noélie, à force de démarches et de sollicitations, était parvenue à se procurer six leçons ; mais Marie n'avait point vu augmenter les siennes. Pour comble de disgrâce, son élève unique, reconnaissant que les arts s'harmonisent peu avec la vente de la cannelle et de la cassonade, lui signifia à la fin de son mois qu'elle n'en recommencerait pas un second.

D'un autre côté, malgré l'intérêt qu'ils lui portaient, pas
un seul de ses marchands n'avait pu lui procurer le placement d'une de ses petites toiles.

Cependant, comme toujours la Providence mesure à nos
forces le poids des épreuves que dans ses mystérieux desseins il lui plaît de nous envoyer, Marie fut appelée à donner
des leçons dans un pensionnat de jeunes personnes... La
directrice de cet établissement, comprenant les arts d'agré-
ment dans l'ensemble de son système d'éducation, lui offrit
un traitement de 1200 fr. pour quatre heures de leçons à
donner les mardi, jeudi et samedi de chaque semaine.
1200 fr.! c'était moitié plus que la pauvre artiste n'aurait
osé demander.

La prospérité semblait renaître au sein de la famille affligée. Noélie avait sept leçons; car, malgré ses répugnances,
elle avait fini par se décider à faire le cachet en ville. Les
deux jeunes filles rivalisant ainsi de zèle, de dévouement et
de piété filiale pour soulager leur père dans les besoins de
sa vieillesse, étaient admirables. Elles ne se permettaient
aucune dépense inutile que le strict nécessaire; habiles et
adroites comme des fées, elles faisaient elles-mêmes leurs
robes et leurs chapeaux. Elles ne dépensaient pas 10 fr. par
mois pour leur toilette.

Noélie se trouva bientôt à la tête de douze écoliers.
« Nous sommes trop heureuses, disait-elle à sa sœur; notre
bonne chance ne durera pas. »

En effet, la maison d'éducation où Marie donnait des
leçons à l'année changeant de directrice, la maîtresse de

dessin fut remplacée par un professeur, beau-frère du nouveau propriétaire de l'établissement. Marie se trouva derechef sans emploi... La vente de ses toiles continuait à rester complétement nulle, malgré la modération de ses prix.

Noélie, supportant seule les charges de la famille, redoubla de courage et d'efforts pour dompter la mauvaise fortune qui, suivant ses prévisions, avait remplacé la prospérité éphémère qui leur avait souri. Le jour, elle donnait ses leçons; la nuit, elle copiait de la musique pour l'Opéra-Comique et les compositeurs à la mode.

Sa santé frêle et délicate ne pouvait résister longtemps à ce genre de vie, aux prises avec l'excès d'un travail si persévérant; elle tomba dangereusement malade. Le médecin appelé déclara qu'elle serait longtemps dans l'impossibilité de reprendre ses occupations... Sa convalescence, en supposant, ce dont il n'osait répondre, que la malade se rétablît, exigerait un repos absolu.

Marie, désespérée, s'installa au chevet de sa pauvre sœur, et la soigna avec toute la sollicitude de sa tendresse. Attentive à prévenir ses moindres désirs, jamais garde-malade ne fut plus prévenante et plus empressée. Ainsi que l'avait prévu le docteur, la maladie, dégénérée en fièvre chronique, résistait avec opiniâtreté aux prescriptions de la science... Les petites économies de la famille ne tardèrent pas à passer, à disparaître dans les bénéfices du pharmacien... Il paraît que, pour vivre, les pharmaciens de Paris doivent gagner cent pour cent sur le prix de leurs médicaments.

Dans cet état de choses, Marie, dont la fierté instinctive

se révoltait à la pensée de demander le moindre secours à qui que ce fût, répudiant à la vue de sa sœur, victime de son dévouement, tout sentiment d'amour-propre, se condamna à une démarche suprême.

Sans en rien dire à son père, qui peut-être ne l'eût point permis, elle se présenta au bureau de bienfaisance de son arrondissement et fit part à ses administrateurs de la cruelle position de sa famille... Ceux-ci, accoutumés à ces sortes de communications, lui répondirent qu'ils prendraient des informations et verraient ensuite ce qu'ils pourraient faire. D'ici là, répliqua Marie, rouge de honte et d'indignation à la pensée que l'on pouvait suspecter sa bonne foi, d'ici là ma pauvre sœur aura le temps de mourir vingt fois faute de secours... Messieurs, ajouta-t-elle, je suis la fille d'un vieux soldat qui a versé son sang sur les champs de bataille et a usé sa vie au service de la France... sa main qui a vaillamment porté l'épée, me briserait peut-être, s'il savait que je suis venue vous tendre aujourd'hui celle-ci... Quant à moi, messieurs, je vous ai dit la vérité, toute la vérité... car plutôt que de proférer un mensonge je me couperais ma langue avec les dents... Vous avez douté de ma loyauté, de la probité, gardez vos secours, messieurs... je ne veux rien de vous. Disant ainsi, elle jeta un regard de fierté sur les administrateurs et se retira majestueusement... la mort dans l'âme.

C'était une énergique jeune fille que Marie!... elle tenait de son père une incroyable ampleur de caractère, une mâle vertu qui, si elle se fût trouvée dans un autre milieu, l'eût rendue capable des plus grandes choses. Il n'avait rien moins fallu que sa tendresse pour sa sœur pour la décider à tendre sa main à la charité d'un bureau de bienfaisance.

Éclairée par une de ces inspirations soudaines que la Providence envoie à ses élus dans les occasions suprêmes, elle courut chez un coiffeur de la rue Vivienne qui faisait un grand commerce de cheveux... Monsieur, lui dit-elle en rougissant devant le pieux mensonge qui sortait hardiment de ses lèvres; j'ai depuis quelque temps d'affreux maux de tête; mon docteur assure, sans oser me le conseiller, qu'il y a un moyen infaillible de me guérir : c'est de faire le sacrifice de ma chevelure.

— C'est en effet un grand sacrifice, répondit le coiffeur, car vous avez les plus beaux cheveux blonds que j'aie jamais vus : assurément ce serait un grand dommage de les couper.

— Sans doute, ajouta Marie, mais il me semble que la question de la santé doit passer avant celle d'une parure que des maux de tête persistants pourraient également mettre en péril.

— C'est vrai, mademoiselle.

— Vous voyez donc bien que je dois me résoudre à ce sacrifice.

— Mademoiselle, je suis à vos ordres.

— Combien supposez-vous que mes cheveux peuvent valoir?

Le coiffeur déroula dans ses mains les magnifiques tresses blondes de Marie, il les fit glisser dans toute leur longueur, il les examina attentivement et répondit avec galanterie : « Je connais certaines gens pour qui ils seraient d'un prix inestimable, mais pour moi, ils ne valent, prix marchand, qu'une vingtaine de francs... Je vous en offre 22 francs 50 centimes... Ces conditions vous vont-elles ?

Marie réfléchit un instant et dit : « Je les accepte » ; et la belle chevelure blonde tomba sous les ciseaux inflexibles du perruquier, répétant : « Quel dommage ! »

Un instant après, Marie, coiffée à la Titus, coiffure qui du reste lui allait à ravir, reprit son poste de garde-malade auprès de sa sœur.

Admirable et généreux enfant! s'écria son père en devinant le motif de son sacrifice.

II

Cependant les administrateurs du bureau de bienfaisance avaient pris les informations que leur avait suggérées une prudence justifiée par des demandes indiscrètes et sans raison d'être; ils avaient reconnu l'affreuse position de la famille pour laquelle un de ses membres était venu solliciter des secours. Ils ne les firent pas attendre; le soir même, Marie reçut, avec des éloges pour sa belle conduite, une somme de cent écus... et la promesse d'un nouveau secours si celui-là n'était pas suffisant. Un instant, Marie eut la pensée de renvoyer les cent écus, mais l'affection qu'elle portait à sa sœur, à son père, dominant le sentiment de son amour-propre froissé, elle se décida à les accepter. Du reste les éloges qu'on lui accordait la dédommageaient am-

plement du doute qu'un instant on avait pu concevoir sur
sa véracité.

Dès lors, les remèdes appliqués avec non moins d'empressement, mais plus de régularité, produisirent de meilleurs résultats. La fièvre chronique, combattue avec énergie
par un médecin habile, finit par céder à ses ordonnances.
Noélie entra en convalescence après une maladie de six
semaines ; ce jour-là, Marie aurait bien volontiers embrassé
le docteur lorsqu'il lui dit : « Mademoiselle, votre sœur est
sauvée. »

Cependant il était écrit que les prévisions de la Faculté se
réaliseraient d'un bout à l'autre. La convalescence de Noélie
fut longue et exigea d'énormes ménagements ; il lui fallait,
outre un repos absolu, une nourriture tonique et substantielle... Le vin de Bordeaux lui fut spécialement conseillé...
Ce régime soutenu pendant un mois lui rendit complétement
la santé.

Retrouvant alors son courage et son énergie d'autrefois,
Noélie voulut reprendre le cours de ses occupations... mais
ses anciennes élèves s'étaient toutes dispersées, elle dut en
chercher de nouvelles.

Sur ces entrefaites, un illustre personnage, un général de
l'empire, qui avait repris du service sous la Restauration,
s'intéressant à la triste position de cette famille, fit proposer
au vieux lieutenant-colonel, son ancien compagnon d'armes,
une excellente place dans un des châteaux royaux ; mais cet
officier, mal inspiré par l'esprit de parti, car, après tout, la
France sous le sceptre de Louis XVIII était toujours la

France, refusa impitoyablement toutes les avances qui lui
furent faites. « Je n'ai prêté qu'un serment, répondit-il au
général qui vint en personne le supplier d'accepter une position qui devait assurer le sort de sa famille; je n'en prê-
terai pas deux. » Le lieutenant-colonel était un de ces
hommes rares qui ne transigent jamais avec une question
d'honneur ou de devoir.

Sa famille se trouva bientôt plongée dans la plus affreuse
misère; le mont-de-piété avait absorbé ses dernières ressources, elle se trouvait en retard de plusieurs termes avec
le propriétaire de la maison qu'elle habitait! enfin un créancier impitoyable lui fit signifier un commandement qui, suivi
de toutes les formalités en usage, la plaça sous le coup d'une
saisie.

La faim, la misère, le désespoir, telle était l'affreuse perspective qui s'offrait aux regards de cette famille éplorée.

Le jour de la saisie étant arrivé, les exécuteurs de la loi
se trouvaient déjà à leur poste, ils allaient poser les scellés
sur le modeste mobilier du lieutenant-colonel. Les deux
jeunes filles, consternées, abandonnées ainsi des hommes,
n'avaient plus qu'un seul espoir, l'intervention de la Providence, lorsque tout à coup une personne inconnue se présentant à l'huissier lui compta le montant intégral de la
dette contractée par la misère et le malheur. La même personne, complétant son œuvre de salut, fit accepter aux deux
sœurs un premier secours de mille francs... « C'est une
partie de la dette que la France a contractée envers votre
père, leur dit-elle, c'est le prix du sang qu'il a versé pour la

France sous les drapeaux de l'empire. La France ne peut
être ingrate.

— Qui êtes-vous donc, lui demandèrent-elles à leur tour,
ô vous qui venez vous interposer ainsi entre nous et le désespoir?

— Je suis, répondit l'inconnu en souriant, je suis le commis de la France...

— Dites-nous au moins un nom afin que nous puissions
l'intercaler dans nos prières à Dieu.

Leurs instances furent inutiles; l'inconnu, caché sous le
voile de l'incognito, persévéra dans le mutisme le plus complet. « Quand la France acquitte une dette, dit-il en se retirant, elle ne veut pas de reconnaissance... »

Le même jour, le lieutenant-colonel remit à son généreux
propriétaire la somme qui lui revenait pour les termes échus
de son appartement. Il ne lui restait plus que quatre cents
francs; n'importe, il remercia Dieu, disant :

Qui paye ses dettes s'enrichit.

Assurées d'avoir du pain pour deux mois au moins, Noélie et Marie se remirent en campagne pour trouver des éco-
lières... à vingt sous le cachet... Plusieurs personnes qui
leur portaient un vif intérêt cherchaient de leur côté à leur
en procurer, mais une incroyable fatalité semblait peser sur
elles, aucune démarche ne leur réussit. . . . . . .

Un soir cependant, Marie, qui était restée absente de chez
son père une grande partie de la journée, rentra avec
l'expression d'une joie qui depuis longtemps semblait bannie

de ses lèvres et de son front. Elle voulut parler, mais l'émotion lui coupa la parole ; elle ne put que se jeter dans les bras de son père en fondant en larmes.

Rien ne ressemble plus à la manifestation d'un violent désespoir que l'expression d'un grand bonheur inespéré ; l'une et l'autre se traduisent souvent par des larmes, par des éclats de rire convulsifs et par un muet saisissement.

— Qu'as-tu donc, ma chère Marie ? demanda le lieutenant-colonel à sa fille...

Pour toute réponse, Marie jeta sur ses genoux une bourse pleine d'or... Effrayé à la vue de cet or, le vieux soldat, ignorant son origine, pâlit comme devant un déshonneur, lui qui sans pâlir avait si souvent regardé la mort en face.

— Qu'avez-vous fait, malheureuse ? s'écria-t-il en repoussant loin de lui sa fille. Marie, dont le cœur était pur comme l'innocence même, entrevit d'un seul coup d'œil tout ce qui se passait dans le cœur de son père...

— Ce que j'ai fait ? répondit-elle en retrouvant tout à coup la parole, rien qui ne soit digne de vous, de votre nom et de moi.

— D'où provient cet or ? dites, dites vite.

— De la vente des tableaux... que j'avais placés chez plusieurs marchands ; *notre providence* les a tous achetés...

Le vieillard leva les yeux au ciel et s'écria : Dieu soit loué ! Viens, mon enfant, là sur mon cœur, je puis t'embrasser sans rougir. Une sueur froide provenant d'un frisson d'effroi baignait le front du vieux soldat qui aurait mille

fois préféré la mort au déshonneur de son enfant. Marie la
sécha avec ses baisers.

Lorsqu'elle fut remise elle-même de son émotion, elle
raconta comment, s'étant présentée dans le courant de la
journée chez ses marchands, ils lui avaient raconté qu'un
Monsieur leur avait acheté toutes les petites toiles signées
Marie... P...; elle en avait reçu le prix, qui se montait, déduction faite de la commission d'usage, à 1500 francs nets.

Alors, ajouta la jeune artiste, j'ai interrogé mes marchands
et j'ai acquis l'assurance, d'après leurs renseignements, que
mon généreux acheteur était notre *providence*, cette personne inconnue qui, le jour de notre saisie, nous a fourni
les moyens d'éviter l'abîme entr'ouvert sous nos pas.

« Je reviendrai dans un mois, » a-t-il dit à mes entrepo-
sitaires, « et si Marie P... vous remet d'ici là quelques tableaux, je vous prie de me les conserver. »

« Avec quel courage je vais reprendre mes pinceaux! »

La nuit qui suivit cette scène fut pleine de doux rêves
pour tous les membres de cette famille tant éprouvée!

Le lendemain une voiture élégante, attelée de deux beaux
chevaux, s'arrêta devant la porte de la maison du lieutenant-colonel; un monsieur âgé en descendit et monta rapidement les escaliers qui conduisaient à l'appartement des
jeunes artistes. Celles-ci jetèrent un cri de joie à la vue de
leur bienfaiteur mystérieux; elles comprenaient instinctivement qu'il était porteur d'une bonne nouvelle. L'inconnu
demanda à parler à leur père, retenu dans son lit par les
souffrances d'une blessure rouverte.

Il resta enfermé près de trois quarts d'heure dans sa chambre. Au bout de ce temps, le malade rappela ses filles et leur dit : « Vous aviez raison, mes enfants, cet homme est bien réellement *notre providence.* Vous pourrez désormais prononcer son nom dans vos prières ; vous avez devant vous le comte de Mesnard. »

Les jeunes filles s'inclinèrent respectueusement devant le comte et dirent : « Aussi longtemps que nous vivrons, ce nom sera aimé et béni dans nos cœurs... »

« Mesdemoiselles, » reprit le comte, « ce n'est point moi que vous devez aimer et bénir, car je ne suis que l'instrument dont une volonté auguste s'est servie pour venir à vous...

— Oh! dites-nous son nom, répondirent à la fois Noélie et sa sœur; dites-le nous, pour que nous puissions aussi le bénir et l'aimer...

— Vous le saurez bientôt; en attendant, par son ordre et avec l'autorisation de votre digne père, j'aurai l'honneur de vous présenter toutes deux dans une heure à la personne dont l'auguste volonté vous a prises sous sa haute protection.

— Mes enfants, préparez-vous, ajouta le lieutenant-colonel.

Dix minutes suffirent à leur toilette, composée uniformément d'une capote blanche très-simple, d'une robe de taffetas noir sans volant, et d'une mantille également fort modeste. Elles étaient gantées et chaussées toutes deux comme deux marquises du faubourg Saint-Germain, car leurs pieds et leurs mains semblaient avoir été moulés sur une forme aristocratique.

— Venez, mesdemoiselles, leur dit le comte, en offrant son bras à la sœur aînée; je vous ramènerai bientôt auprès de votre père. . . . .

. . . .

Le comte, malgré son âge, leur fit les honneurs de sa voiture et s'assit vis-à-vis d'elles sur la banquette du devant...

— Où nous conduisez-vous, mon Dieu! s'écrièrent Noélie et Marie, en voyant la voiture du comte franchir la grille de la place du Carrousel et pénétrer dans la cour du château des Tuileries.

— Au pavillon Marsan, mesdemoiselles. . . . . . .

. . . .

Un instant après, les deux jeunes artistes furent présentées par le comte de Mesnard à son A. R. Mme la duchesse de Berry... La protectrice des arts en France, celle que les artistes appelaient la *bonne Duchesse*, les accueillit avec la plus grande bienveillance :

« J'ai voulu vous voir, mes enfants, leur dit-elle, car je sais que vous êtes de nobles jeunes filles... Votre père n'est pas de nos amis, je le sais... voulez-vous que je sois une de vos amies? »

Noélie et Marie voulurent se jeter à ses pieds, mais la *bonne Duchesse* les prévenant les reçut dans ses bras.

— J'honore et je respecte toutes les opinions, reprit la duchesse de Berry, surtout quand elles reposent sur une

conviction honnête comme celle de votre père..... Mais,
sans reproche aucun, je l'ai trouvé trop exclusif dans ses
antipathies... Il n'aurait pas dû refuser le bien que j'ai
voulu lui faire sans imposer sa conscience; vous n'auriez
pas été exposés, chers et vertueux enfants, à vous trouver
un jour sans pain et sans asile sur le pavé de la rue.

— Voulez-vous aujourd'hui accepter l'affection que votre
père a repoussée autrefois?...

— Ce serait trop de bonheur pour nous, répondit Marie
avec une assurance qui plut à la princesse.

— Si vous considérez mon affection comme un bonheur, je vous l'offre, car vous le méritez. Quelle est celle
d'entre vous, ajouta la duchesse, qui fait de si délicieux
tableaux de genre?

— C'est ma sœur, répondit Noélie...

— Vous donnez des leçons de dessin? reprit la princesse
en s'adressant à Marie.

— Oui, madame, répondit Marie.

— C'est bien..... A ces mots, la duchesse de Berry passa
dans une pièce voisine et en revint un instant après avec
une jeune fille qu'elle présenta à l'artiste en disant : Mademoiselle Marie, voici votre nouvelle élève, je la confie à
vos bons soins... La jeune fille était Mademoiselle, un des
augustes enfants de France. Les deux sœurs se trouvaient
en ce moment transportées au troisième ciel; aussi leur
bonheur se comprend, il ne se traduit pas.

— Quant à vous, mademoiselle Noélie, reprit la *bonne
Duchessse,* monsieur le comte de Mesnard vous conduira

dans une heure à la maison royale de Saint-Denis, où vous êtes attendue. D'après les ordres que j'ai fait donner à la directrice générale des études, vous trouverez là, comme professeur de musique, une position honorable. Adieu, mes enfants... continuez à bien aimer votre père, soyez la joie, l'orgueil de sa vieillesse, et conservez-moi dans votre cœur la place que vous occupez dans le mien! Puis, leur serrant affectueusement la main, elle se retira disant : Demain, mademoiselle Marie, vous entrerez en fonctions...

III

Six mois après, deux jeunes filles vêtues de blanc, portant au front une couronne de roses blanches et à la ceinture un bouquet de fleurs d'oranger, se trouvaient à genoux sur des prie-Dieu de velours semés de fleurs de lis d'or. Près d'elles, dans une petite chapelle étincelante de lumière, deux officiers de la garde en uniforme, à genoux aussi, suivaient avec recueillement les diverses phases du saint sacrifice. Derrière ce groupe, qu'on aurait pris pour celui du bonheur parfait, se tenaient debout, également en uniforme, un lieutenant-colonel de la garde impériale et un personnage portant sur son habit noir une pléïade de décorations. Sur le premier rang... une jeune femme entourée de deux enfants et portant au front un diadème de diamants contemplait avec délices cette scène intéressante. Les deux jeunes filles vêtues de blanc étaient Noélie et Marie... les deux officiers de la garde royale étaient deux gentilshommes

que la *bonne Duchesse* leur avait choisis pour époux... Le
lieutenant-colonel de l'empire et le personnage vêtu de noir,
à la poitrine constellée, étaient l'un le père des jeunes
épouses, l'autre le comte de Mesnard... les trois personnes
formant le groupe du premier plan étaient la duchesse de
Berry, le duc de Bordeaux et Mademoiselle de France; enfin
la petite chapelle étincelante de fleurs et de lumières, pleine
d'encens et d'harmonie, était la royale chapelle du château
des Tuileries.

QUATORZIÈME RÉCIT

—

SERVITUDE ET GRANDEUR

I

C'est un grand modèle de courage, d'énergie et de persévérance que vous offrira, chers lecteurs, ce récit, écrit sur des documents puisés aux sources les plus exactes.

Vous y verrez comment un pauvre enfant de village, béni par son père, sanctifié par la vertu, fortifié par la lutte, a pu s'élever de la plus humble des servitudes au plus haut échelon de la grandeur humaine... Le génie, couronné par le malheur ou le triomphe, est aussi une majesté; il ne gouverne pas des peuples et des empires, il règne en paix sur les intelligences; il ne poursuit pas l'épée à la main le sanglant système de la conquête; ses labeurs pacifiques n'ambitionnent d'autres développements que ceux du progrès et de la science humanitaires.

Alexis Bouvard, le héros de ce récit, vous donnera la
mesure de ce que peut la volonté forte d'un enfant, qui,
devenant homme, n'a point oublié Dieu, sa mère et son
clocher. Dieu! l'auteur de toute morale, de toute vertu, de
tout bien; la mère, source féconde où nous puisons nos
premiers enseignements dans la science du bien, nos premiers sentiments de religion et d'honneur; le clocher,
silencieux témoin et dépositaire des exemples de nos ancêtres couchés sous les grandes herbes du cimetière, à l'ombre
de la croix, symbole d'amour, de foi et d'espérance.

Alexis Bouvard a reçu le jour, en 1767, dans le hameau
de Tresse, commune de Contamines, au pied du mont Joly
en Savoie. Il était le fils aîné d'un modeste cultivateur, père
de six enfants. Ses premières occupations furent celles de
presque tous les enfants de la campagne. Levé avec le soleil
pendant l'été, il conduisait et gardait aux champs les troupeaux de la famille, deux ou trois vaches et une vingtaine de
moutons. Son caractère, déjà naturellement sérieux, et
positif, se recueillait avec délices dans le silence des agrestes
solitudes, et cherchait à lire les mystères de l'infini, imprimés par la main du Créateur aux cimes éternellement nei-
geuses du mont Blanc, le géant des Alpes. A la vue de
ces merveilles incomprises, son âme rêvait en admirant et
comparait à sa puissance sans limites la bonté incommensurable de Dieu, que sa mère lui apprenait à connaître, à
servir et à aimer. Le catéchisme fut le premier livre que
cette bonne et tendre mère mit sous ses yeux..... Les préceptes saints qu'il contenait furent les premiers grains

fertiles qu'elle sema dans son jeune cœur modelé sur le sien.

Pendant les longs jours de l'hiver, alors que la campagne, ensevelie pour de longs mois sous un vaste linceul de neige, ne veut d'autres labeurs que ceux de la nature, Alexis Bouvard fréquentait avec assiduité l'école de son village, tenue par un homme de bien et d'une instruction suffisamment élémentaire.

Frappé de son intelligence précoce et de ses progrès rapides, le magister disait à ses parents :

— Je serais bien surpris si un jour Alexis ne répandait pas un grand éclat sur votre nom...

Le père Bouvard, d'une nature simple et essentiellement honnête, n'ambitionnait pour ses enfants que la vie tranquille, ignorée du reste du monde, la vie dont son grand-père, son père avaient vécu, et dont il se trouvait si bien lui-même. Aussi, aux prophéties du magister, il répondait : « Mon fils Alexis est né paysan comme nous; comme nous, il mourra paysan, et il n'en sera pas plus malheureux pour cela... Un jour, j'ai voulu aussi aller à Paris; mais mon père me dit : « Crois-moi, petit, reste ici chez nous, l'air y est meilleur pour la poitrine des Savoyards, que *la mauvaise air* de Paris, et la terre de la Savoie est plus légère sur une tombe que la terre du père..... du père..... comment l'appelle-t-on?

— Le Père La Chaise...

— C'est ça..... le Père La Chaise..... Je suis resté aux Contamines; je ne m'en plains pas..... car à chacun son métier et les vaches seront bien gardées. »

A ces paroles pleines de sens, le maître d'école répondait que le sort de l'homme appartenait à Dieu seul, et qu'il serait plus facile de faire remonter un torrent vers sa source que d'arrêter la vocation d'un enfant conduit par la main de Dieu vers de hautes destinées.

— Voyez, père Bouvard, ajoutait le magister qui ne manquait pas de cette poésie instinctive particulière aux habitants des montagnes : dans l'ordre moral comme dans l'ordre physique, il n'y a pas d'effet sans cause, et la cause, c'est la volonté de Dieu..... Une simple fleur de la vallée produit le miel de Chamouni, qui, après avoir passé par les vallées de Servez et de Sallanches se rend à Paris pour faire bonne figure sur la table des rois, des consuls, des empereurs et des présidents de la France. Un petit gardeur de pourceaux, sauf le respect que je vous dois, après avoir passé par d'immenses difficultés, est arrivé à Rome pour devenir un grand pape sur la chaire de saint Pierre..... Vous aurez beau faire et beau dire, père Bouvard, votre fils, si tels sont sur lui les desseins de la Providence, arrivera malgré vous au but que la Providence lui a marqué..... Où? Je l'ignore..... L'avenir vous le dira.

— Ce n'est pas moi qui lui barrerai son chemin, répliquait le père Bouvard..... si mon fils veut aller comme les autres tenter la fortune ailleurs... bon vent! et bonne chance! mais si la fortune lui refuse ses faveurs, il aura toujours du pain sur la planche et du vin dans la cave du père Bouvard.

Le curé des Contamines, qui avait fait d'excellentes études

au séminaire d'Annecy, n'avait pas tardé, de son côté, à reconnaître les rares dispositions dont Alexis était doué; il se plut à les développer, à l'heure de ses loisirs, par des causeries intéressantes autant qu'instructives. Il lui montra les règles élémentaires du calcul, et lui fit suivre un cours d'histoire et de géographie. Il désirait pour lui la carrière du sacerdoce, mais les goûts du jeune homme paraissant devoir prendre une autre direction, le digne prêtre renonça bientôt à se servir de son influence pour peser sur les résolutions ultérieures de son élève.

Alexis continua de se livrer jusqu'à l'âge de dix-huit ans aux rudes travaux de la campagne, tout en fréquentant l'école du village, tout en cultivant les bonnes dispositions du curé à son égard. Ses camarades d'enfance, reconnaissant en lui une grande supériorité d'esprit et d'intelligence, ne l'appelaient plus que *Monsieur le savant*, sobriquet qui flattait peu l'orgueil du père Bouvard.

Un traité d'astronomie qu'il trouva en furetant la bibliothèque du bon curé, détermina sa vocation. Dès lors il se livra avec passion à l'étude des phénomènes des mouvements célestes.

Un jour, poussé par la force occulte qui l'entraînait vers l'inconnu, il demanda à son père l'autorisation de se rendre à Genève, pour trouver dans le travail les moyens d'aller chercher à Paris les conseils et l'enseignement qui lui manquaient dans son village. Il en savait autant et mieux que le curé et le maître d'école.

Son père lui refusa son consentement, mais Alexis reve-

nant à la charge insista avec tant de persévérance que le
père Bouvard finit par le lui accorder.

Son petit bagage fut bientôt prêt. Riche alors de la bénédiction de ses parents, d'un écu de six livres pour toute fortune, de ses espérances qui valaient à ses yeux un million, il
se mit en route pour Genève, la première étape de sa prospérité future.

II

Genève, pendant la belle saison, est le quartier général
des riches touristes qui, de toutes les parties du monde, s'y
donnent rendez-vous pour explorer les beautés pittoresques
de la Suisse... Alexis offrit gratuitement ses services à l'un
des meilleurs aubergistes de la ville qui lui donna en échange
le toit, le logement et son entretien. Il espérait trouver avant
peu, dans la générosité des Anglais dont il ferait les commissions, la somme suffisante pour entreprendre le voyage de
Paris, la Jérusalem de ses rêves de gloire et d'ambition. Ces
rêves se résumaient par un sentiment unique, l'amour de la
science, le seul amour qui eût encore fait battre son cœur.
« Lorsque j'aurai pu réaliser vingt francs, écrivait un jour
Alexis au curé des Contamines, je partirai pour la capitale
de la France. » Mais telle était son impatience, qu'il n'attendit pas, afin de mettre son projet à exécution, que cette
somme fût complète. Vers la fin de 1785, il se remit en
route, un bâton à la main, un havre-sac au dos, et avec dix-huit
francs dans sa poche... Les voitures publiques de Genève à

Paris mettaient alors dix jours à faire le voyage... Alexis franchit à pied en quinze jours la distance qui sépare ces deux villes; il lui restait pour toutes ressources, quand il arriva, un petit écu de trois livres.

Annibal montrant avec son épée les plaines de l'Italie à ses Carthaginois, ne fut pas plus heureux que le jeune pèlerin découvrant pour la première fois les tours de Notre-Dame... il était en vue de Paris... Paris! la capitale du monde; Paris! le sanctuaire des arts et des lettres! Paris! le ciel promis à ses contemplations scientifiques... Paris! le grand observatoire de la civilisation. Paris! ce nom seul avait si longtemps fait battre son cœur et peuplé ses rêves d'images séduisantes! Paris! avec ses palais et son cortége de fées, avec ses jardins et ses promenades d'Armide, avec ses équipages et ses brillantes livrées, avec ses boulevards et ses splendides magasins. Paris! enfin dépassant en magnificences toutes les splendeurs que son imagination fantaisiste avait caressées.

Le jour même de son arrivée, Alexis Bouvard s'installa chez un de ses frères, commissionnaire stationnant rue Montmartre, à l'angle de la rue du Croissant.

— Que sais-tu faire? lui demanda son aîné.

— Je sais lire dans tous les livres et dans les étoiles du ciel, répondit Alexis.

— Après?

— Je sais la géographie et l'histoire des peuples.

— C'est fort beau tout cela, mon garçon, mais avec cela on meurt de faim à Paris.

— Je sais encore, reprit Alexis, cirer les bottes et faire des commissions.

— A la bonne heure, mon garçon... ce talent te fera trouver crédit chez le boulanger, plutôt que ton bagage de savant.

Alexis se mit aussitôt à l'œuvre et contribua de son côté aux exigences du ménage commun. S'imposant les privations les plus dures, il ne vivait que de pain et restreignait ses besoins afin d'avoir moins de temps à dépenser pour gagner sa vie et se livrer avec plus d'ardeur à ses études. Quand il avait gagné sa ration de chaque jour, on le voyait dans l'angle le plus obscur d'une salle de cours au Collége de France prêter une oreille attentive aux leçons des premiers maîtres, et recueillir avec avidité les enseignements qui sortaient de leurs lèvres.

Son frère, craignant qu'il n'altérât sa santé par trop de privations, le plaça au service d'une vieille comtesse demeurant rue d'Enfer. Cette position, douce et facile relativement au métier de commissionnaire exposé à toutes les intempéries des saisons, lui laissait de grands loisirs pour se livrer à la culture de ses goûts favoris. Il employait tous ses gages à acheter des livres spéciaux et des instruments astronomiques. Il s'était construit sur le toit au-dessus de sa chambre une espèce d'observatoire où il passait la plus grande partie de ses nuits à observer le mouvement des astres.

Personne, ni son frère, ni les gens de la maison n'étaient admis à pénétrer dans ce sanctuaire de la science. Il aurait craint qu'un regard profane n'en souillât la sainteté en devinant son secret. Pour plus de sûreté, il conservait toujours sur lui la clef de son petit logement.

Au bout de deux ans, la comtesse satisfaite de son service, augmenta ses gages de 5 fr. par mois. Alexis consacra cette somme entière à l'achat de nouveaux livres et de nouveaux instruments d'astronomie.

A cette époque, le sommeil le surprit par une froide nuit d'hiver en contemplation devant les astres. Le lendemain matin, quand il se réveilla sous une couverture de neige, il put à peine se traîner dans sa mansarde ; il était perclus de tous ses membres.

La comtesse ne le voyant point paraître dans la matinée, craignit qu'il ne fût malade et voulut s'en assurer par elle-même. A cet effet, elle monta dans sa chambre, mais elle était fermée en dedans, et Alexis se trouvait trop malade pour pouvoir en ouvrir la porte. On dut appeler un serrurier.

La comtesse, superstitieuse comme le sont beaucoup de vieilles filles (elle ne s'était jamais mariée), croyait au sorti-lége, à la magie, aux songes et aux cartes ; chaque vendredi de la semaine et le troisième jour de chaque mois elle allait consulter sur l'avenir une vieille nécromancienne fort à la mode et chez laquelle une jeune personne nommée Lenormand prenait alors des leçons, sans se douter que d'illustres personnages formeraient un jour sa clientèle.

Aussi quelles ne furent pas ses craintes et sa stupeur lorsque, la porte de la chambre de son domestique ayant été ouverte, elle aperçut çà et là des mappemondes de divers modèles, des livres ouverts et remplis de figures bizarres ; la

mansarde elle-même, tapissée de signes mystérieux et in-
connus, de figures de mathématiques, de tous les emblêmes
et attributs de la science astronomique. Elle s'imagina alors
que Bouvard s'occupait de démonologie et évoquait le diable
pendant la nuit. Elle étudia les traits de sa physionomie et
leur trouva un certain air de ressemblance avec les esprits
célestes dont le Dante a chanté la chute... Elle recueillit ses
souvenirs et se rappela que Bouvard, la servant à table, le
soir surtout, lorsqu'elle prenait son thé, avait d'étranges distractions. C'est ainsi qu'une fois, au lieu d'une assiette de
sandwich, il avait déposé devant elle un des bouquins caba-
listiques qui gisaient en ce moment sous ses yeux... Une autre fois, par une belle soirée d'été, elle l'avait surpris à une
fenêtre de son salon gesticulant, au lieu d'en fermer les per-
siennes, apostrophant les astres, les évoquant par des paroles
inintelligibles... Cependant elle lui avait entendu prononcer
distinctement les noms fort peu catholiques de Jupiter et de
Saturne. Cette circonstance toute fortuite devait nécessaire-
ment lui faire supposer que son domestique pourrait avoir
des relations secrètes avec les anciens dieux du paganisme.

« Je ne conserverai pas un instant de plus chez moi, dit-
elle, un homme qui a des rapports avec le diable ; ce serait
dangereux et nuisible à mon salut. » Sonnant aussitôt ses
gens, elle signifia devant eux son congé au pauvre Alexis
Bouvard et le fit transporter immédiatement à l'hôpital.

Notre infortuné savant y demeura six semaines. Dès qu'il
fut rétabli, il entra au service d'un seigneur illustre par son
nom, sa naissance, sa fortune, et plus encore par l'élévation

de ses sentiments, chez Alfieri, le grand poëte. Homme de
génie lui-même, Alfieri ne tarda pas à découvrir le génie de
son valet de chambre. Ayant remarqué qu'il avait toujours
un livre à la main, il voulut savoir quelle était la nature de ses
études; il fut extrêmement surpris de voir que Bouvard s'occupait d'algèbre. Désireux alors de connaître le degré de sa
force dans cette science ardue, il lui remit une lettre pour
un de ses amis, savant fort distingué, en lui recommandant
d'en rapporter la réponse. Celui-ci examina pendant plus
d'une heure le commissionnaire; Bouvard répondit à toutes
ses questions de la manière la plus satisfaisante. Le savant,
émerveillé de trouver chez un homme de sa condition des
connaissances si parfaites et si étendues, lui remit aussitôt
pour son maître une lettre ainsi conçue :

« Mon cher poëte,

» Votre valet de chambre est un savant fort remarquable;
si j'osais, je lui demanderais des leçons en mathématiques
et en astronomie. Je doute qu'il y ait en France un homme
aussi versé que lui dans les secrets de ces sciences. A vous
il appartient d'enchâsser dans une monture digne de vous
un diamant ignoré! »

De ce moment le jeune mathématicien devint l'ami et le
commensal du grand poëte. Alfieri le présenta dans le monde
savant; il lui procura ses entrées à l'Observatoire et l'amitié
de Cassini, qui en était le directeur.

Ainsi lancé, Bouvard, au comble de ses vœux, vit tout à
coup s'ouvrir devant lui la noble carrière que, simple gar-

deur de moutons, il avait aperçue à l'horizon de ses rêves.
Dans la joie de son âme, il écrivit à ses vieux parents, pour
leur faire part de ses succès ; il écrivit aussi à ce bon curé
des Contamines, au maître d'école de son village. Modeste
et simple de cœur dans la prospérité, il leur attribua la
gloire naissante qui souriait à ses travaux. « Tout ce que je
sais, tout ce que je suis est votre ouvrage, leur manda-t-il.
C'est vous, mes bons maîtres, qui m'avez créé la vie du savoir et de l'intelligence : votre élève ne l'oubliera jamais. Je
vous envoie, afin que vous les partagiez entre vous, ma reconnaissance, ma tendresse et mon dévouement. »

Bouvard, devenu homme du monde et tenant fort bien sa
place au soleil de la civilisation, suivait les cours d'astronomie physique du Collége de France, et avait à sa disposition
la riche bibliothèque de la duchesse d'Albani. Il y passait
presque toutes ses nuits absorbé dans l'étude. « La vie de
l'homme est si courte, disait-il, que l'homme sage doit em-
piéter sur son sommeil pour l'augmenter chaque nuit de
quelques heures. »

Cette existence si heureuse, dont il ne parlait plus tard
qu'avec des larmes de bonheur, ne devait durer que deux
ans. La révolution française, amenée par ses déplorables
excès à l'état de terreur, menaçait de ses colères tous les
mérites, toutes les gloires, toutes les illustrations. Pas
plus que la vertu et la beauté, le talent et le génie ne trouvaient grâce devant ses fureurs. Elle enveloppait dans un
vaste système de proscription tout ce qui par le nom, la
naissance et la distinction, lui portait ombrage ; elle était

Saturne ressuscité en plein milieu de la société chrétienne. Un matin, l'exécuteur des hautes œuvres de la Convention venait de briser sur un échafaud la lyre d'André Chénier, qui sentait encore quelque chose dans sa tête et dans son cœur; Alfieri dit sans préparation aucune à Bouvard : « Je pars pour l'Angleterre et je t'emmène.

— Vous partez? lui répondit Bouvard, ne pouvant dominer un cri de surprise ou d'effroi...

— Oui, mon ami, nous partons, car tu viens avec moi.

— Quand?

— Ce soir.

— Pourquoi?

— Parce que je n'ai pas envie de recevoir une tombe en France pour le prix de ma tête servie au bourreau...

— *Ils* n'oseront pas vous la demander.

— *Ils* ont bien osé, ce matin, prendre celle d'André Chénier... la mienne n'est pas plus solide sur mes épaules...

— *Ils* la respecteront, vous dis-je.

— *Ils* la respecteront ! s'écria le grand poète avec un sourire amer...

« Connais-tu quelque chose au monde qui soit respectable et digne d'être respecté à leurs yeux? Ont-ils respecté le roi Louis XVI, le meilleur des rois; la reine Marie-Antoinette, doublement sacrée par le malheur et par la beauté, la princesse de Lamballe, les plus grandes vertus, les plus beaux noms de la monarchie française? Non, mon ami, ces gens-là ne respecteront rien, car ils ont tout perdu dans l'ivresse du sang, tout jusqu'au sentiment de l'humanité; ce

sont des tigres parés du titre de patriotes. Ainsi c'est bien
décidé, nous partirons ce soir, n'est-ce pas?

Bouvard réfléchit un instant et répondit au poète :

— C'est décidé... vous partirez sans moi...

— Comment! tu restes en France?

— Oui, pour ne pas interrompre le cours de mes études.
Votre talent est arrivé au faîte de sa puissance, le mien
n'est pas encore à la moitié de sa route... Vous voyez donc
bien que je dois rester en France...

Les adieux du poète et du mathématicien ressemblèrent
à des adieux de mort. Alfieri partit le soir même pour Londres ; la Convention lui faisait horreur.

Bouvard avait compté sur des leçons afin de satisfaire aux
exigences de chaque jour ; mais comme personne à cette
époque n'était assuré de vivre, personne ne se souciait d'apprendre. Alexis ne trouva qu'une seule leçon à douze francs
par mois. Pendant une année entière il éprouva toutes les
angoisses de la misère, toutes les tortures de la faim, car
pour sa nourriture il n'avait à dépenser que trente centimes
par jour.

Pendant ce long laps de temps, pas une plainte ne sortit
de ses lèvres, pas une défaillance n'ébranla son courage...
L'amour de l'étude, l'ambition de parvenir soutenaient son
énergie, le fortifiaient dans la lutte et lui tenaient lieu de
tout.

Saisis d'admiration pour sa mâle vertu, les professeurs du
Collége de France le signalèrent aux élèves qui se desti-
naient à l'artillerie et le leur recommandèrent comme un

mathématicien des plus distingués. Un jeune aspirant de cette arme, devenu par la suite un général de mérite, le général Demarçay, vint, au nom de ses camarades, offrir à Bouvard 300 francs par mois pour qu'il leur fît la répétition de leurs cours.

300 francs pour un homme qui vivait à raison de 30 centimes par jour, c'était le salut et la résurrection. A partir de ce moment, Bouvard ne connut plus les tortures de la faim.

Sur ces entrefaites, le comte Cassini, directeur de l'Observatoire, forcé de demander à la fuite la conservation de sa tête mise hors la loi, eut le bonheur de pouvoir rejoindre Alfieri à Londres. La Convention offrit sa place vacante à Bouvard; mais celui-ci, soit qu'il se méprît sur la valeur de ses études littéraires, soit qu'il suivît l'inspiration d'une modestie exagérée, prit la ferme résolution de refuser ces importantes fonctions.

A cet effet, il se rendit au Comité de salut public, où il fit valoir ses excuses et demanda un emploi inférieur.

Robespierre, Couthon et Lakanal étaient en séance. Robespierre, après avoir écouté les raisons de Bouvard, lui dit avec emphase :

— La République française est comme le Christ; elle abaisse les puissants et élève les humbles.

Le mathématicien, insistant sur l'insuffisance de ses études littéraires, persista dans son refus.

Couthon lui fit observer que la place offerte n'exigeait pas un orateur, mais un savant; puis comme les maîtres du jour

avaient des arguments infaillibles pour lever tous les scru-
pules, Lakanal se leva, et dit à son tour :

— Citoyen, tu es nommé : dans huit jours, tu seras installé à ton poste, ou en prison..... Choisis et *fiche-nous le
camp.*

Bouvard savait par l'expérience de ses amis que la prison
était le vestibule de la mort..... Il se retira, et, le jour
même, il opta pour l'Observatoire, où il est resté cinquante
ans en qualité de directeur.

Par son propre mérite, le jeune berger des Contamines,
l'enfant du peuple, le fils d'un pauvre paysan et de ses propres
œuvres, s'était élevé à l'un des postes les plus éminents de
France.

Plus tard, le premier consul, Napoléon, qui l'honorait
d'une estime et d'une affection particulière, voulut l'emmener en Égypte ; mais l'illustre Laplace s'y opposa, disant
que la présence de Bouvard était indispensable à l'Observatoire.

III

Couronné par l'Académie des sciences dont il fut membre
pendant plus de quarante ans, admis dans toutes les acadé-
mies et compagnies savantes de l'Europe, illustre de son vivant par des œuvres importantes, Alexis Bouvard, sur le
piédestal qu'il s'était fait lui-même, n'oublia jamais son
origine première.

Grand avec les superbes, humble avec les petits, il aimait

à fréquenter cette vigoureuse classe de montagnards qui, chaque année au printemps, viennent chercher à Paris les moyens de subvenir aux besoins de leurs familles pendant l'hiver; il aimait à abriter sous sa protection, à protéger par ses conseils, l'inexpérience des jeunes gens livrés à eux-mêmes au milieu des séductions de la grande ville... Il les sauvegardait contre le péril par le souvenir de leur mère, et de leur clocher, par le rappel à Dieu; il les sauvegardait aussi contre la misère par des secours accordés aux nécessiteux : Bouvard n'était pas seulement un grand savant, c'était encore un grand homme de bien.

Un soir, dans un salon du grand monde, prié de faire connaître son origine par un haut fonctionnaire public qui venait d'étaler avec ses titres et parchemins sa brillante généalogie, il répondit carrément devant tous : — Mon père était un pauvre paysan des Contamines..... j'ai été berger d'abord, puis décrotteur, puis commissionnaire médaillé dans la rue Montmartre, puis domestique, et à cette heure je suis, dans la position que Dieu m'a faite, l'enfant de la Savoie et le fils de mes œuvres.

— Vous êtes le plus noble cœur que je connaisse, ajouta le prince de Beauharnais en lui prenant la main.

Alexis Bouvard se trouvait depuis longtemps au faîte des grandeurs lorsqu'un jeune homme, parti comme lui des montagnes de la Savoie pour venir occuper à Paris la belle position que la Providence réservait à son intelligence et à ses labeurs, arriva dans la capitale de la France. Le célèbre mathématicien, habitué à lire dans les étoiles, découvrit sur

le front du jeune Quétand celle qui devait éclairer sa marche
rapide dans la carrière du barreau; il l'accueillit avec une
bienveillance toute paternelle et lui facilita la voie qu'il
s'était courageusement frayée. L'avocat Quétand ne tarda
pas à devenir l'un des membres les plus distingués du barreau de Paris.

Quelques années plus tard, l'avocat se maria. Bouvard
voulut servir de témoin à l'acte important qui devait assurer
le bonheur de son jeune ami par les liens de la famille...
puis se considérant par l'âge plutôt que par la position
comme le père de la famille savoyarde à Paris, il réunit à
sa table les nouveaux mariés et leurs nombreux amis. Les
joyeux convives célébraient le verre en main le premier
quartier de la lune le miel des heureux époux, — la joie
pétillait dans leurs yeux avec le champagne sur le bord de
leurs verres, tous faisaient honneur au menu de l'amphitryon;..... seul, Bouvard semblait triste et préoccupé; sa
fourchette paresseuse ne fonctionnait guère plus que son
verre vide...

— Qu'avez-vous donc, lui demanda Quétand.

— Rien, mon ami, répondit le mathématicien.

— Vous ne mangez pas, vous ne buvez pas, ajouta l'avocat, seriez-vous malade?

— Jamais je ne me suis mieux porté.

— Vous cherchez alors la solution d'un problème, sans
doute?

— Oui, mon ami.

— Lequel? sans indiscrétion.

— Celui de procurer aux hommes une somme égale de bien-être et de bonheur.

— Vous le chercherez longtemps, mon cher maître...

— Et je ne le trouverai point, car cette égalité est impossible... Mais ce n'est point à cela que vous devez attribuer la cause de ma tristesse...

— Pourriez-vous nous la dire?

— La voici... A la vue des mets nombreux et succulents, des vins exquis et généreux que j'ai le plaisir de vous offrir à cette table, je pensais involontairement à l'époque où je n'avais à dépenser pour vivre qu'une somme de trente centimes par jour, et je me demandais si je n'aurais pas fait une œuvre plus agréable à Dieu et à vous-même, mon cher Quétand, en donnant les huit cents francs que me coûte ce repas, sans reproche, aux malheureux qui n'ont pas même trente centimes pour acheter du pain? Or, la pensée qu'il y a des gens qui souffrent de la faim m'a enlevé la mienne, voilà pourquoi je ne mangeais pas.

La nature sèche et sévère du mathématicien était relevée par un cœur de poëte... de poëte chrétien.

Lorsque M. Quétand, inspiré du zèle et de l'affection dont Bouvard était animé pour ses compatriotes, conçut l'heureuse idée de fonder un bureau de placement en faveur des Savoyards émigrés à Paris, une cinquantaine de personnes distinguées se réunirent à l'effet d'en arrêter les bases. Toutes applaudirent à l'idée créatrice de l'avocat Quétand et lui promirent un concours absolu. Une seule, un commissionnaire enrichi, oubliant l'origine de sa fortune, s'op-

posa énergiquement à la formation du bureau projeté.
« Nous sommes assez et trop peut-être de Savoyards en
France, dit-il ; la création d'un bureau de placement à Paris
aura pour but immédiat d'en attirer un plus grand nombre
par l'appât d'une fortune d'autant plus problématique
qu'elle deviendra plus difficile par la concurrence et l'encombrement. » L'avocat Quétand, demandant alors la parole,
s'écria : « Vous prétendez que la fondation d'un bureau de
placement attirerait un plus grand nombre de Savoyards à
Paris... Où donc en serait le mal? Vous parlez de concurrence! Ignorez-vous que la concurrence est la source de
l'émulation? Vous parlez d'encombrement! Vous ne savez
donc pas que le soleil luit pour tout le monde? en France
surtout. Que serions-nous devenus tous tant que nous
sommes ici, vous et moi les premiers, si nous étions restés
ensevelis dans les gorges de nos montagnes, loin du mouvement, de la vie, de l'air, de la lumière, qui font les hommes
de savoir en développant leur intelligence? Ce que nous serions? oh! je puis vous le dire franchement, sans fleur de
rhétorique, en vrai Savoyard, nous serions restés de f.....
gueux. »

Un immense éclat de rire accompagné d'applaudisse-
ments approbatifs accueillit ce mouvement oratoire.

Bouvard, demandant la parole à son tour, se leva et dit :

« Monsieur l'avocat Quétand, mon honorable ami a
raison... Quant à vous, monsieur, ajouta-t-il en s'adressant
au commissionnaire opposant... vous n'avez donc jamais su
ce que c'était que la faim? cette faim qui fait sortir le loup

et le Savoyard de leurs montagnes? Je l'ai connue, monsieur,
moi, dans toutes ses horreurs; voilà pourquoi je n'empê-
cherai jamais un compatriote de venir chercher en France le
pain qui lui manque au pays. La faim, continua-t-il, en
s'animant de plus en plus, est le pourvoyeur en chef du ba-
gne, car elle est la conseillère de la plus vile des passions : le
vol... Cet homme, qui défendrait au péril de sa vie les diamants qui lui auraient été confiés, prendra un pain d'un sou
sur le comptoir d'un boulanger, car cet homme a la faim
dans ses entrailles... Combien de fois, moi-même, en passant,
pâle, jaune, mourant d'inanition, devant la boutique d'un
boulanger, j'ai eu l'horrible tentation de dérober une miche
à son étalage... mais le bon ange de nos montagnes veillait
sur moi. N'importe; savez-vous l'usage que j'ai fait de la
première somme d'argent économisée? Je l'ai changée
contre une paire de pistolets pour me faire justice moi-
même si la pensée du vol me fût revenue. Voilà où souvent
conduit la faim, monsieur, au vol, au désespoir, au sui-
cide... »

Sous le coup de cette dialectique serrée, le commissionnaire enrichi se rallia complétement à la proposition de
l'avocat Quéland, votée à l'unanimité.

IV

Bouvard, parvenu à un âge assez avancé, avait fait ce
qu'on appelle vulgairement un sot mariage; il pouvait
choisir entre de nombreux et brillants partis, de la nais-

sance et de la fortune; il épousa une femme à la main de
laquelle il aurait pu prétendre lorsqu'il cirait encore les
bottes des passants, dans la rue Montmartre. Cette union
ne devait pas être heureuse; elle ne le fut point... Madame
Bouvard était en méchanceté la charge de la femme de So-
crate, Xantippe. De même que le mathématicien avait enduré
avec énergie la mauvaise fortune, il supporta avec héroïsme
la croix conjugale. Depuis longtemps il était fait à la lutte.
Pensant que les joies de la paternité le consoleraient des
tristesses de l'époux, il désira un fils et il l'obtint; mais dès
son enfance, son unique héritier, portrait vivant de sa mère,
indiqua par ses instincts acariâtres qu'il lui ressemblerait
au moral. Bouvard vivait trop dans les sphères célestes
pour voir et diriger le *terre à terre* du ménage.

Son fils, après mille écarts et après avoir épuisé l'indul-
gence paternelle, quitta la France et se retira en Amérique.
Le mathématicien désolé l'y accompagna de son cœur et
de sa bourse. Madame Bouvard, au lieu de consoler les
chagrins de son mari, les augmenta par des accusations in-
justes et par des calomnies. Elle répandit partout le bruit
que le mathématicien avait exilé son fils à l'étranger et l'y
laissait mourir de faim... Les ennemis de l'illustre savant
accueillirent ces calomnies et les propagèrent à leur tour.

Un soir, l'avocat Quéland lisait les journaux dans un café
du faubourg Saint-Germain... Deux individus assis à ses
côtés buvaient de la bière et jouaient au domino : l'un
d'eux, se faisant l'écho des bruits qui circulaient sur le
compte de Bouvard, l'accusait à haute voix d'être un mau-

vais père... « Croyez-vous, disait-il, qu'il n'envoie pas un rouge liard à son fils en proie à la dernière détresse?... »
Il allait continuer, lorsque l'avocat Quétand jetant son journal sur la table lui dit sans préambule : « Vous en avez menti. »

— Prouvez-le-moi, répliqua l'accusateur, et, au lieu de vous demander la réparation de l'insulte que vous venez de me faire, je vous bénirai.

— Pour cela je vous demande vingt minutes au plus, répondit Quétand.

— Je vous accorde une heure, monsieur, et, je le répète, je vous bénirai, si vous pouvez me prouver que je me suis trompé.

La demeure de Bouvard n'était pas très-éloignée du café où venait de se passer cette scène. Quétand y courut aussitôt, et revint avant l'expiration des vingt minutes demandées. Abordant aussitôt la question, il ouvrit un portefeuille et il étala sur la table des joueurs au domino un paquet de traites acquittées. Dans le courant de cette année seule, le mathématicien avait payé pour le compte de son fils diverses sommes formant ensemble un total de 15 000 francs. « Avec 15 000 francs, dit Quétand, on peut faire partout des dettes quand on n'a point de conduite, mais on ne meurt de faim nulle part. »

L'accusateur désabusé serra la main de l'avocat défenseur et lui dit : « Soyez béni... soyez béni, car vous m'avez rendu de l'estime pour l'homme que j'aimais et que je vénérais le plus au monde. Maintenant, pour réparer le tort que

bien involontairement j'aurais pu lui faire, je vous raconte-
rai un trait qui vous donnera la mesure du grand cœur de
celui dont vous avez pris la défense avec une générosité qui
vous fait honneur.

« Mon père était un simple employé à l'Observatoire. Le
zèle, l'activité, la probité surtout dont il faisait preuve dans
l'exercice de ses fonctions, lui avaient fait obtenir l'estime
et la confiance de ses chefs... M. Alexis Bouvard l'avait pris
non-seulement sous sa protection, mais il lui avait encore
accordé son amitié.

» Il y avait quinze ans que mon père était à l'Observatoire
et il n'avait pas encore encouru un seul reproche, lorsqu'une
fin de mois, après avoir touché comme de coutume, selon
ses attributions, les honoraires des autres employés, il eut la
fatale idée de les jouer à la roulette, et, chose extraordinaire,
inexplicable, toute sa vie mon père avait eu horreur du jeu.

» La chance lui fut contraire; il perdit tout, jusqu'à son
dernier écu... Alors le désespoir lui enlevant la dernière
lueur de sa raison, il se brûla la cervelle. Il suffit que l'on
soit malheureux, vous le savez, pour que tous vous jettent
la pierre. La famille de l'homme ressemble plus qu'on ne le
pense à celle du loup... Un loup renversé par un coup de
feu est immédiatement dévoré par ses frères, malgré le
proverbe affirmant que les loups ne se mangent pas entre
eux. Un homme abattu par l'adversité devient aussitôt la
proie de la haine concentrée, de la jalousie mal contenue,
de la vengeance attendant son heure, de la calomnie à l'affût
de toutes les mauvaises et méchantes passions.

» Mon père mort, ses ennemis, quelques amis même qu'il avait obligés de son vivant, attaquèrent sa mémoire, et sa famille. Ils recoururent aux plus vils moyens pour éloigner de sa pauvre veuve et de ses enfants l'intérêt que M. Bouvard continuait à leur porter. Mais ces machinations tournant à leur confusion produisirent un effet tout contraire à celui qu'ils avaient prévu. Le directeur de l'Observatoire vengea noblement la mémoire du malheureux employé mort sous le coup d'une hallucination mentale. Il conserva à sa veuve le logement qu'elle occupait à l'Observatoire ; il lui procura des secours, et il obtint du gouvernement deux bourses dans un des lycées de Paris, l'une pour mon frère, l'autre pour moi.

» Grâce à ses bienfaits, ma mère a pu vivre honorablement ; nous avons reçu, mon frère et moi, une éducation solide, et, plus tard, à notre sortie du collége, notre généreux protecteur, complétant son œuvre providentielle, nous a procuré la position que nous occupons aujourd'hui. »

— Vous voyez donc bien, reprit l'avocat Quéland, lorsque le fils du suicidé eut cessé de parler, qu'un homme susceptible d'aussi beaux sentiments ne saurait être un mauvais père.

. . . .

Contrairement aux mathématiciens égarés par l'esprit d'analyse, accoutumés à mesurer sous leurs compas les mystères impénétrables, Bouvard, fidèle à la religion de son enfance, avait trouvé dans l'étude des œuvres du Créateur les éléments de cette foi vive, ardente, qui féconde et exalte

22

le génie. Il était essentiellement religieux et croyant, non
point seulement au point de vue spéculatif de la théorie,
mais encore au point de vue de la pratique active. Il observait fidèlement tous les préceptes de la religion dont l'avait
allaité sa mère. Le souvenir de la petite église des Contamines où il avait fait sa première communion, celui du clocher de son village, convoquant chaque dimanche, de sa
voix argentine, les fidèles à l'office divin, et répandant matin
et soir en pieuses volées dans les campagnes la salutation
angélique, lui procurait des charmes infinis. Son plus grand
bonheur était de recevoir chez lui ces bons curés des montagnes de la Savoie, qui, de loin en loin, venaient visiter la
grande ville... Avec quel empressement il se plaisait alors à
leur rendre l'hospitalité douce et facile !

L'orgueil de la gloire et des grandeurs humaines n'avait
pu déflorer la modestie de son âme. Il avait conservé intact,
sous l'uniforme du savant, le cœur du berger des Contamines.

V

Les services rendus par Bouvard à la science sont considérables. Nommé, sur la recommandation du célèbre
Laplace, membre adjoint au bureau des longitudes, il fut
chargé de tous les calculs de la connaissance des temps, et
reçut mission de créer l'annuaire pour satisfaire à la loi
constitutive du bureau des longitudes; il était tenu, en
outre, de suffire lui seul aux observations les plus indispen-

sables et aux calculs qu'elles nécessitaient. Il se livrait avec
ardeur à la recherche des comètes; il en découvrit plusieurs
dont il calcula les éléments.

Laplace, surnommé à si juste titre le Newton français,
chargea Bouvard de calculer les observations de la lune de
Bradley et de Narkeslyne, faites en 1750 et 1795 pour
déterminer la valeur numérique de l'équation séculaire de
l'apogée et du nœud de l'orbite lunaire que ce grand géo-
mètre venait de découvrir par la théorie de la gravitation
universelle. Cette découverte devait diminuer notablement
les erreurs des tables de la lune.

Bouvard partagea, en 1800, avec Burg, astronome allemand, le prix proposé par l'Institut de France sur la comparaison des observations avec les tables pour fixer les
longitudes de l'époque de l'apogée et du nœud de l'orbite
de la lune.

Bonaparte, qui présidait la séance, ne voulut pas que le
prix fût partagé; il fournit lui-même les fonds nécessaires
pour qu'il fût doublé.

Bouvard publia, en 1808, la première édition de : *Les
Tables de Jupiter et de Saturne*. La seconde édition, publiée
en 1821, a été augmentée des *Tables d'Uranus*. Il s'est
beaucoup occupé de météorologie; il a communiqué, en
1827, à l'Académie des sciences de Paris, un excellent
résumé de ses observations, publié en son entier dans le
tome VII des *Nouveaux Mémoires* de cette Académie.

Mais ce qui constitue un des principaux titres de Bouvard à la reconnaissance du monde savant, c'est le zèle

ardent avec lequel il a consacré une grande partie de sa
vie à effectuer les calculs immenses pour appliquer aux
divers corps du système planétaire et réduire en nombres
et en tables les formules obtenues par l'illustre auteur de
la *Mécanique céleste*.

L'étroite amitié qui le liait à Laplace le trouvait toujours
prêt à exécuter avec dévouement les divers travaux dont
ce savant le chargeait. Il fut l'un des astronomes qui
mirent le plus d'intérêt à déterminer les différences de
longitudes géographiques d'après l'observation de la lune
et des étoiles voisines de son parallèle. D'après ces observations, il calcula la différence des méridiens entre
Paris et Greenwich.

Il fut l'un des candidats présentés, vers la fin de l'Empire, pour être élevé à la plus haute dignité de l'État, celle
de sénateur. Bouvard n'avait point recherché cette can-
didature dont il redoutait les conséquences. Aussi, loin
de s'en plaindre, il bénit le choix de Napoléon, qui tomba
sur un autre. L'empereur savait que non-seulement Bouvard
n'avait d'autre ambition que celle d'étendre la science, mais
encore qu'il possédait une profonde aversion pour tout ce
qui pouvait distraire ou détourner le cours de ses études.

En retraçant les principaux événements de la vie d'Alexis
Bouvard, vie si bien remplie et si honorable, notre but
n'a pas été de nous faire le panégyriste du célèbre mathématicien et du grand astronome; il a été de mettre en
relief un magnifique modèle de courage, de force d'âme et
de persévérance.

Nous avons voulu montrer le génie modeste et ignoré aux prises avec la lutte, dominant les difficultés, triomphant de tous les obstacles et s'élevant des sphères les plus infimes de la société aux plus hautes régions de la gloire humaine.

Les travailleurs trouveront dans la vie de Bouvard un frappant exemple de ce que peut la volonté d'un homme qui cherche dans la science et dans la religion, principe de toute science, les moyens pour s'affranchir de la plus humble des servitudes, et parvenir par ses propres mérites et la grâce de Dieu au faîte de la grandeur. *Servitude et grandeur*, voilà l'histoire d'Alexis Bouvard, l'humble berger des Contamines.

RUINES D'UN MONDE DÉTRUIT

Lorsque le voyageur parcourt ces plaines fécondes où des eaux tranquilles entretiennent, par leur cours régulier, une végétation abondante, et dont le sol, foulé par des peuples nombreux, orné de villages florissants, de riches cités, de monuments superbes, n'est jamais troublé que par les ravages de la guerre ou par l'oppression des hommes, il n'est pas tenté de croire que la nature ait eu aussi ses guerres intestines, et que la surface du globe ait été troublée par des révolutions et des catastrophes; mais ses idées changent dès qu'il cherche à creuser ce sol si paisible ou qu'il s'élève aux collines qui bordent la plaine. Elles se développent pour ainsi dire avec sa vue; elles commencent à embrasser l'étendue et la grandeur de ces événements antiques dès qu'il gravit les chaînes plus élevées dont ces collines couvrent le pied, ou qu'en suivant les lits des torrents qui descendent de ces chaînes, il pénètre dans leur intérieur.

Les terrains les plus bas; les plus unis, ne nous montrent, même lorsque nous y creusons à de très-grandes profondeurs, que des couches horizontales de matières plus ou moins variées, qui enveloppent presque toutes d'innombrables produits de la mer. Des couches pareilles, des produits semblables composent ces collines jusqu'à d'assez grandes hauteurs. Quelquefois les coquilles sont si nombreuses qu'elles forment à elles seules toute la masse du sol : elles s'élèvent à des hauteurs supérieures au niveau de toutes les mers et où nulle mer ne pourrait être portée aujourd'hui par des causes existantes. Elles ne sont pas seulement enveloppées dans des sables mobiles, mais les pierres les plus dures les incrustent souvent et en sont pénétrées de toutes parts. Toutes les parties du monde, tous les hémisphères, tous les continents, toutes les îles un peu considérables présentent le même phénomène.

Une comparaison scrupuleuse des formes de ces dépouilles, de leur tissu, souvent même de leur composition chimique, ne montre point la moindre différence entre les coquilles fossiles et celles que la mer nourrit, leur conservation n'est pas moins parfaite; rien néanmoins n'annonce un transport violent; les plus petites d'entre elles gardent leurs parties les plus délicates, leurs crêtes les plus subtiles, leurs pointes les plus déliées. Ainsi, non-seulement elles ont vécu dans la mer, mais encore elles ont été déposées par la mer; c'est la mer qui les a laissées dans les lieux où on les trouve, cette mer a séjourné dans ces lieux; elle y a séjourné assez longtemps et assez paisiblement pour y former les dépôts si réguliers, si épais, si vastes et en partie si solides que remplissent ces dépouilles d'animaux aquatiques. Le bassin des mers a donc éprouvé au moins un changement, soit en étendue, soit en situation. Voilà ce qui résulte déjà des premières fouilles et de l'observation la plus superficielle. Les traces de révolution deviennent plus importantes quand on se rapproche davantage du pied des grandes chaînes.

La plupart de ces révolutions ont été subites; cela est surtout facile à prouver pour la dernière de ces catastrophes, pour celle qui, par un double mouvement, a inondé et ensuite remis à sec nos continents actuels, ou du moins une grande partie du sol qui les forme aujourd'hui. Elle a laissé encore, dans les pays du Nord, des cadavres de grands quadrupèdes que la glace a saisis, et qui se sont conservés jusqu'à nos jours avec leur peau, leur poil et leur chair. S'ils n'eussent été gelés aussitôt que tués, la putréfaction les aurait décomposés. Et d'un autre côté, cette gelée éternelle n'occupait pas auparavant les lieux où ils ont été saisis, car ils n'auraient pas pu vivre sous une pareille température. C'est donc le même instant qui a fait périr les animaux et qui a rendu glacial le pays qu'ils habitaient.

La vie a donc été souvent troublée sur cette terre par des événements effroyables. Des êtres vivants sans nombre ont été victimes de ces catastrophes; les uns, habitants de la terre sèche, se sont vus engloutis par les déluges; les autres, qui peuplaient le sein des eaux, ont été mis à sec avec le fond des mers subitement relevé; leurs races même ont fini pour jamais, et ne laissent dans le monde que quelques débris à peine reconnaissables pour le naturaliste.

G. CUVIER.

TABLE DES MATIÈRES

FIN DE LA TABLE

PARIS. — IMPRIMERIE DE E. MARTINET, RUE MIGNON, 2